龍に恋う 四
贄の乙女の幸福な身の上

道草家守

富士見L文庫

目次

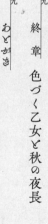

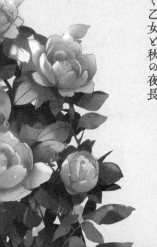

序章　秋空乙女と退職宣言

「お願いよ、あなたしかいないの」

ただの戯れの言葉だろう。それでも、彼女は口にした。

「どうか、妹を守ってね」

馬鹿ね。

一番ぶつけたかった言葉は、届かない。

＊

冷涼な風が、銀古《ぎんこ》の店内へと吹き込んでくる。窓から差し込む日差しは夏めいていても、風に湿度が減っていた。

桔梗《ききょう》、薄《すすき》、萩《はぎ》、女郎花《おみなえし》などの秋草が散った紺色の着物に、黒地の帯をお太鼓に締めた珠《たま》は、窓へと吹き抜けて行く風にひとときに和む。三つ編みの後れ毛が風に揺れた。

だが、すぐに店内の熱気に意識を引き戻される。

今は昼前という、ちょうど銀古の開店時刻だが、常とは比べものにならないほど客が待ち構えていた。

客といっても、人ではない。人の子供くらいの大きさと姿をしているが、ぎょろりとした大きな目は一つ目だ。粗末な着物から出ている手足に加え、首筋から顔に至るまで毛深い。素足にわらじを履いているが、珠は指が三本であるのを見て取った。

そんな彼らが十数人、広いはずの土間が見えないほど密集しざわざわと待っている。

彼らは人ではない。人に非《あら》ざる者、妖怪《ようかい》だった。

じれたらしい妖怪の一体が、声を上げる。

「ここなら、人の街でわっしらが過ごせる場所を、教えてくれると、聞いて来たんじゃあ。冬の間までしかたねえし、遊山がてら回りてえ」

「だが、わしらは、人間には見えねえぞ。そんなんで、働けるか」

「山童《やまわろ》、お前達の希望はわかった」

応《こた》えたのは、珠の雇い主であり、銀古の店主である銀市《ぎんいち》だ。

癖のある黒髪をうなじでくくり、中にシャツを着込んだ紬《つむぎ》の着物を着流した銀市は、普段とは違い土間近くに設《しつら》えた番台の前に座している。彼は傍らの箱から簡素な紙の面を取り出すと、妖怪、山童達に見えるようにした。

「このような、お前達の正体を一時的にごまかす面を支給する。あくまでお前達がその場にいて、違和を覚えさせない程度の効力だが、人に紛れて働くには充分だ」

「おおなら……」

「だが」

嬉《うれ》しそうに紙の面を掴《つか》もうとした山童は、銀市の強い声に硬直する。銀市はじっくりと山童達を見渡しながら告げた。

「人の街に来るからには、人の道理に従ってもらう。お前達の領域である山では人が道理に従うようにだ。良《い》いな」

大柄な彼がぴんと背筋を伸ばし、朗々と響く声で語る姿には迫力がある。気ままにざわめいていた山童達が、ぴたりと口を閉ざした。

さらに銀市の怜悧《れいり》さを帯びた眼差《まなざ》しが、珠を見た。

とくん、と勝手に胸が跳ねる。

「──珠、記録を頼む」

「はいっ」

銀市の願いで珠は目の前の文机《ふづくえ》に広げた冊子……記録帳に向き直り、筆を手に取った。

珠の準備が調ったと見るなり、銀市は山童に向けてよどみなく伝え始める。

「まず東村の山童、力が自慢であれば荷物運びが良いだろう。荷車の荷物が落ちぬよう支える役の間、市中を眺められる。西南村のお前ははしっこい、使い走りの仕事を試してみよう。声が響くお前は舞台を見たいのだったな、劇場の呼び出しの職はどうだ……ひとまずは皆、御目見得《おめみえ》をした後本気で働くか考えなさい。次……」

軽妙で簡潔な口調で銀市が山童達に紹介していく行き先を、珠は一生懸命書き取ったのだった。


山童達をそれぞれの場所に送った後、銀市と珠は店内で一息ついていた。

本来の口入れ屋らしい仕事とはいえ、普段の客数が少ない分、今日の山童達の相手は目が回りそうだった。

煙管《キセル》で一服する銀市もさすがに疲れたらしく、煙を吐く息が普段より深い。

隣に膝を突いた珠が茶を入れた湯飲みを差し出すと、彼の表情が和らいだ。

「ありがとう。君は大丈夫か」

「大丈夫です。私はおそばで記録をとっていただけですから。こちらが記録です」

さらに冊子を差し出すと、礼を言った銀市は煙管を湯飲みに持ち替え、冊子を開いて確認をし始める。

その様子を見つめる珠は、こっそり自分の胸を撫《な》でた。最近銀市を前にすると、胸のあたりに違和を感じるようになっていた。症状としては落ち着きがなくなったりふわふわしたりと曖昧だ。通常業務に支障は出ていないとはいえ、せめてきっかけくらいは知りたいのだが、まだわからないままだ。

「君は相変わらず綺麗《きれい》な字を書くな。読みやすい」

「あっはいっ。恐れ入ります」

ふいに銀市に声をかけられて、珠は素《す》っ頓狂《とんきょう》な声を上げてしまう。さすがに気恥ずかしく顔を赤らめる。銀市も軽く面喰《めんく》らった様子で、体をこちらに向けてくる。

「何か気になる事でもあっただろうか」

「ええと、その」

珠が言い出せないでいると考えたのだろう。そのような意図はなかったのでまごついたが、ふと思い出して問いかけた。

「季節の節目には忙しいと感じていましたが、秋は特に繁忙期なのでしょうか？」

銀古の繁忙期は少々独特だ。節目である春に客の出入りが多いのは人間相手と同じだ。さらに今回の山童のような季節ごとに移動する妖怪達が銀古を頼ってくるため、どっと客が増えるのだ。

春先には河童《かっぱ》が出稼ぎに現れ、梅雨に入る頃には雨を好む妖怪が水場を求めてきた。夏が本格的になる前には、雪や氷にまつわる妖怪達が暇《いとま》を告げに来た。

珠は銀古に勤めて二度繁忙期を体験していたが、この秋口は今までで一番妖怪の数が多い。銀市も客の相手のほかに外出も増え、忙しくしているように思える。

珠は口入れ屋の仕事もいくつか手伝えるようになったが、まだまだ銀市に指示を与えられずに動く事は難しい。戦力として役に立てていない気がする。

しゅんと肩を落としていると、銀市は申し訳なさそうに眉尻を下げた。だが、表情には苦々しさがにじんでいる。

「いや、忙しさはいつもと変わらん。君が事務方を肩代わりしてくれる分、楽になるはずだったんだ」

「では、なぜ?」

「……瑠璃子《るりこ》がいないせいだ。繁忙期には彼女に妖怪達の案内と指導をさせていたのだが、それがなかったから余計忙しかったのだよ」

銀市の声は低く険しい。珠が灯佳《とうか》に呪《しゅ》をかけられ、騒ぎに巻き込まれている間、瑠璃子は銀古に現れなかった。

「瑠璃子さんが、ここまで長く銀古に来られないことは初めてなのでしょうか」

「ここまで長いのは久々だ。以前は半年後にひょっこり現れることもあったが、その時に叱って以降は月に一度は生存報告があった。……ただ忘れているだけならいいんだが」

声の厳しさに珠が息を呑《の》むと、気付いた銀市が表情を緩める。

「すまん、君に怒っているわけではないんだ」

「いえ……銀市さんも瑠璃子さんのことを心配されているんですね。私も、心配です」

彼が瑠璃子の消息を気にする声音には、案じる色が混じっていた。

珠の言葉に銀市は毒気を抜かれたような顔になって、苦笑に変わる。

「確かに心配もしている。だが、君も余分な仕事が増えているんだ、怒って良いんだぞ」

「ですが、瑠璃子さんがいらっしゃらないのは、寂しいです」

珠は週に一度は食事をしに来る瑠璃子しか知らない。だから瑠璃子が来ないのは、心に隙間風が吹くようだ。

「秋刀魚《さんま》がおいしい季節になりますし、新米も出回りますから、それまでにはぜひ戻って来てくださると嬉しいのですが」

七輪で焼く脂ののった秋刀魚は、絶品だろう。魚が好きな瑠璃子ならきっと食べたがると思うのだ。今までの経験からして、収穫の時季である秋は、妖怪が持ってくる野菜の量も増えるだろう。食べる人間は何人いても良い。

珠が神妙に語ると、苦笑ではあったが銀市の表情がはっきりと綻《ほころ》んだ。

「そうだな、瑠璃子はまだ今年の梅干しも食べていない。妖怪どもに消息を当たらせているが、俺も本腰入れて行方を捜してみよう」

「はい」

ほっとしつつ珠は立ち上がろうとしたが、ふと銀市が顔を上げる。

スパンッと小気味よく入り口の戸が開けられた。

のれんをくぐり、一歩店内に入ってきたのは、今まさに話題にしていた瑠璃子だった。

今日の彼女は、長袖のワンピースの上に襟の大きいジャケットを身につけている。ウエストをベルトで締めており、ゆったりとしていながらも彼女のしなやかな肢体に沿っていた。つばの広い帽子を斜めにかぶっているため、顔は半分見えない。だが、それでも彼女の女性としては短い髪に彩られた表情の険しさは見て取れる。

まるで、戦場に向かう兵士のようだと、珠は感じた。

思わぬ登場に珠は硬直したが、銀市はすぐに呆《あき》れを交えて瑠璃子に話しかける。

「瑠璃子、今まで一体――」

「銀市さん！」

だが、その小言も瑠璃子の声にかき消される。

銀市が眉を寄せて言葉を止めると、瑠璃子は彼に向かって何かを投げつける。

「あたくし、今日限りで銀古を辞めるわ！　金輪際この店と関係ないからっ！」

瑠璃色の眼差しを挑むようにつり上げた彼女は、店内に響き渡る大音声で告げるなり、身を翻したのだった。

瑠璃子の突然の宣言に、珠はぽかんと目を丸くするしかなかった。

うまく単語が頭に入ってこない。今、彼女はなんと言ったのだ？

だが、傍らの銀市が勢いよく立ち上がったことで我に返る。

「待て瑠璃子!」

銀市は疾風のように土間を飛び越えて、店の外に飛び出した。

大きな身体《からだ》を感じさせない、素早い動きだ。

ようやく硬直がほどけた珠も、土間の下駄《げた》を引っかけて入り口へ駆けていく。

まもなく銀市は戻ってきたが、瑠璃子の姿はなく、顔には色濃く疲れと困惑がある。

「瑠璃子さんは……」

「見失った。こういうときばかりは、あいつの素早さが恨めしいな」

「お疲れ様でございました……」

どう声をかけて良いかわからず、珠はおろおろしながら銀市に付いていく。

ひとまず板の間に腰を下ろした銀市は、険しい表情で腕を組んで沈思した。

沈黙の中で瑠璃子の言葉の衝撃が過ぎた珠に、不安が押し寄せてくる。

「瑠璃子さんの言葉は、本当なんでしょうか、銀古を辞められるって」

「こんなものを用意してきたのだから、戯れでないのは確かだろうな」

銀市がそう言って広げたのは、簡素な封筒だった。瑠璃子が投げたのがその封筒だったのだろう。中央には、力強い文字で「退職願」と書かれている。

封を切って一読した銀市は、再度深いため息を吐いた。

「ただ辞めるとしかないな。一身上の都合を具体的に知りたいというのに……」

銀市が取り出した便箋を渡されたため、珠も内容を読む。

確かに必要な文言を綴《つづ》っただけ、という簡素さだった。万年筆で綴られた綺麗な文章から、瑠璃子の意図は読み取れない。

銀古に来ない間に、瑠璃子に一体何があったのか。そもそもだ、銀市はこれを受理してしまうのだろうか。

「銀市さんは、どう、されるおつもりでしょうか」

泣いてしまいそうな気持ちを抱えた珠が恐る恐る訊《たず》ねると、様子に気付いた銀市は柔らかい声で応じた。

「ともかく、瑠璃子を捕まえる。本当に辞めるにしても、理由を知らねば俺が承服できん。君も、このままでは心の整理がつかんだろう」

労《いたわ》られてしまった珠は、申し訳なく感じながらも気持ちが和らぐ。怒り出して絶縁と語ってもおかしくない中で、銀市は瑠璃子の事情を知ろうとしてくれるのだ。

しかし、銀市はすぐに困り果てたように顎に手を当てた。

「ただなぁ、これで俺と君で繁忙期を乗り越えることが決まったわけだ。瑠璃子の消息を追う前に、こちらの対策を考える必要がある」

深刻な色がにじむ銀市の声に、珠は背筋を伸ばした。そうだ、繁忙期はこれからなのである。ただでさえ従業員が少ない中で、一人足りなくなった時の個々の負担は計り知れないのを、珠は以前の勤め先の経験で知っている。

銀市は汚れた足袋を脱ぎ板の間に上がると、帳場にある冊子をいくつか広げ始める。

「俺は少なくとも一週間は店から離れられんが、瑠璃子が受け持っている取引先にも顔を出さねばならん。できる範囲で狂骨《きょうこつ》に肩代わりさせるにしても、捜索までは厳しいな。瑠璃子が繁忙期を織り込んでこの時期を選んだのなら、一周回ってあっぱれと言ってやる」

猛然と算段を付け始める銀市が、珍しく暗く笑うのは相当なことだろう。

おろおろと見ていた珠だが、はっとする。自分も銀古の従業員なのだ。ここで役に立たずどうするのだ。

「私にできることがあれば、なんなりとおっしゃってください。家事はお家《うち》にいる皆さんにお任せできますから、銀古の業務を優先できますっ」

家事には家鳴《やな》りや天井下《てんじょうさが》り、掃除道具の付喪神《つくもがみ》など、頼りになる妖怪《ようかい》達はいる。だから珠が口入れ屋業務に回るのが正解だろう。珠の働きなど微々たるものだが、それでも言わずにはいられなかった。

珠が勢いこんで語ると、手を止めた銀市に見つめられた。思わず真剣な眼差《まなざ》しに怯《ひる》みかけるが踏みとどまる。

「そうだな、良《い》い機会か」

思案していた銀市はつぶやいたかと思うと、こう話した。

「君には、狂骨へ業務引き継ぎの後、瑠璃子が請け負っていた仕事を任せたい」

「えっですが……」

瑠璃子の仕事は、人と猫の姿を使い分けて、妖怪達の仕事先を探すことだと聞いていた。人間である珠が代行するのは、難しいのではないか。

珠の考えたことがわかったのだろう、銀市は書棚の中から冊子の一つを取り出した。

「君も何度か見たことがあると思うが、銀古には定期的に請け負っている短期の派遣業務がある。主に妖怪や怪異が絡んでいる場で、必要に応じて派遣しているんだ。瑠璃子は、人の姿で業務もしていた。君にはこの時期にある派遣業務に就いてもらいたい」

銀市が示してくれた箇所は派遣記録のようだ。派遣先には瑠璃子の名前があり、報告書としてまとめられている。

確かに記録を見る限り、珠の能力でも及ぶ範囲の業務のようだ。

「瑠璃子が本当に辞める気なのか、何か別の意図があるかはわからん。だが、それはそれとして仕事先に穴を開けるわけにはいかん。頼まれてくれないか」

珍しく、銀市にはっきりと願われた。

確かに狂骨は文字の読み書きや応対はできるだろうが、普通の人間には見えない。

人の姿をとった瑠璃子の代わりになれるのは、人間である珠しかいないのだ。胸が緊張でどきどきと鳴っている。重圧がないわけではない。だが、自分しかできないのならば、しないわけにはいかない。なにより銀市に望まれた。

ふわりと胸が昂揚《こうよう》する。

珠は銀市の傍らに正座すると、胸に手を当てて答えた。

「かしこまりました。銀市さんと瑠璃子さんの顔に泥を塗らないよう務めます！」

「……気負い過ぎないで欲しくはあるが、助かる。では、繁忙期を乗り越えような」

銀市の安堵《あんど》に染まった表情だけでも、珠は報われたような心地になった。

こうして、珠は初めての派遣業務に就くことになったのだ。

第一章　派遣乙女と絵画の同僚

翌朝、珠《たま》は銀市《ぎんいち》と共に、路面電車で出張先の最寄り駅に移動していた。

朧車《おぼろぐるま》は銀市が外出で頻繁に利用するため、珠の送り迎えまではできないからだ。

「すまないな、手間をかけさせる」

「いえ、お気になさらず。幸い通勤できる距離ですから」

それなりに混み合った車内で、銀市に謝罪されたが、珠は気にしていなかった。

初日だけ、雇い主として事情を説明に同行するが、珠はこれから一週間ほど路面電車で通勤することになる。

路面電車は、人力車や馬車と同じ道路を走るため、交通網に影響され遅れることもある。だが、均一料金でどこまでも行けるので、庶民の足として広く親しまれていた。

ならば、珠が路面電車を使うのが合理的である。

なによりはしゃぎやすい朧車に乗らなくてすむのは、少しほっとしていた。

ただ、と手荷物の風呂敷《ふろしき》を握った珠は、無意識に胸元に手を置き、入れた櫛《くし》の存在を確認してしまう。

『大丈夫か？　珠よ』

案じるように小さな童女の姿をした貴姫《きひめ》が顔を覗《のぞ》かせているのが見えて、心が和む。本来なら華やかな牡丹《ぼたん》柄の打ち掛けを纏《まと》った女の姿をとる彼女は、櫛の精だ。珠がずっと心の支えにしている存在だったが、意識してしまった緊張と不安はなかなかほどけない。

「やはり不安か。顔が曇っている」

案の定、傍らにいる銀市にも気付かれてしまい、珠は悄然《しょうぜん》とする。

「今更ですが、瑠璃子《るりこ》さんの仕事を私ができるでしょうか」

瑠璃子は、珠が銀古《ぎんこ》の居候だった頃からずっと先輩だった。洋装で常に堂々としており、相手にはきはきと物を言う。だけではなく、押さえるべきところは押さえて、いくつも仕事を掛け持ちしながらも、すべてを円滑に回していた。

それぞれに普通が違い、独特の価値観を持つ妖怪《ようかい》の言葉の意図を把握した上で、こちらの願いを伝えるのは、瑠璃子のきっぱりとした物言いが必要不可欠である。

ようやく客の妖怪達と意思の疎通ができるようになったばかりの珠に、彼女の代わりが務まるとは思えなかったのだ。

まさに仕事場へ行く今語っても、銀市が不安になるだけだろう。そのことすら申し訳なく珠はうつむく。

「君は瑠璃子と同じように仕事をしようと考えているのだろうか？」

低く落ち着いた問いに、面喰《めんく》らった珠が顔を上げると、銀市は穏やかに続けた。

「先に行っておくべきだったが、俺は君に瑠璃子と同じ働きを期待していない」

「えっと、もちろん私は穴埋めであり、臨時ですから、瑠璃子さんには遠く及ばないと思いますが」

言葉の意図が読めずに珠が困惑すると、銀市は苦笑した。

「君が力不足とも考えていないさ。ただな、俺が頼みたい一番のことは、依頼主が抱える問題の解決だ。依頼主の憂いを払えるなら、瑠璃子の方法を踏襲しなくとも良い」

「依頼主の、問題を、解決する？」

「そうだ、瑠璃子の代わりではあるが、君であれば大丈夫だと俺が判断した。君が思う通りに務めてくれれば良い」

そこで、列車が途中駅にたどり着き、開いた乗車口から人が多く流入する。

話が途切れた上、大量の人に押されて珠は姿勢を崩しかけた。

踏みとどまることもできず、壁際に追いやられ押しつぶされそうになる。

小さく悲鳴を上げかけた珠は、直前で肩を銀市に支えられて息を呑《の》む。

「ひゃっ……っ！」

そのまま、体勢を入れ替えられた。とん、と背に壁が当たる。

胸に風呂敷包みを抱えた珠は、覚悟していた圧迫感がいつになってもこないのに戸惑った。不思議に思って顔を上げると、存外近くに銀市の顔がある。と、同時に彼の背後では乗客がぎゅうぎゅう詰めになっているのが見えた。

銀市が、珠が潰れてしまわないように、壁になって支えてくれているのだ。

だが、そのことには一切触れず、銀市は珠を穏やかに見おろしている。

「君はしっかり瑠璃子の報告書を読み込んでいただろう。大丈夫だ」

『そうじゃ、悪《あ》しき妖怪であれば妾《わらわ》に任せるが良い、けちょんけちょんにしてくれる！』

抱えた風呂敷包みの上で貴姫が腕を振り回しているのに、珠は小さく笑った。

とくとくと優しく鼓動が早まって、なんだか気持ちが軽い。

肩に添えられた銀市の温かい手が、珠を勇気づけてくれるように感じられた。

「ありがとうございます。精一杯務めてまいります」

ようやく珠は、心からそう返せた。


降り立った駅から閑静な住宅街を進むと、突如として現れたのは洋館だ。

昔ながらの瓦と木の家屋が並ぶ中に、鉄の柵に囲まれ、煉瓦《れんが》とモルタルで形作られた瀟洒《しょうしゃ》な洋館が現れれば少々ぎょっとする。

規模は銀古と同じか少し小さいくらいだろう、洋館としてはこぢんまりとしているが、それでも立派と称すには充分な規模だった。

門から一歩入ると、洋館の前には庭が広がっていて、一面にコスモスが咲いていた。黄色い花芯を繊細な花弁が囲む華奢《きゃしゃ》な花だ。花弁は白や桃色、紅葉のような橙《だいだい》、ぼかされたような色変わりのもの。びっくりするほど鮮やかな紅色、艶《つや》やかな赤みがかった茶色など、様々な色彩でそよそよと秋風に揺れている。

思わず見惚《みと》れた珠だったが、銀市が玄関の呼び鈴を鳴らしたことで、視線を戻す。

重みのある焦げ茶色の扉を開けたのは老婦人だった。

背は珠と同じくらいだろう。だが凜《りん》と伸びた背筋が、小柄さを感じさせない女性だった。白髪の交じる髪を丁寧に結い上げ、しわが刻まれた顔は気むずかしさと近寄りがたい印象を受ける。

珠がなにより意識が惹《ひ》かれたのは、彼女が長袖の生成り色のブラウスに黒に近い深緑色のスカート……つまり、洋装をしていたことだ。

男性の間ではかなり広まった洋装だが、瑠璃子のような先進的な例を除くと、多くの女性はいまだに和装で過ごしている。年配にもかかわらず、洋装を着こなすこの老婦人は、特異とも表せた。

銀市は知っていたのだろう、驚かずに老婦人を見おろすと、丁寧に頭を下げた。

「久しぶりです。住崎《すみさき》夫人」

「ええ、お久しぶりです古瀬《ふるせ》さん。ですが、主人はもう亡くなって久しいのですから、名前でかまいません」

「失礼した、澄《すみ》さん」

きっぱりと言われた銀市が神妙な顔で訂正すると女性、澄は簡素に頷《うなず》く。

「そろそろ頼まねばならないかしら、と思っていましたが、あなた自らいらっしゃるなんて珍しい。瑠璃子さんに何かありましたか」

そこまで語ったところで、澄は銀市の傍らにいる珠に気付く。

澄の硬質な眼差《まなざ》しに射すくめられた珠は、少し怯《ひる》みながらも見返した。

すぐに銀市が事情を説明してくれた。

「瑠璃子は今回来られなくなった。代わりに、最近銀古の従業員になったこちらの珠を通わせたい。いかがだろうか」

「はじめまして。上古《かみこ》珠と、申します」

言葉と同時に背筋を伸ばし、腰を折って会釈をする。

珠の挨拶に、澄は少しだけ眉を寄せた。なにか気に障っただろうかと珠は不安になる。

「古瀬さん、相手はよくわからない物ですよ。お若い方に任せるのは気が引けます」

あれ、と珠は思う。澄の表情は硬質だが、声に案じる色が感じられたのだ。

「大変なのは掃除だけですから、また来年、瑠璃子さんがいらしたらお願いするのでもかまいません」

「この珠も、瑠璃子とは性質が違うが、今回の件を把握できる人材だ。不足はないと考えている。まずは今日一日、試してみてはくれないか」

だがすぐ銀市が補うように言ってくれたため、珠も急いで続けた。

「ご配慮ありがとうございます。ですが大丈夫です。瑠璃子さんの報告書はすべて拝見して事情も理解しています」

淡々としていた澄は、声を上げた珠に改めて視線を向ける。

澄の顔に困惑が浮かんでいて、珠は少しぶしつけだったかとうっすら後悔する。

「……そうね。一日だけなら良《い》いでしょう。ひとまず中に入られて、新しい従業員さん」

澄はそう言うと、身体《からだ》を半分移動させて、招き入れてくれたのだった。

手荷物をきゅっと握り直した珠は、会釈をして一歩洋館の中へ足を踏み入れた。

帰る銀市と別れて、踏み込んだ玄関は広々としたホールになっていた。外観から見た通り二階建てのようで、奥には飴色《あめいろ》に磨かれた階段が上階へ続いている。

珠は草履を脱ごうとしてから、板張りの床に上がり框《がまち》がないことに気付く。

「こちらは土足なの。慣れないだろうけどそのまま上がってください」

そう語る澄の足下も、柔らかそうな布靴だった。ごく自然な立ち姿と馴染《なじ》み具合からして、洋装がずいぶん長いことを窺《うかが》わせる。

「わかりました。この家は、すべて洋式にされておりますか」

抵抗があるが、郷に入っては郷に従えと、珠は草履で澄の後に続いた。

「ええ、結婚してから洋式の生活に慣れてしまって、家を建てる時もほぼ洋式にさせました。ただ、奥に和室もあります。その和室が問題なのだけど……」

少し表情を曇らせながらも、澄が案内してくれたのは、前庭に面する居間だ。

澄の言う通り、室内は洋風に設《しつら》えられていた。

床には絨毯《じゅうたん》が敷かれ、ソファと背丈の低いテーブルが置かれている。チェストの上には花瓶敷きと共に花瓶が飾られ、庭に咲いていただろうコスモスが活《い》けられている。

洒落《しゃれ》た格子窓は今は開け放たれており、門から見たままのコスモスの花畑が望めた。秋風で揺れるレースのカーテンに彩られた光景は、そこだけ異国のようだ。

珠はほうと無意識にため息をついて、室内に視線を戻したのだが、すぐに戸惑う。

柔らかな色彩の壁紙が張られた壁にもう一つ、窓があった。

よく見てみれば、それは西洋画だったのだが、驚くことにその構図が今見た庭とまったく同じだったのだ。

縁に窓枠とカーテンが描かれていることから、筆者は室内から風景を描いたのだろう。

その絵では明るい青空の下、油絵のタッチでコスモスが咲き乱れる庭の中に、女性がこちらに背を向けて立っている。

女性は黒いワンピース姿で、身につけている真っ白なエプロンのリボンが背で結ばれていた。茶色の髪は結い上げられて、白いキャップをかぶっている。

珠には西洋の女性の年齢はわからないが、若いのだろうと感じた。

女性がいる以外は、庭とあまりにもよく似ていて、珠は戸惑いのまま、窓と絵画の間で視線を往復させる。

「とても似ているでしょう？」

珠がはっと振り向くと、どこか自慢げな澄がうっすらと表情を緩めている。

「はい、コスモスの雰囲気もよく似ていてびっくりしました。素敵な絵ですね」

「ええ、この家を建てた時に窓と庭の構図は絵をまねて作っていただいたのよ。そのせいか、妙なことが起きてしまうようになったのだけれど」

困ったような顔をする澄に、珠は当初の仕事内容を思い出して、改めて絵を見上げる。

そう、この絵画が原因で奇妙な現象が起きるようになったのだ。

澄は珠に椅子を勧めると、話し始める。

「たぶん古瀬さんから伺っているでしょうが、毎回コスモスが咲く頃になると、和室が水浸しになってしまうのです」

珠は、銀市の話と瑠璃子の報告書で把握していた通りの内容に頷いた。

「原因は、コスモスの西洋画とのことでしたが、こちらが、例の絵画でしたか」

「ええ、そうです。私はまったく姿を見たことがないのだけど、状況からして、そうとしか思えません。絵からメイドが……ああ、メイドはわかる？」

「はい、西洋の女中さんのことですよね」

「そうですよ。私は絵画からメイドが消えているのは見たことがあります。その後は決まって、和室が水浸しになるほかにも、妙に家の中が綺麗《きれい》になったり、西洋の料理が拵《こしら》えられていたりするの。まるで世話を焼いてくれるみたいに。コスモスが咲いている間だけ、メイドとして働いているのよ」

　銀市は、このコスモスの絵が西洋から渡ってきた古い絵画であること。さらに絵画と同じ構図のある屋敷《やしき》に持ち込まれた結果、コスモスの香気がある期間だけ、付喪神《つくもがみ》として目覚めるようになったのだと推論を立てていた。瑠璃子の報告書にも、絵画とまったく同じ姿をしたメイドと遭遇したと綴《つづ》られていたから、間違いない。

「瑠璃子さんは、メイドさんに仕事を与えて、余計なことをさせないようにしていたと聞きました」

「ええ、一人で暮らすために、本邸から別邸のこちらへ移って来ましたが、その子は心配してしまうようです。確かに一人では足りない部分もあるから助かりますすけど、さすがに毎週のように畳替えをするのは、困ります」

　珠が瑠璃子がした対処法を思い出していると、ふいに澄が頬を緩めた。

「このような荒唐無稽なお話を真面目に聞いてくださるだけで、あなたが瑠璃子さんや古瀬さんと同じ人だとよくわかりますね」

「あっえっその、恐れ入ります……」

珠がどう答えたものか迷い、しどろもどろになると、澄はほんのりと微笑《ほほえ》む。

「ここまで歩いてこられて疲れたでしょう、少し休憩してくださいな」

「いえ、お構いなく！　私の役目は奥様の憂いを払うことですからすぐに始めます。まずは仕度をさせていただいても良いでしょうか」

「なら仕度の部屋に案内しましょう。瑠璃子さんもこちらに来る時使っていた部屋よ」

珠が背筋を伸ばして願うと、澄はそう答えて立ち上がった。


案内された部屋は、玄関ホールの階段から上った二階にあった。居間よりも簡素な内装ではあったが、ベッドに椅子と机、クローゼットが設えられた充分すぎるほど良い部屋だ。掃除もよく行き届いている。

本来は客間として使われることを想定されているのだろう。

案内した澄は窓際に置かれたソファとサイドテーブルを見て、目を見開いた。

「あら、コスモスの君に先を越されたようね」

どういうことかと思った珠だが、澄はサイドテーブルの上にあるティーカップとソーサーを指さす。

ティーカップを覗《のぞ》くと中身は紅茶で、たった今淹《い》れられたばかりだと示すように湯気が立っていた。

「瑠璃子さんが来る時もいつもそうだったのよ。私にするのと同じように、先回りして仕度してくれるのです」

「とても機転の利く女中さんなのですね、コスモスの君、とおっしゃるのですか」

「私が勝手に呼んでいるだけですよ」

こうしたさりげない気働きがあるのは、良い女中の証《あか》しである。心の底から感心した珠だったが、そろりそろりと周囲を見渡した後、澄へと話しかけた。

「あの、奥様はこういった奇妙なことがあの西洋画が原因だと感じられていますよね」

「ええ、そうね」

「手放そうとは、思われなかったのですか」

それが、珠にとってはとても不思議なことだった。

珠は、見えない普通の人々が、人に非《あら》ざる者達が引き起こす恐るべき事象をどれだけ忌避するか知っている。だが、澄は自分で淹れた覚えもない紅茶が置かれていても気味悪がる様子は見せず、平静そのものだ。

訊《たず》ねた後で、珠は驚きを露《あら》わにする澄の反応に、失礼な物言いだったと思い至る。

「申し訳ありませんっ。奥様が絵を大事にされていらっしゃるのはとても感じました。ただ、それでも怪異や奇妙な事に遭遇された方々は、不安になられて、原因となる事象を遠ざけるものだと思っていたのです。……ああいえ、それで今の発言が許されるわけではございませんが」

「ふふっうふふ……！」

珠が頭を下げたところで、澄から明るい笑い声が響く。

意外な反応に面喰《めんく》らった珠が、中途半端に下げた頭をそろりと上げると、澄が口元を押さえながらも朗らかに声を上げている。そうして笑うと厳《いか》めしい雰囲気が和らいだ。

「瑠璃子さんに初めて会ったときも、そんな風に言われたことを思い出しました」

「瑠璃子さんと……？」

「ええ、あの子はあなたのような配慮なんてみじんもなかったわ。遭遇して早々『どうやって絵を燃やす？』だったもの」

瑠璃子の過激な発言に、珠は絶句する。

だが澄の表情はいっそ楽しげだ。笑いの発作が収まると笑みを堪《こら》えながらも語った。

「私も人を笑うという失礼なことをしました。ですからあなたの発言は許しましょう」

「恐れ入ります」

「それで、絵のことだけど、手放さないのは『あの絵が好きだから』よ。妙なことが起きるのも、はじめはわけがわからなくて気味が悪かったけれど、よく見ていれば、私に害をなそうとしているわけではないとわかりました。だから処分はしません」

澄は、幾分和らいだ表情で去って行った。

珠はひとまずクローゼットの中にあった衣紋掛《えもんか》けを利用し、脱いだ羽織《はおり》をかける。

澄の言葉と表情を思い返しながら、珠はどうすべきか悩んでいた。

瑠璃子は怪異が出現しなくなるコスモスの花期が過ぎるまでの間、この部屋に寝泊まりをしたと書かれていた。

そうして、絵画から抜け出した付喪神が、余計なことをしないように見張っていたのだという。珠もそうすれば務めを果たせるだろう。

だがと、珠は一人掛けのソファに腰をかけて、自分のために用意されたティーカップに口を付ける。

優しい香気が鼻腔《びこう》をくすぐり、ぬるい温度で喉を滑っていく。

飲み慣れない味ではあったが、外から歩いてきた珠の喉を潤すには充分だった。気遣いにあふれた一杯を淹れる者が、なぜ室内を水浸しにするのか気になる。

「ですが、奥様をお待たせしすぎるのも良くありません」

問題の怪異に遭遇しないことには始まらない。

持ち込んだ前掛けをした珠は、ふんす、と気合いを入れてから扉を開けた。

しかしすぐに立ち止まる。

目の前で、墨色のスカートがふんわりと翻った。

彼女は頭には白いフリルの付いたキャップをかぶり、墨色のワンピースの上には真っ白のエプロンを身につけている。今は珠よりもいくつか上くらいの彫りの深い顔立ちも、長いスカートの裾から伸びる足も、ストラップ式の靴を履いているのまで見て取れる。

だが彼女の全身は、向こうの壁が見えるほど透けている。

なにより、その姿は絵画に描かれていた娘とうり二つだった。

彼女は絵画から抜け出した絵の付喪神だと、珠は気がついた。

澄の言葉を借りるなら、コスモスの君だ。

目の前を通り過ぎたコスモスの君は、ふっと廊下の突き当たりを曲がってしまう。

ようやく自失から立ち直った珠は、急いでその背を追いかけた。

同じ突き当たりを曲がると、階段を下りていく背中が一階の奥へと消える。

珠も同じように階段を駆け下り奥へと行くと、引き戸が開いていた。

和風の設えの板戸に珠は嫌な予感がして急いでくぐる。靴が脱げるよう上がり框《がまち》が作られていた。そこに、彼女の履いていた靴はない。

なにより、開け放たれた襖《ふすま》の向こうに見える畳の部屋には、土足のコスモスの君がいて、傍らに置いたバケツから、今まさに、水を含んだモップを引き上げようとしていた。

震え上がった珠は、草履を脱ぐ手間も惜しく身を乗り出して叫んだ。

「水はだめですっ！」

最近で一番の大声が出たと珠は思った。

コスモスの君は一瞬こちらを向いて不思議そうにするが、モップを畳に振り下ろす手は止まらない。そこで、瑠璃子の報告書にも、言葉が通じないと書いてあったことを思い出す。瑠璃子は仕草で意思の疎通をしていたというが、今これ以上どうすれば良いのか。

焦りを帯びる珠の眼前に、華やかな牡丹《ぼたん》が広がった。

『これ絵画の精よ！　やめるが良い！』

懐から飛び出してきた貴姫が大音声で叱責すると、コスモスの君はたじろいだ。ようやくモップが止まる。貴姫の言葉で、初めて叱責を理解したようだった。

ほっとため息を吐いた珠は、小さな身体《からだ》で仁王立ちする貴姫に感謝の目を向けた。

足音が珠の背後から響いて来る。

とたん、コスモスの君は右往左往した後、モップごと襖の陰に隠れてしまった。

彼女が隠れると同時に引き戸をくぐって現れたのは、洋装姿の澄だ。

「部屋にいないと思えば、珠さんなぜこちらに……あら」

澄は上がり框で身を乗り出している珠と、その奥の畳に置かれているブリキのバケツを交互に見る。

『隠れるくらいであれば、しなければ良かろうに』

貴姫が独りごちると、半透明のコスモスの君がますます縮こまる。

どうやらコスモスの君は、貴姫の言葉だけは理解できるようである。

珠が納得していても、貴姫とコスモスの君が見えない澄は色濃い困惑をにじませて虚空を見渡している。

勝手をした自覚はあるため緊張した珠だったが、澄は珠に問いかけてきた。

「もしかして、コスモスの君がいたのかしら」

「……は、い。その通りです。部屋から出る時に、姿が見えたので、まさかと思って追いかけたら、ここに」

「そう、止めてくれてありがとう。どうして水をかけようとしてしまうかだけでもわかれば良いのだけどね」

見えない人に話すのは抵抗がありつつ説明すると、理解を示した澄は愁いを帯びる。

ほっとした珠は、一つの可能性に思い至っていた。

「奥様、コスモスの君はモップを持っていらっしゃったんです。この時期になると彼女は、掃除をしてくださるともおっしゃっていましたよね。もしかしたら、和室も綺麗にしようとしていたのではないでしょうか」

「でも、畳に水をまくなんて……」

「畳に水が厳禁だとご存じないんです。西洋の女中さんですから」

澄も初めて思い至ったように息を吞《の》んだ。

「しかも、私が話しかけた時には、コスモスの君は言葉が通じていない様子でした。だから、この国の常識や知識もお持ちでないのだと思います」

珠は洋館で勤めた経験もある。土足で活動して床が汚れやすいため、水拭きのあとに乾いたぞうきんで拭き、磨き剤と呼ばれるものでぴかぴかに磨くのだ。この屋敷《やしき》の床は、驚くほど綺麗《きれい》に磨き上げられている。

それを為したのがコスモスの君なのであれば、珠は尊敬するほど良い仕事だと感じた。

だが、畳に水を使えばかびや最悪腐る原因になる。

知識がないのは仕方がない。彼女は訊ねられる人もいなかったのだから。

珠は緊張でどきどきと鳴る心臓を胸の上から押さえた。

解決は、できるかもしれない。だが、瑠璃子とはまったく違う方法になり、うまくいかない可能性もある。今までと同じ方法でなら問題なく過ごせることがわかっている中では、ためらいがあった。

ふいに、銀市の言葉が脳裏によぎる。

『依頼主の憂いを払えるなら、瑠璃子の方法を踏襲しなくとも良い』

ここには依頼主の……澄の憂いを払いに来たのだ。

銀市が信頼をしてくれた通り、珠にできることを、すれば良い。

「提案をしても、よろしいでしょうか」

か細い声音は、自分でも頼りないと思ったが、澄は興味を持ってくれた。

勇気を振り起こして続ける。

「私でしたら、コスモスの君に和室の取り扱いをお教えできます。なので、こちらに通う間、女中として働かせていただくことを許して欲しいのです」

「でもあなた……」

「私は、十四の時から方々で女中として勤めて参りました。洋風建築で勤めていた経験もございますし、奥様のご迷惑にはならないようにいたします。瑠璃子さんとは違う方法となりますが、一度挑戦させてくださ い」

お願いします、と珠は頭を下げる。澄は驚きに目を見開いていたが、バケツと珠を見比べて思案した後領《うなず》いた。

「理由に気付いたのはあなたです。できると思ったのなら、してみなさい」

許された。

「ありがとうございます。少し不審な言動が多くなるかと思いますが、気になさらないでください!」

珠が表情を綻ばせて礼を言うと、澄は少々面喰《めんく》らったようだ。

しかし、珠は貴姫にひっそりと声をかけるほうに夢中だった。

「貴姫さん、もしかしてコスモスの君とお話ができるでしょうか」

『うむ？　妾《わらわ》と同じく物に宿った精だからの。あやつはまだぼんやりしている上、異国の言葉で語るようだが、気合いでなんとかなるぞ』

「でしたら、私の言葉の仲介をしていただけますか？　貴姫さんが頼りなんです」

珠が願うと、貴姫の表情がぱあと輝く。頬を紅潮させ、やる気に満ちた様子で腕を組んで胸を張った。

『まかせよ！　このようなことを、ええと通訳というのであろう。妾が役に立つのであれば十全にこなして見せよう。——これ絵画の、妾の持ち主が話をしたがっておる』

貴姫が話しかけたとたん、隠れていたコスモスの君は、おずおずと顔を覗《のぞ》かせる。

彼女と初めて真正面から顔を合わせた珠は、決意をして向き直り、こう切り出した。

「はじめまして、私も一緒に働かせていただけませんか？」

＊

次の日、珠は今度は一人で澄の洋館に向かっていた。

家事は家鳴《やな》り達や天井下《てんじょうさが》りに差配し、朝食の準備だけはしてきたが、それなりに朝早い時刻である。銀古の業務を引き継ぎされた狂骨《きょうこつ》は、暗澹《あんたん》たる様子だったがそれでも珠を気持ちよく送り出してくれた。

昨日は貴姫を介してコスモスの君と意思の疎通をはかった。彼女はやはり言葉がわからなかった上、周囲の状況をうまく認識できていなかったらしい。

「コスモスの君は、わかってくださったでしょうか」

珠が懸念をこぼすと、貴姫が訳知り顔で答えた。

『絵画のは、まだ不完全で自我が薄いのじゃ。妾も覚えがある。力が足りのうて、外のことがよくわからんのじゃな。ほれ、コスモスの咲いている間しか目覚めんのがその証拠であろう。じゃがあやつは不完全な中でも、女中として職務を果たそうとしておった。その想《おも》いがどこから来るかはわからぬが、珠の提案はあやつの芯に響いたと思うぞ』

「そう、だといいのですが」

不安はあるが、肩に乗る貴姫の小さな手に撫《な》でられて、珠の気持ちが和らぐ。

そうこうしているうちに洋館にたどり着き、珠は心を決めると呼び鈴を鳴らした。

出迎えてくれたのは、ブラウスとスカートに肩掛けを羽織った澄だった。

しかし澄は昨日の厳《いか》めしさが和らぎ、むしろおかしげに表情が緩んでいる。

「待っていたのよ。私も、あの子も」

挨拶もそこそこ、澄が戸惑う珠を連れて行ったのは、昨日も利用した仕度用の部屋だ。

扉が開いたままになっているクローゼットの中には、真っ白なエプロンと、墨色のワンピースが掛かっていた。

「昨日あなたが帰った後、ミシン部屋が使われていて、気付いたら縫い上がっていたのよ。よっぽど、同僚さんができたのが嬉《うれ》しかったみたいですね。ただ、人形用のエプロンも作ってあって不思議だったのですけど」

『妾の前掛けまで作るとは、張り切っておるの』

貴姫が感心する声を聞きながら、珠はなんだか胸がいっぱいになるような気持ちでエプロンを見つめた。が、すぐに隣のワンピースに疑問を持つ。

「エプロンはわかりましたが、では、このワンピースは……？」

「私が出しました。私が昔着ていた物だけど、あなたは私と身体の大きさが同じくらいですから、ちょうど良いでしょう。コスモスの君と働くのでしょう。せっかくだから形から入ってみるのも面白いんじゃないかしら？」

澄から面白いという単語が出てくるとは思わず、珠はぽかんとするが、彼女はたいそう楽しそうだ。

「あら、私が楽しむのはおかしいかしら？」

「い、いいえ、そんなことはございません。ですが洋装は経験がなく……」

「なら経験してみると良いでしょう。靴も用意しましたし、着方も教えますから」

澄の勢いに押され、珠はワンピースを手に取る。

洋装は下着から違った。靴下を穿《は》き、シュミーズと呼ばれる襦袢《じゅばん》を着て、帯のようなコルセットを胴に巻き、腰巻きと同じ役割をするペチコートを穿く。

するりと、墨色のワンピースに袖を通すと、澄によって背中の釦《ボタン》を留められた。

エプロンは自分で身につけられたが、慣れるまでは戸惑いそうだ。甲までを覆う短靴を履き、髪まで結い上げられて、コスモスの君もしていたキャップをかぶる。

「いかがかしら。コルセットは柔らかい物を使っていますが苦しくはありませんか」

澄にとん、と背中を叩《たた》かれ終了を告げられた珠は、所在なく足首にまとわりつくスカートを持ち上げてみる。

「い、いえ、そのようなことはありません。足下が、すうすうしますが……」

服の大きさはちょうど良く、初めて身につけたコルセットも帯で締めるのとそう変わらないように感じられた。だが、袖はぴったりと腕に沿っており、下肢を覆うスカートはふんわりとボリュームがある。靴は、指先に力を込めずとも歩けるのが奇妙で、一歩踏み出すごとに足にペチコートがまとわりつく感覚が不思議だった。

それは澄もわかるようで、重々しく頷く。

「はじめは慣れないでしょうけど、一歩が大きく出せるんですよ。それが私が洋装で過ごす理由です。胸一杯に息を吸って、颯爽《さっそう》と歩けますから、癖になってしまいました。一度下着と服を洋装用に変えてしまえば、着る手間は着物と変わりませんからね」

それはわかるかもしれない、と珠は納得した。

瑠璃子はいつも堂々としている。着物だって身が引き締まって着心地が良《い》いが、洋装はまた別のしなやかさと開放感があるのだ。

今までは洋装が瑠璃子によく似合っている、と思っていただけだったが、そういった部分も瑠璃子の颯爽とした姿を形作る要素になっていたのだろう。

瑠璃子のことを思い出し、珠の心は暗く沈んだ。瑠璃子の消息はいまだにわからない。ふとしたときに思い出し、案じながら、銀古にいないことを実感して寂しさを覚えた。

落ち込みかけたが、今は澄とコスモスの君のことを考えるべきだ。

頭を切り替えた珠は、エプロンを身につけた貴姫を肩に乗せて、澄と共に部屋を出た。

「では奥様、しばらくの間、どうぞよろしくお願いいたします」

「ええ、私は一階の奥部屋にいるから、お昼前になったら声をかけてください。昼食は用意するから」

「わかりました、昼食もお手伝いいたします」

答えたとき、珠が冷気を感じて隣を見れば、コスモスの君が去って行く澄に向けて頭を下げていた。そして、こちらに向き直る。

スカートがふわりと揺れる姿は軽やかで美しい。

どうやら、洋装だと和装とは綺麗に見える振る舞い方が違うようだ。珠はひっそりとコスモスの君を観察することを決意する。

そして珠は肩口の貴姫と顔を見合わせて頷き合うと、コスモスの君に話しかけた。

「エプロン、ありがとうございました。コスモスの君さん。まずは一番の疑問だと思われる和室の掃除の仕方をお教えしますすね」

コスモスの君と呼びかけて大丈夫かは、昨夜のうちに銀市に助言をしてもらった。

妖怪《ようかい》は名前に縛られる。万が一、呼ぶことで彼女に悪影響を及ぼしてしまったらと思うと不安だったからだ。

銀市からはあくまでただの愛称だから、問題ないとお墨付きを得ている。

珠が呼びかけると、コスモスの君はどこか戸惑ったように瞬きをすると、珠をじっと見つめてくる。その様子に、珠は彼女に初めて認識されたような気分になった。

珠の戸惑いが明確になる前に、すぐ貴姫が通訳を始める。

『前掛けのことは礼を言うぞ。そして珠は和室の掃除から始めると言うておる！――珠よ、こやつは了承した。どんな掃除道具が良いかと聞いている』

「ええと、ですね。まず和室ではなるべくお水を使わない方が良いので……」

貴姫を介しての意思の疎通は手探りではあったが、徐々になめらかになっていった。

西洋と東洋という違いはあれど家事を片付けるというのは共通していて、数時間行動を共にするだけで身振り手振りで意図を察せられるようになった。

和室のほかに問題だったのは、緑茶を紅茶と同じ温度で淹《い》れてしまうことだけだ。

床や手すりを鏡のようにぴかぴかにする方法や、絵画の傷まないほこりの落とし方など、むしろ珠の方が教えてもらう事柄が多い。

床掃除を終わらせた珠がやりきった気持ちで立ち上がろうとすると、スカートの裾を靴で踏んでしまい体勢を崩しかける。

「わっ……すみません、大丈夫です」

珠がつんのめる寸前で床に手をつくと、傍らにいたコスモスの君は珠と同じ姿勢になる。

そして、スカートを片手で持ちながら立ち上がって見せてくれた。

彼女の示した通り、先にスカートを持ちながらだと引っかからずに立ち上がれた。

「見本を見せてくださったのですね。ありがとうございます」

礼を言うと、コスモスの君はふんわりと微笑《ほほえ》む。

『どういたしまして、じゃそうだ。なんとのう、コスモスの君も珠の言葉が聞こえるようになっておるのう』

貴姫の通訳で珠が思った通りだと安堵《あんど》する。そして改めてしみじみと感じた。

「とっても、お仕事がしやすいです……」

『そうじゃのう、二人の息もぴったり合っておった。そういえば、人型をした同僚がおるのも久々ではないかの？』

そういえばそうかもしれない。今の同僚は家鳴りや天井下り、ヒザマや瓶長《かめおさ》といった妖怪ばかりだ。以前の勤め先でも、気味悪がられて遠巻きにされがちだったため、一人でできる仕事ばかりになっていた。

最小限の意思の疎通で、お互いに協力しつつ黙々と作業を進めていけるのは、これほどはかどり楽しいものだと久々に思い出せた気がする。

それはコスモスの君も同様のようで、彼女の淡い瞳が生き生きと輝いて笑んでいた。

せっせと仕事にいそしんでいたが、コスモスの君が時計を指さす。

澄に願われた昼前であると理解し、珠は一階奥にあると言われた部屋へ向かった。

扉の前に立つと、耳慣れない軽快な機械の音が聞こえた。

何の音だろうと思いつつも、扉を叩く。

「奥様、お時間です」

「ありがとう、入ってきていいわ」

珠が扉を開くと、軽快な音が鮮明になる。

秋の軽やかな風が吹き込む室内は、作業場だった。

内装は珠が案内された部屋と同じくらい簡素だが、中央には木製の剛健な作業机が置かれており、机の傍らには布製のトルソーがある。壁際の棚には反物の巻物が並ぶほか、小物が入れられる引き出しがいくつも並ぶチェストがあった。

そして、自然光が入る壁際には澄がいて、ミシンを踏んでいたのだ。

「もうすぐ終わるから、待っていて」

珠を振り向かず、そう語った澄が机の下にあるペダルに足をのせて踏むたびに、弾み車が回り、かたかたと縫い物が進んでいく。

その光景に見入っていた珠は、澄がミシンを止めて糸を切ったところで我に返る。

「待たせました。そろそろ新しい冬物のブラウスを作っておきたかったのですよ」

立ち上がった澄は、トルソーにたった今縫い上がったばかりのブラウスをかける。

淡い梅紫色の布で、ふんわりと女性らしいシルエットを描くブラウスは、襟にタイが付いており、落ち着いた印象がある。釦はついていなかったが、澄によく似合うだろう。

実際にミシンで洋服を作る場面を見たことがなかった珠が思わずしげしげと眺めると、澄が笑みをこぼす。

「やっぱり、あなたがその姿をしているとコスモスの君が存在しているようね」

どういう意味かわからず、珠は面喰《めんく》らったが、澄はすぐに教えてくれた。

「私にはあの子が抜け出していても見えないでしょう？　今では慣れてしまったけれど、どんな風に働いているのかは気になります」

「私が同じ姿をしていることで、コスモスの君が働いている姿を想像ができますか」

頷《うなず》いた澄の眼差《まなざ》しは、どこか遠くを見るような優しさがにじんでいる。

「私は昔から面白みがないから、見たものしか想像できないの。だから今のうちにあなたを通して、コスモスの君の働きぶりを想像できるようにします。強引でしたでしょうけど、ここにいる間はそれを着ていて」

「はい、大丈夫です。コスモスの君に教えていただいて、だいぶ慣れて来ましたから」

「そうよかったわ」

安堵を浮かべる澄がエプロンの糸くずを払っているのを見ながら、珠は問いかけた。

「奥様は、ご自身で洋服を作られているのですか」

「ええそうよ。主人が貿易商だったものだから、若い頃から外国の方に会う機会が多かったの。相手の方に合わせて洋装をするのだけど、昔は洋服が縫える仕立屋がごく少なくて、特に女物の洋装は輸入品しか手に入りませんでした。でも、ねえ」

何かを思い出したのか澄が自らの身体《からだ》を見おろす。

「向こうの方と、根本的に骨格が違うから、ちぐはぐになってしまうのよ。だから寸法を自分で合わせるうちに、これは自分で作った方が早いと縫うようになりました。今では、下手な仕立屋よりもうまい自信がありますよ。あなたが着ているワンピースも、私が縫ったものです」

思わずワンピースのスカートを握った珠は、どこか自慢げな澄を見つめ返す。

初めて洋服を着たが、身体の動きを妨げないよい服だと感じていた。

「とても、すごいと思います」

陳腐な言葉しか出てこなかったが、澄ははっきりと嬉《うれ》しそうに表情を緩めた。

「自分のしてみたいことに、嘘《うそ》をつかなかった結果よ。さあ食事の仕度をしましょう。キッチンでも、コスモスの君は働いてくれるから、あなたが働く姿を見たいわ」

開いた扉の隙間から、こっそりと覗《のぞ》いていたコスモスの君が身を翻すのが見える。おそらく先にキッチンに行ったのだろう。

「はい奥様」

珠も澄の後ろに続きながら、密《ひそ》かに騒ぐ胸を押さえたのだった。


西洋式のキッチンで澄が拵《こしら》えたのは、意外にも白米にぬか漬けに主菜という、珠に馴染《なじ》みのある献立だった。

「今回はコスモスの君に、和式の家事を教えるのでしょう？　和食を作っているとコスモスの君が、たまに違う下処理をしてしまうことがあるから、和食を優先しました」

確かに、そわそわとするコスモスの君が、何を用意すべきか迷っている様子だったから、たびたび珠が教えた。見えない人にしてみれば不審なやりとりをしたはずだが、澄は軽く驚きはしても、気にせず調理を続けていた。

コスモスの君は、珠が下ごしらえをする姿をじっくり観察していたから、試みは成功ともいえる。

澄にはある意味客人であるため同じテーブルに着くようにと告げられ、澄の向かいの席についた珠は、今回の主菜をじっと見つめた。

食べやすい大きさに切ったたまねぎ、じゃがいも、にんじんを牛肉と一緒に煮込んだものだ。西洋食材を取り合わせているのに、砂糖と醤油《しょうゆ》、みりんで味をつけている。

じゃがいもとたまねぎは八百屋に売っているくらいには知られた野菜だが、都市部では西洋料理に使うのが一般的だ。珠は汁物の具にするくらいしか馴染みがない。牛肉も特別な日に食べるもので、珠も強いて買ったことはなかった。

手伝いはしたものの、味の想像がつかず神妙な顔をしてしまっていたのだろう、珠の目の前に座った澄に、揶揄《からか》うような声音と表情で問われた。

「見慣れない物は食べる気になりませんか」

「いえ！　そのようなことはありません。いただきます」

慌てて珠は箸を持ち、食べやすく切ったじゃがいもと牛肉をつまんで口に運ぶ。

ほっくりと煮えたじゃがいもが口の中でほどけ、醤油の香ばしさと甘さそして牛肉のうま味が広がる。

食べ慣れない組み合わせであるのは確かだったが、ぱちぱちと瞬きをした。

「びっくりするほど、おいしいです。じゃがいもも牛肉も和食で使えるのですね……！」

「あなたは素直ね」

思わず感想をこぼすと、澄におかしそうにされて珠は顔を赤らめる。

だが、本当に意外だったのだ。たまねぎも火が通ると甘くとろけるような不思議な食感で、甘辛い味付けは箸が進む。珠にはこのような調理法があるというのが衝撃だった。

しげしげと眺めながら口に運ぶ珠に対し、澄は話してくれた。

「じゃがいもだって芋なのだからと、里芋と同じように煮転がしたらおいしかったのよ。牛肉もしぐれ煮にしますし。じゃがいもとたまねぎとにんじん、牛肉は、ビーフシチューで取り合わせるでしょう。なら一緒に醬油で煮てもおいしいかもしれないと思って、うま煮にしたらこの通りよ」

「英断でございました」

珠は心の底から賞賛を贈った。牛肉は高いが、切れはしを買えば金額は抑えられるだろう。これは銀市に食べてもらいたい。驚くだろうか、それとも面白がるだろうか。

珠の言い方がよほど愉快だったらしく、澄は箸を置いて口元を押さえる。珠が顔を赤らめて食事に集中していると、澄が独り言のように話してくれた。

「このじゃがいもと牛肉のうま煮は、人によって反応が違って面白いの。瑠璃子さんは真っ先に箸を付けました。髪を短く切る思い切りの良さがある方だけあるわ」

「確かに瑠璃子さんは、なんでもきちんと召し上がります」

好き嫌い、という概念がないのかというくらい、なんでも食べる。例外はおいしくないと感じたものだけだろう。そして瑠璃子がさっさと手を伸ばしたというのは、まさに珠の知る彼女らしくて頷くしかない。珠はまだ新しいものに対しては戸惑うばかりだから、瑠璃子の何に対しても気負いなく挑んでいく姿を、密《ひそ》かに手本にしていた。

やはり、と納得の表情をする澄は楽しげに続ける。

「うちの孫達に初めて出した時は、ご飯と副菜を食べ終えた後、ようやく手を出しました。汐里《しおり》はおなかがいっぱいで食べられないのを申し訳なさそうにしていたけれど、渚《なぎさ》の方は悔しそうにご飯をおかわりまでしてたのがおかしかったわ」

「お孫さん方は、慎重な方だったのでしょうね」

「頭が固いと言って良《い》いんですよ。渚が弟で、汐里が姉なの。あなたよりもいくつか年上なのだけど、異国の文化に馴染んでいるように思えても、まだまだね」

辛辣な澄だったが、その声音と表情は温かい。孫達との関係は良好なのだろう。

「私が若い頃は、新しいものに出会いたくとも、自由にできない時代だったわ。今は手を伸ばせば新しいものに触れられるのだから、わからないと忌避せずに、今までのものと一緒に楽しんでしまうのが良いと思うのよ」

ブラウスとスカートに身を包み、西洋式のテーブルと椅子に座り、茶碗《ちゃわん》と箸で食事をする澄は、本来ならちぐはぐに見えてもおかしくない。だが珠にはとても自然に感じられた。彼女がしたいからしている、という姿勢がそう思わせるのだろう。

瑠璃子もそうだった。

胸がじわじわと熱くなるような高揚が、珠の体に染みていく。

瑠璃子の言動はいつだって、珠が漠然と考えていた当たり前を吹き飛ばすような衝撃だった。きっと彼女にとっては、毎回些細《ささい》なことだっただろう。けれど、普通の女性ならば怯《ひる》む洋装も、自分の想《おも》いを優先して働くことも、他人の意見に左右されずはっきりと話すことも、すべて珠にはまぶしく、見惚《みと》れるものだった。

自分の意志で働く瑠璃子だ。ならば、今回の退職願も彼女なりの考えがあってのことだろう。心配でも、瑠璃子はきっと、大丈夫だ。

珠は密かに思い直して、再びうま煮を口に運んだ。

ぽつぽつと、話しながら食事が終わる頃になると、澄が言い出した。

「これからどうしますか？」

「午後は二階を掃除させていただけたらと思っております」

「そう言うと思っていましたが、一階の隅々まで行き渡った掃除ぶりからすると、明日にはすることがなくなりますよ」

苦笑する澄に、珠はようやく思い至り、ちらりと部屋の隅で待機しているコスモスの君を見る。彼女は付喪神《つくもがみ》として弱く、周囲の状況を把握できるほど力がなかっただけで、けして物覚えは悪くない。

和室の掃除を一人でしてもらい問題がなければ、珠の目標はひとまず達成だ。

後はコスモスの花期の間、彼女が変わらず過ごせるかを監督するだけになる。

早期に終了することも視野に入れても良いはずだが、先んじて澄に言われた。

「瑠璃子さんは静かで空気のようにいてくださったけど、こうして誰かと作業をするのも良いわ。約束の期日通り通ってくださるかしら」

「それは、かまいませんが」

少し彼女の言葉に違和を持ったが、続行するのは珠としても問題ない。

だが大方の掃除が終わった今、手持ちぶさたになることは請け合いだ。

「あなたが暇をもてあまさない方法があれば良いのだけど」

悩む澄に対し、珠の脳裏に浮かんだのは、ミシンのある作業部屋と、美しく仕上がったブラウスだった。きっと澄は職人と遜色ないほどの仕立人だろう。

今回の仕事からは完全に逸脱する個人的な事情だが、ひとつ、相談したいことはある。

言い出しても良いものか。珠は悩んだが、こんな絶好の機会もそうそうない。

「もし、ご迷惑でなければお願いが、あるのですが……」

おずおずと話しかけると、澄は興味を惹《ひ》かれた様子で耳を傾けてくれた。

＊

珠が路面電車を使い銀古に戻る頃には、日はとっぷりと暮れていた。

澄の屋敷《やしき》へ通い始めて四日だが、これほど遅くなったのは初めてだ。珠は小走りで銀古の屋敷側の玄関から入る。

『帰ってきた』

『大慌て』

『知らせる』

魍魎《もうりょう》達の声で伝達される中、珠は店舗に顔を出した。

「ただいま戻りました！」

『おかえりぃ、珠ちゃん』

真っ先に返してくれたのは帳場の板の間にいる狂骨だ。いつも通り婀娜《あだ》に髪を結い上げて緋襦袢《ひじゅばん》を纏《まと》った彼女は、様々な古道具類を前にしている。提灯《ちょうちん》や行灯《あんどん》、三味線などそれぞれだったが、提灯は横一文字にぱっくりと割れた中から舌が飛び出し、三味線は細い手が伸びバチを握っている。皆付喪神なのだ。

珠に向けてにこりと笑った狂骨は、身を乗り出してくるぼろぼろの布団に手で制した。

『暮露暮露団《ぼろぼろとん》、だめだよ。いくら人を癒《い》やしたいからってねえ、女に勝手に触れようとするなんざ野暮のどころじゃない。下の下の振る舞いだよ。それで前の家から追い出されたんだろう?』

布団……暮露暮露団は、縮こまるように布団の体を丸めた。

珠は驚いて狂骨に問いかける。

「狂骨さん、付喪神さんの言葉がわかるのですか?」

『いいや、なんとなく雰囲気で会話してるだけさ。でも案外伝わるもんだよ。……ほら、そんなしょげなくていいさ、ここでちゃんと振る舞いを教えてやるから、安心しな』

狂骨に笑いかけられた暮露暮露団は、ゆっくりと布団を緩ませる。勇み肌で面倒見が良い狂骨は、まだ人間に慣れていない妖怪達の教育係としてうまくやっているようだ。

邪魔をしてはいけないと珠がそっと離れ周囲を見ると、別の客の応対を終えた銀市がいた。珠に気付くと、きちんとこちらを向いて応《こた》えてくれる。

「おかえり。問題はなかったか」

「いいえ大丈夫です。これから夕食の仕度に入りますね」

珠は今一度頭を下げ、家鳴り達に合流した。

ちょうど食事の仕度が終わり、声をかけに行こうとした時に、銀市が居間に現れた。

「今日はコロッケか」

シャツの上に長着姿の銀市が、ちゃぶ台の上のおかずを見て表情を緩めたのに、珠もまた嬉《うれ》しくなる。

「今日は奥様から揚げる手前まで作った物をいただいたんです。ソースもありますのでお使いください」

珠が帰ってから夕食の仕度をすると知った澄が、簡単な仕度で済む料理を自分の夕食のついでに用意してくれるようになったのだ。一人で作って食べるには手間が見合わない物が作れて楽しいと語っていたが、感謝しかない。

銀市が定位置に座った後、食事の挨拶をして箸を付け始める。

ポテトコロッケは、揚げたてが一番だから、と揚げ方を教わって台所で揚げた。荒く潰したじゃがいもがほくほくとして、不思議な酸味のあるウスターソースが衣に絡まり、醤油とはまた違った味わいだ。澄に付け合わせとして分けてもらったキャベツの千切りともよく合うし、家鳴り達が作ってくれていたほうれん草の和《あ》え物や、ひじきの煮物とも喧嘩《けんか》をしない。飯と味噌汁《みそしる》もよく進む。

「澄さんと君には感謝しなければならないな。作り置いてくれる昼食を含めて、工夫を凝らしてくれるから、おかげで食事時が楽しみでならない」

「喜んでいただけてほっとしました。作り方も教わったので、また今度挑戦してみます」

銀市の食べ進める手が早い。これは気に入ったようだ。昨日作ってみた牛肉とじゃがいものうま煮も楽しげに口にしていて、ご飯をいつもより多くおかわりしていた。

珠が安堵《あんど》と嬉しさに緩む頬を感じつつコロッケを箸で切り分けていると、銀市が穏やかな表情で問いかけてくる。

「澄さんとうまくやっているみたいだな。今日はどうだった、コスモスの君がとうとう和室を一人で掃除できたとは聞いていたが」

「はい。本日は緑茶をとてもおいしく淹《い》れられていたのです。もう少しできっとお客様にお出ししても問題なくなると思います。私はまだ紅茶の良い浸出時間まで待てずに、つい薄くなってしまうのですが。次は頑張ります。貴姫さんも、同僚がいらっしゃるのが嬉しいみたいで、しきりに彼女とお話しされておりました」

毎日姿を現すのはかなり疲れるようで、貴姫は珠が帰宅したとたん眠ってしまう。それでも連日の出勤を楽しんでいるようだった。

「貴姫だけでなく、君にもずいぶん良い刺激になっているようだ」

銀市に温かく語られた珠ははしゃいでいる自分に気がついて、顔を赤らめる。

「本当に、澄さんには良くしていただいています。お役に立つ側なのに、洋室での約束事や、うま煮やコロッケの作り方等も教えていただきました。むしろこの上で報酬をいただくのがなんだか申し訳ないくらいです」

そう、仕事のはずなのに通うのが楽しみなくらい、珠は充実した時間を過ごしている。

「瑠璃子も似たようなものだったのは、報告書を読んで知っているだろう？　君もあまり気にしなくて良い。瑠璃子は澄さんの屋敷の依頼を毎年受けるようになってから、洋装も本格化してきたしな」

「それは、そう、かもしれません……？」

確かに報告書から読み取れる瑠璃子の過ごし方も、澄に聞く瑠璃子も仕事と語るにはずいぶん変わっていたとは思う。

釈然とせず首をかしげる珠に対し、銀市は何でもないことのように語った。

「澄さんもコスモスの君も、君が教えるに足ると判断したからだろう。問題なく過ごすという目的が達成されていて、彼女達には感謝されているのだろう？　君は充分に仕事をしているし、楽しく仕事がこなせているのなら良いことだ」

楽しい。その言葉でこの気持ちの形が定まり、珠は自然と頬が緩んだ。

「コスモスの君が嬉しそうにされるのも、澄さんにいてくれて嬉しいと言われるのも、こちらまで嬉しいんです。銀市さんのお役に立ちたいと思ったときと同じです」

銀市の役に立ちたい、と思ったときもそうだった。嬉しくて、もっと何かできないかと考える。その時間さえ楽しい。

珠がはにかむと、銀市の箸が止まる。

なにか引っかかったのだろうかと思ったが、銀市の箸はすぐに動き出した。

「ああ、そうだな。君が俺以外にも、自分の意思で誰かの役に立ち、感謝されるのが嬉しいと感じるのならば、良い変化だと思う」

そして銀市は目元を緩めた。

「君がうまくやっていると、俺も安心して業務に専念できる。ありがとう」

礼を言われてしまった珠は、頬がほんのりと熱を持つ。狼狽《うろた》える気持ちと嬉しさの両方がこみ上げてきた。

またただ、銀市を前にすると、面はゆく落ち着かなくなってしまう。

「こちらこそ、ありがとうございます。後で、報告書をまとめて提出いたしますが、余力がありますから、残っている事務仕事がございましたらお手伝いいたしますね。銀古内はいかがでしたか」

珠がそっと話柄を変えると、銀市は不審に思わなかったようですんなり答えてくれた。

「客が多い、という以外は変わったことはないな。狂骨が持ち込まれた付喪神をなだめすかす手腕に驚いたことくらいか」

「狂骨さんが以前から担当されていたのは、幽霊相手の外向きの仕事ですよね。内向きはこれが初めてなのに、とても手慣れているようでした」

珠が先ほど店舗で見た光景を思い返すと、銀市はしみじみとした顔をする。

「狂骨は元は最高位の花魁《おいらん》だ。本人も『昔取った杵柄《きねづか》さ』と言っていたから、そもそもが得意な分野だったのだろう。以前は精気を奪ってしまうからと他者との関わりを避けていたが、今はあまり抵抗がなくなったようだ」

「狂骨さんが生き生きとしていらっしゃっているように思えて、私も嬉しいです。なにか、きっかけがあったのでしょうか」

表情を緩めた珠は、ふと気になって口にする。銀市の表情が一瞬愁いを帯びたような気がした。珠が瞬くといつもの穏やかな表情をしていたから、気のせいかもしれない。

「最近は調子が良いとは語っていたな。君と過ごしたことで、他者を傷つけない自信になったのかもしれん。ともあれ、悪いことではないさ」

「そう、ですね」

「たださすがに彼女も疲れたらしいな。早めに休んでいるよ。どちらかと言うと、記録帳を付ける方が神経を遣うようだな」

「なるほど、後で確かめます」

ふつり、と会話が途切れる。その沈黙も嫌ではない。

虫の鳴く音が庭から響いてくる。疲れてしまった狂骨に後でなにか差し入れられれば良いのだが。珠が考えていると、銀市が案じる色を見せた。

「そういえば、今日は少し帰る時間が遅かったようだが、なにかあっただろうか」

ぎくりとした珠は、鼓動が早く打ち始めるのを感じた。

表情には出ていなかったはずだが、何かを感じたのか、銀市が訝《いぶか》しげな顔をする。

「……珠？」

「ええと、電車が来るのが遅れていたんです。だから、心配されることはございません」

電車が遅れていたのは本当だ。路面を走る都合上、交通量が多い時間帯は、道を横切る通行人や車両によって遅れがちになる。

とはいえ、珠が余裕を持って駅にたどり着けなかったのも理由の一つだ。

案じられるのは、嬉しい。けれど、今なぜと聞かれるのはとても困る。

「任せている自分が言うのもなんだが、貴姫がいるとはいえ、夜道を一人で歩くのは心配だ。遅くなるようなら迎えに行くか」

「いえ！　お忙しい中、そこまでしていただく必要はございません。明日《あした》から充分注意いたします」

銀市にじっと見つめられている間、珠は気が気ではなかったが、彼の怜悧《れいり》な眼差《まなざ》しはそらされた。

「なら、いいんだが。明日の仕事先が、澄さんの屋敷近くなんだ。早めに終わったら様子を見に行くかもしれん」

「はい、わかりました」

明日なら、たぶん大丈夫だろう。

残りの食事を食べ進めながらも、珠はかすかに安堵の息を吐いた。

だが、その様子を、銀市が物憂げに見つめているのには気付かなかった。

＊

「別に言っても良かったのではありませんか？　あなたのシャツを縫えるように練習しています、と」

うららかな陽光が差し込む澄の作業室に、かたかたと断続的なミシンの音が響く。

今日も洋装の澄がなめらかに布を縫い合わせていくのをじっと見つめながらも、珠はもじもじと指をすり合わせる。

「いいえ、その銀市さんにはそもそも、作るとすら言っていませんし、綺麗《きれい》に仕上がるかもわかりませんから……」

「私が一対一で教授しているのです。必ず見られる物に仕上げます」

きっぱりと言い切られてしまった珠は、背筋を伸ばす。

珠が澄に願ったのは、ブラウス作りの見学だった。

女学校での一件でシャツのひな形を作って以降、銀市のシャツを縫ってみようとこっそりと購入した布で試行錯誤していた。だが、美しく仕上がらず途方に暮れていたのだ。美しいブラウスを縫える澄を観察すれば、原因がわかるかもしれない。そう思ってのことだったが、澄からは当然のように、ならば一から教えると言われた。

もちろん珠は彼女に余計な手間をかけさせる気はなく狼狽《うろた》えたが、澄は平然としたものだ。そういうわけで、掃除が終わった午後から、珠は作業部屋でシャツの縫い方を習っていたのだった。

珠が昨夜帰宅が遅くなったのは、澄の教授に熱が入り、夢中になって時間を忘れていたせいである。

「仮縫いをせずに作るのですから、完全に身体《からだ》に合うものにはならないでしょうが、練習には充分でしょう。よくぞ素人でここまで正確に型紙をとったものです。私が微調整を入れるだけで済みましたからね」

感心する澄が、作業台に並べられた珠の作ったシャツの型紙を振り返るのに、珠は恐縮して縮こまるばかりだ。

新聞で作った型紙は、描き方を間違えていた。それがうまくいかなかった原因だったから珠にとっては決まり悪い。

身頃を綺麗に縫い合わせた澄は、ぱちんと糸を切ると珠を振り返った。

「さあ、これで襟の縫い方はわかりましたね。今度はご自分でしてみなさい」

「はい」

頷《うなず》いた珠は、スカートを押さえると、譲られた丸椅子に腰掛け、ミシンの前に座る。手にあるのは、裁断された生成り色の布地だ。

布をミシンの押さえに挟み、糸の調子を確認し、そして足下にあるペダルに足を乗せる。布を押さえながら、右手側に付いている弾み車を回して、すぐにペダルを踏み始めた。そのまま、足踏みをするようにペダルを動かしていく。

澄よりはゆっくりだが、かたかた……と調子よくミシンが動き出した。

「焦らず、確実に、ですよ。肩のところでは襟の方を伸ばし気味に持って、左右の釣り合いがとれるようにしましょう」

澄の指示を聞きながら、珠は集中して縫い合わせていく。

この襟付けが一番の難関だった。首元の印象を決める重要な箇所だ。ここがうまくいかずにつまずいていたから、自然とペダルを踏む足と、布を押さえる手にも力が入る。

ゆっくりと最後まで縫い上げた珠は、西洋式の糸切りばさみで糸を切り、澄に見せる。

襟をじっくりと見つめていた澄は頷いた。

「ええ、少々甘いところはありますが、よろしいでしょう。ここを乗り越えれば後は多少は楽でしょうね」

「はい、ええと、次は袖付けですね」

及第点をもらえた珠は、心が浮き立ったが、形になるまでは気が抜けない。

「ええ、釦《ボタン》ホールと釦の縫い付けはあなたは問題なさそうですし、一気に……あら」

熱を込めて語っていた澄だったが作業台を向いて、言葉を止める。

珠もまたつられるようにそちらを見ると、作業台に置かれたお盆と湯気の立つティーセットを見つけた。

入り口を振り返るとコスモスの君がいて、心配そうにこちらを見つめたあと、墨色のスカートを翻し去っていった。

見えないだろうと珠は言わずにいたのだが、澄がかすかに息を呑《の》むのが聞こえた。

「今、墨色のスカートが……」

「見えたのですか！」

珠が驚くと、澄はかすかな動揺を見せながらも振り返った。

「ほんのりと入り口に布が見えた気がしました。珠さんが来てから、屋敷《やしき》に誰かがいる気配を感じるようになりましたが、見えたのは初めてですね」

不思議なことに、澄は急速にコスモスの君の気配を感じ取れるようになっているようだ。銀市に相談すると、珠や貴姫がいることによって、澄も聡《さと》くなっているのかもしれないと語っていた。

澄は緊張しながらも、ほんのりと口元を綻ばせる。

「とはいえ、どうやらコスモスの君にも心配をかけたようね。一度休憩を挟みましょう」

促された珠は、澄と丸椅子を引き寄せ合い、休憩を取る事になった。

コスモスの君が用意してくれたのは、ティーカップに淹《い》れられた緑茶に、クッキーが添えられている。クッキーは昨日コスモスの君が焼いた物だというのを、珠は知っている。

澄に使う材料を説明し、了解を取ったのは珠だからだ。

こうして、洋風の食べ物に和風のお茶が出てきても、珠は驚かなくなった。

さくりとクッキーをかじると、バターがふんわりと香り、小麦粉の香ばしい味わいが甘く広がる。甘みがじんわりと身体に沁《し》みるような感覚に、珠は意外に自分は疲れていたのかもしれないと感じた。

角を挟んだ隣で、澄が深く息を吐いたことで、彼女も似た感想を持ったことを知る。

「思っていたより熱が入っていたみたいね。つい、洋服のことになると、夢中になってしまいます。もう若くなくて、身体がついて行きませんが」

「お疲れですか」

「少し休めば大丈夫ですよ。瑠璃子さんの時は、この程度ではすみませんしね」

瑠璃子の話に、珠は自然と前のめりになる。

澄はたびたび瑠璃子と過ごした話をしてくれた。瑠璃子は秋の短い間とはいえ、数年前から毎年訪れていたのだ。珠と澄の共通の知人である彼女が、話の種にならないわけがなかった。多くの思い出話を、珠は興味深く聞いたが、驚くことの方が多かった。

なぜなら、この家での瑠璃子は珠の知る瑠璃子と印象が違いすぎたからだ。

だから、珠は慎重に訊《たず》ねた。

「それは、洋服のお話になると、ということでしょうか。私が知る瑠璃子さんは、お店に来るたびに洋装をされていました」

「洋服が好きなのは同じなのね。物静かで奥ゆかしい方だと思ったことは話しましたね」

「はい。私の知る瑠璃子さんは快活で、はきはきしていますので、まったく印象が結びつかなくて、別人かと思いました」

そう、澄から聞く瑠璃子は、まるで深窓の令嬢のようだった。

報告書から、瑠璃子の業務態度までは読み取れなかった。だから、珠の指導の時のように、コスモスの君へ次から次へと用事を言いつけたのかと考えていた。しかし、コスモスの君がしたがることを、粛々と受け入れていたのが真相のようだ。

はじめに澄が、瑠璃子は居るのかわからないほど静かだったと語ってくれた時には、本当に瑠璃子なのだろうかと報告書を読み直したほどだ。

「まるで借りてきた猫のようだったけど、私はあなたの話を聞いて、なるほどと思いましたよ。だって、本当に大人しい方は、いきなり絵を燃やすとは言いません」

きっぱりと言った澄は、懐かしげに目を細めた。

「瑠璃子さんが初めてこちらにいらした頃は、和装で髪も長かったの。でも洋服を仕立てているのを見たとたん、目が輝いたのよ。あの子の目が瑠璃色をしているのに気付いたのもその時でしたね」

瑠璃子が人の姿をとっている時、瞳の色は黒色だ。感情が高ぶった時だけ化けがほどけてしまうのと同じように瑠璃色に戻る。

だから珠には、瑠璃子が初めて洋装に魅せられたのだろうと容易に想像がついた。

「瑠璃子さんは、もしかして、こちらで洋服を知ったのでしょうか」

「おそらくそうでしょう。コスモスの君のこと以外あまりお話しをされなかったのに、洋服だけは見たとたんどこで手に入れられるのか、と聞いてきたんですよ。だから一着仕立てて差し上げて以降は、毎年、瑠璃子さんと一緒に新作の服を仕立てるのが決まりのようになっていました」

そこで澄は何かを思い出したようにくすりと笑う。

「まだ洋装で外に出ると奇異の目を向けられるのに、瑠璃子さんは洋装で出勤してきたばかりか、髪まで切ってこられた時には本当に驚きました。でも『洋服にはこっちの方が似合うんじゃないかしら』って目を輝かせていたんですよ。その通り、瑠璃子さんにはよく似合っていましたよ」

「はい、瑠璃子さんはいつも素敵な組み合わせで洋服を着ています」

来るたびに知らない形の服を着こなして現れる瑠璃子は、とてもまぶしく感じられる。

珠が同意すると、澄も顔に笑いじわを寄せて微笑《ほほえ》んだ。

「ええ、そうね。私も洋装を普段着にして長いですが、語る、ということはありませんでした。孫の汐里も興味を持ってくれたけれど、人と違うことをするのが苦手な大人しい性分でしたから、着て外へ出てはいかないの。瑠璃子さんは孫の代わり、ではありませんが、私は仲間ができたようで嬉《うれ》しかったのです。好きなものについて心ゆくまで語るのは、楽しいですからね」

「瑠璃子さんも、嫌いなことに関しては絶対に動かない方ですから、澄さんの所に伺うのは、楽しいことだったのだと思います」

「だと嬉しいですね」

澄は穏やかに嬉しさをにじませる。珠は相づちを打ちながらも、不思議に思った。

瑠璃子は澄の屋敷に毎年来ていたのだから、急に嫌になったわけではないはずだ。にもかかわらず、唐突にやめた。珠は改めて瑠璃子の行方が気になった。


休憩後、珠は再び澄の指導でミシンに向かい、とうとう袖を付け終え完成したシャツをトルソーにかけた。

女性用のトルソーには、銀市の大きさで作ったシャツは一回り以上大きい。

まだ釦ホールを縫い、釦を付ける作業が残っているが、ここまで来れば珠だけでも進められるだろう。

「本当に、何から何までお世話になりました」

珠が深々と頭を下げると、自分の作業を進めていた澄が頷いた。

「ひな形で練習していたとはいえ、実寸で、外で着ても問題ない水準に仕立て上げられたのは、あなたの努力の成果です。後は渡すだけですね」

「い、いえそれは……」

仕立て上げただけで満足していた珠は口ごもる。

そもそも縫っているのも内緒だったのだ。渡さなくても良いのではないかと思う。

だが澄は許してくれないらしい。

「あら、日頃お世話になっている感謝を伝えるために、贈りたいと考えてのことだったのでしょう？　渡さなくては意味がありませんよ」

「それはその通りなのですが……。お渡しして、ご迷惑にならないかと、不安で」

銀市は今繁忙期でとても忙しい。少しでも息抜きになってくれればと、食事は色々工夫した結果喜んではもらえた。

だが、食事は一過性のもので、シャツは残ってしまうものだ。

「渡すことで、気を遣わせてしまうのは申し訳ないですし、そもそも素人の縫い物です。

ご趣味ではないかもしれません。でしたら、私の満足で済ませるのもよいかと……」

「そう、つまりあなたは古瀬さんに喜んでもらいたいのですね」

澄にすぱりと指摘された珠は、胸の真ん中を刺されたような気持ちがした。

その通りだ。銀市に喜んでもらいたい。珠がしてもらった様々なことを伝えて、お礼を言いたい。仕立てている間は、銀市に似合うと良《い》いと願っていた。

渡す前から、相手の反応を期待してしまっていたのだ。なんて自分本位なのだろう。

「申し訳ありません。あまりに不純でした」

珠は急に恥ずかしく思えてうつむくが、澄はあきれ顔だ。

「何が不純ですか、人に物を上げて反応を期待するのは当然のことです」

「そうなのですか」

「ええ、そうですよ。私だってあなたにそのような洋装をさせていますが、あなたが楽しそうにしなければ強くは勧めませんでした」

珠は別の意味で顔を赤らめて、今も着ている墨色のワンピースのスカートを握る。

「そもそも、感謝を伝えるために初めて仕立て上げたシャツを、着ないからと断る方でしたら、殿方の風上にも置けません。私も抗議します」

「えっその」

あまりに厳しい澄の態度に、珠はどう返して良いかわからず、おろおろとする。

熱くなり過ぎたと感じたのか、澄は少し声の調子を落として続けた。

「とはいえ、他人のものを仕立てて満足という気持ちもわかりはします。私だってほら、自分が着ないワンピースを仕立てていますから」

澄が話しながらも作業をしていたワンピースを掲げる。淡い桃色のそれは、澄が普段着ているものより、可愛《かわい》らしい色彩とデザインだと思っていたが。

「ご自分のではないとすると……？」

「コスモスの君の物よ」

思わぬ名前に、珠は目を丸くした。

なぜ？　と顔に出ていたのだろう、澄は続けた。

「あの絵画の題名はこちらの言葉に訳すと『愛と人生の喜び』というのですって。高貴な方が、秘密の恋人だった使用人の娘をモデルに描かせた絵らしいの。表にはできない仲だったけれど、せめて姿絵だけでもと思ったのでしょうね。ですが若いお嬢さんなら、綺麗《きれい》な自分でいたいものでしょう？　だから服だけでもと思ったお節介ですよ」

澄は普段と変わらず平静に思えたが、ふいに照れくさそうに笑みをこぼす。

「きっと似合うだろう、と思ったら止まりませんでした。だってコスモスの君は、私では着られない可愛らしい柄も似合いそうでしょう」

「……はい。コスモスの君に、その色味はとても似合いそうです」

本当に澄はあの絵と、洋裁が好きなのだ。そう、珠は実感した。

「あの子が見えるあなたがそういうのなら、自信になります」

語る澄は、とても潑剌《はつらつ》としていた。

窓からはコスモスが風に揺れているのが見える。まだまだ見頃といって良いが、少し散っている花も目立ち始めた。

もうすぐ、この庭でコスモスの盛りが終わる。そうすればコスモスの君は眠りにつき、珠の仕事は終わるだろう。

仕事を完遂できるのは嬉しい。ただ、次第に寂しさも感じ始めていた。

りいん、と呼び鈴が部屋に響いた。玄関で来客を知らせる音だ。

「そういえば、古瀬さんがあなたの様子を見にくるかもしれないと言っていましたね。いらしたのでしょうか」

澄に指摘された珠は、一気にそわそわと落ち着かなくなる。

「あの、その……」

珠が狼狽《うろた》える理由はわかっているのだろうが、澄はそこには触れず立ち上がった。

「ちょうどお茶の時間でもありますし、私は準備をしておきます。応対はあなたに任せます。古瀬さんだったら居間に案内して差し上げてください」

「かしこまりましたっ」

珠は頷《うなず》くと、小走りに玄関へ向かう。

玄関扉の前でスカートとエプロン見回して、糸くずが付いていないか確認し、息を整えてからノブに手をかける。

「はい、どちらさまでしょうか」

言いつつ扉を開けた珠は、玄関にいた青年を見上げた。

訪ねてきたのは銀市ではなく、見知らぬ青年だった。珠よりはいくつか年上に思え、どこかの学生だろうか、詰め襟に短く整えられた髪には学生帽をかぶっている。足下はよく手入れをされた革靴を履いており、品の良さを感じさせた。

だが当の青年は、応対に出た珠を見るなり、精悍《せいかん》な容貌を険しくした。

「それは私の台詞《せりふ》だ。ここは祖母の家のはずだが、君は誰だ」

一瞬動揺した珠だったが、彼の険しく言い放たれた言葉で思い至る。

確か澄が男女の孫がいると語っていた。

珠は扉を押さえながらも、頭を下げた。

「失礼いたしました。私はただいま短期で住崎の奥様に雇われております、上古珠、と申します。住崎渚様でございましょうか」

誠心誠意応対すると、青年は珠の丁寧な挨拶に面喰《めんく》らったようだが、すぐに頷いた。

「そうだ、私が渚だが、秋の間だけおばあさまの家に来るのは瑠璃子という女のはずだ。

彼女はどうした」

「瑠璃子さんをご存じなのですか」

思わぬ名前を出されて珠は戸惑うが、渚がこの家をたびたび訪れていたのなら、ありえる事だと思い直す。詰め襟の青年、渚は珠が問い返したとたん詰め寄ってきた。

「瑠璃子を知っているのなら、君は彼女の派遣先から来ているんだな！　この屋敷《やしき》に通ってきてはいないのか！」

「あの、瑠璃子さんの代わりに今回は私が……」

「では彼女はどうした、今どこにいる？　派遣元にはいるのだろうか。居場所を教えてくれないか」

珠が事情を説明しようとした言葉を遮られて、まくし立てられた。思わずたじろいでしまう。逃げられると思ったのか、渚は大きく一歩距離を詰めると、肩を摑《つか》んできた。

「答えるまでは逃がさんぞ、そもそも君達はなぜ派遣されて来ているんだ。おばあさまを騙《だま》して金を巻き上げているのなら許さない」

肩を摑む手の力は強く、少し痛みを伴う。まずは落ち着いて貰《もら》いたいが、と珠が途方に暮れた時、渚の肩に男の手が乗った。

渚より背が高く、小紋にシャツを着込み羽織《はおり》を重ねているのは銀市だった。

「君、女性に対して無体なまねはやめなさい」

「銀市さんっ」

珠が驚きのまま呼びかけると、銀市はちらりと珠を見る。珠に困惑の色を見て取ると、すぐに渚に視線を戻した。

端麗な容貌の銀市から表情が消えると、整った顔立ちが強調されて威圧感が増す。

はっと振り返った渚は、硬質な銀市を見て息を呑《の》むが、表情の厳しさは変わらない。

「……そちらは」

「古瀬銀市という。君が今脅している彼女の雇用主だ」

「脅してなどっ……！　ただ瑠璃子という女のことを知りたいだけだ」

「逃げられないよう肩を摑み、詰問している状態は客観的に脅していると捉えられるが」

銀市の淡々とした低い声音に、渚は初めて自分がしていたことに気付いた様子で、顔を赤らめながら手を離した。

その隙に銀市は渚との間に割って入り珠を背にかばう。ほっと息を吐いた珠だったが、すぐはらはらとしながら、銀市と渚を交互に見た。

「銀市さん、こちらは住崎渚様とおっしゃって、奥様のお孫さんなのです。瑠璃子さんの行方を知りたがっておられて……」

「なるほど。瑠璃子は今行方不明だ。代わりに珠を派遣している。こちらでも居場所は知らん。──珠、澄さんを呼んできなさい」

渚にきっぱりと言い切った銀市は、珠の肩を叩《たた》いて促す。

確かに一旦家主の澄に指示を仰いだ方が良い。

銀市に頷いた珠がスカートを翻して室内へ戻ると、ひやりと冷気を感じた。

視界の端で墨色のスカートが見える。すぐに消えてしまったが、コスモスの君だった。

今のやりとりを彼女も見ていたのだろうか。

珠が僅《わず》かに足を止めた間に、奥から靴音を響かせて澄が現れた。

「珠さんどうなさいました。あら……古瀬さんに、渚さん？」

「おばあさまっ」

渚が訴えかけるように澄を呼ぶ。

澄は、珠の不安に揺れる表情と、玄関先にいる銀市と渚の間にある張り詰めた空気を感じたのだろう。少々眉を寄せると、渚に呼びかけた。

「渚、久々に顔を見せてくださるのは嬉《うれ》しいですが、玄関先で騒ぐのではありません。ひとまず中へ入りなさい」

「ですが……」

「私が入りなさいと言っています。ご近所の迷惑です」

澄の鶴の一声で、渚も渋々と入る。

ぱたり、と玄関扉が閉められたとたん、澄は銀市に頭を下げた。

「古瀬さん、私の孫が無礼を働いたようで失礼いたしました」

「いいや、俺にはなにも。ただこちらの彼が珠に詰め寄っていたのを止めただけだ」

「渚さん」

顔を険しくした澄に呼びかけられたとたん、渚は背筋を伸ばす。

渚の様子が、まるで上司に叱責をされる部下のように見えた。

「珠が粗相をしましたか」

「いいえおばあさま。ただ、使用人を雇われたがらないおばあさまの家から若い娘が出てきたので、素性を確かめようとして熱が入りすぎました」

潔く自分の非を認める渚に、珠はぽかんと渚を見上げる。同時に彼が聞きたがっていた瑠璃子のことを語らなかったのが意外だった。

頭が痛いとばかりにさらに顔を険しくした澄は、渚に向けて抑えた声で語る。

「今回は瑠璃子さんではなかったから、驚いたのでしょう。あなたは素直なのが良いところで取り柄だとはわかっていますが、いくら何でもやり過ぎです」

「その通りだと私も思いました。上古さんと言ったか、すまなかった」

素直に認めた渚は、潔く珠に頭を下げてくる。

「いいえ、お気になさらず」

謝罪されることでもないと思っていた珠は、狼狽えながらも頭を下げ返す。

渚はかすかにほっとしたが、すぐににらむような厳《いか》めしい表情で銀市を振り向く。その表情に宿るのは明らかな不信感だ。

「だが、店主がいるのなら改めて聞きたいと考えていました」

「渚さん、それは以前にも話した通り……」

「幽霊が出るから、対処をしてもらっているのでしょう。だけど今はもう明治ですよ」

澄が嗜《たしな》めようとするが、渚は強い声音で遮った。

彼は義憤に駆られた表情で、淡々とした銀市へ向けてとがった声で続ける。

「この科学の発展と学問の発達によって、今まで謎であり恐れるべきであった現象や存在も解き明かされています。怪異も、神秘も悪だとは言いませんが、それを食い物にするのは悪だと考える」

強く、己の信念の下に語る渚が暗に伝えたいことは、珠にもわかった。

銀市は、怒りもなくただ挑むような渚の眼差《まなざ》しを受け止める。

「……その出《い》で立ちからすると、学生か。様々なことをよく学んでいるようだな」

「当然だ。私はいずれ住崎貿易を継ぐ。多くの人員を背負う立場になるのだから、身内くらい守れると証明しなければならない」

強い自負を感じさせる口調で渚は続ける。

「おばあさまが安心するのならと今まで見逃していたが、あなたは店主にも拘《かか》わらず妙に若い。秋だけ、という派遣形態も奇妙だ。別の思惑があるのではないかと疑うに充分だ」

「渚、失礼な事を言うのではありません！」

さすがに看過できなかったらしい澄が強い口調で止めて、渚はようやく口をつぐむが、それでも銀市をにらむのはやめない。

『ふん、このような見えぬ輩《やから》にはわからぬじゃろう。言うても無駄じゃ』

珠は、肩口に出てきた貴姫の冷めた言葉を聞きながら、硬直するしかなかった。

渚の言葉は、銀市がいなければきっと珠がぶつけられていた言葉だろう。

珠には人に非《あら》ざる者であるコスモスの君が見え、存在するとわかる。だが、見えず、聞こえない者に対して何をどう納得してもらえば良いかわからない。

理解はしても、久々に疑われる状況には、ちくちくと胸に痛みを感じた。

珠がぎゅっと指を握り合わせて縮こまっていると、銀市は軽く息を吐き、澄をかばうように立つ渚に返答する。

「まあ、そうだな。疑うのは当然だ。だが問題が起き、必要とされれば俺は応《こた》える」

「その問題の証明をしてくれれば、私もここまでは言わん」

渚の緩まぬ疑いの目を受け流した銀市は、羽織を整えると澄に声をかけた。

「澄さん、今日はこれで失礼しよう。元々珠があなたとうまくやっているか確認したかっただけなのだ」

「珠さんはよく働いてくれています。うちの孫が本当に申し訳ありませんでした」

澄の謝罪に、銀市は穏やかに応じる。

「いや、少々先走るきらいはあるが、あなたのことを心配できる良《い》いお孫さんだ。こちらは気にしなくて良い」

澄の謝罪と銀市の鷹揚《おうよう》なやりとりに、渚の表情が硬化するが、なにも言わなかった。

「銀市さん……」

珠が、どう話して良いかわからず名を呼ぶと、銀市は少しだけ表情を和らげた。

「君は役目を果たしなさい」

珠の仕事は澄の憂いを払うことであり、コスモスの君との懸け橋になることだ。

追いかけようとした珠だが、思い直して立ち止まる。

玄関扉へ向かう銀市を、そのまま見送ろうとした。

銀市は扉のノブに手をかけたが、訝《いぶか》しげにする。

「……鍵がかかっている？」

玄関は閉めただけで、鍵など誰もかけていないはずだ。

何かが起きている予感に珠が不安を覚えると、玄関ホールを冷気が満たした。

冬の寒さとは違う、肌にまとわりつくような重い冷たさだ。

ひらり、と墨色のスカートが視界の端で翻る。

異変を感じた銀市は、すぐに振り返った。

珠もまた顔を上げると、ひらひらと舞う墨色のスカートと白いエプロンが見えた。

玄関ホールの虚空に浮かぶのは、悲痛な表情をしたコスモスの君だった。

なぜ急に、と珠は戸惑う。それでも声は出さなかったのだが、澄も渚も驚愕《きょうがく》の表情でコスモスの君を見ていることに気付いた。

「は、女性……？　だがなんで空中に……!?」

動揺した様子の渚が発した言葉で、珠は二人にもコスモスの君が見えていることを確信する。珠は混乱するが、コスモスの君と目が合った。

その眼差しは悲しみに揺れており、目尻には涙すらにじんでいる。

刹那、玄関ホールに一陣の風が吹く。

吹きすさぶ風を引き連れて、コスモスの君は珠に迫る。虚空を滑るように近づいてくるなり、珠を腕に囲った。

「珠っ」

異変を察知した銀市が寸前に駆けつけ珠をかばおうとするが、コスモスの君はなぜか銀市の袖も摑んだ。

意外な行動だったらしく銀市も動揺を見せる。そんな彼を認識しながらも、珠は身体《からだ》の芯に冷気が通り抜けて、身体が重くなるのを感じた。

これは、狂骨の記憶を垣間見《かいまみ》た時と同じだ。ただ狂骨やかすみの時のような怖気《おぞけ》はなく、圧倒的な悲しみが珠を満たしていった。

はちり、と珠が瞬くと、そこは洋館の一室のようだった。澄の屋敷《やしき》の居間に似ているが、ずっと広々としている。調度品も雰囲気を統一された西洋の家具で、年月を経た重みを感じさせて、どこかの裕福な屋敷であることを窺《うかが》わせた。

珠は壁に掛けられた絵画の中に、コスモスの絵画を見つけて気付く。

今、自分はコスモスの君の強い想《おも》いの記憶を見ているのだ。

室内にいるのは、古風な洋装をした男女だった。

一人は女性だ。墨色の丈の長いワンピースに白いエプロンをして、白いキャップをかぶる姿は、コスモスの君とうり二つである。

彼女は、悲しげな瞳で男を見上げている。男性はシャツの上にジャケットとズボン姿で、かなり気軽な服装だ。堂々とした立ち振る舞いから、身分が高いことは容易に知れた。だが男性は普段は優しげだろう容貌を険しくし、女性を詰問している。

その詰問に女性は涙をこぼすのを堪《こら》えながら、必死に否定を繰り返していた。

言葉は早口の異国の言葉で、珠には聞き取るのも難しい。けれど、不思議と彼らのやりとりの意味は理解できた。

男性は彼女が身分の釣り合う男性と一緒にいるのを見て、誤解をした。

それを、女性は言い寄られたのを断っていただけだと訴えているのだ。

だが信じ切れない男性は、首を横に振ると、女性に背を向ける。

信じてもらうことが、難しい。

男性が部屋から出て行き、女性がその場に泣き崩れるまで、壁に掛けられたコスモスの絵画は見つめていた。


「珠」

名前を呼ばれて、珠は我に返る。目の前にいるのは案じるように覗《のぞ》き込む銀市だ。

場所はまだ玄関ホールのようで、彼は床に膝をついている。

珠は自分がいつの間にかスカートを広げて、床にへたり込んでいるのに思い至る。銀市のとの距離が、近い。

「気分は悪くないか」

「だいじょうぶ、です。私は、寝ておりましたか」

かすみの念に呑《の》まれかけた時は、灯佳《とうか》によって引き戻された。今は銀市が引き戻してくれたのだろう。かすかに、鼓動が早まるのを感じながらも状況を把握した珠は、銀市がなぜか困惑したためらう様子なことに気付いた。

「一瞬、立ちくらみを起こしたような様子だった。だが……」

「……っ？」

珠は首をかしげようとしたが、身体が重く果たせない。

首に回された腕をたどるとコスモスの君がいて、珠にすがるように身を寄せていた。その片方の手は、銀市の袖を握っている。

珠と視線が合うと、コスモスの君は薄茶色の瞳を潤ませて必死に首を横に振っていた。

だが、声を発しないために、理由はわからない。

途方に暮れると、同じように困った顔をした銀市が教えてくれた。

「先ほどから、このような有様《ありさま》なんだ。玄関を含めた扉や窓も完全に閉じられていて、家から出ることも、部屋の移動もできない。貴姫に通訳をしてもらったんだが……」

『誤解を解け、離れてはならんと、それだけしか言わん。とっとと離れよと言うても、否と言うばかりじゃ』

珠の膝にいた貴姫が、ぷりぷりと怒りながら語るのに、珠ははっと先ほどまで見ていた情景を思い出す。

あれは、コスモスの君の本体である絵画の記憶だ。ならば誤解を解け、というのは。

「今私は、コスモスの君の記憶を見たと思うのです。コスモスの君の元になった方が、その想い人らしき男性に誤解をされて、置いて行かれる場面でした」

すると硬い表情で立ち尽くしていた澄が、話に加わってきた。

「それは、もしかして、絵画を描かせた主人とメイドのことですか？」

「は、はい。それで銀市さんが誤解をされて、私を置いて行くと思われたのかも、と」

珠は驚きつつも頷《うなず》く。渚の方は驚愕の表情のまま、玄関ホールの隅で硬直していた。

渚の反応が自然だ。だが澄は大きく動揺をしていたが、しっかりとコスモスの君をその瞳に写している。

そのことに珠は驚いたが、貴姫が訝しそうに声を上げたことで問題に引き戻される。

『じゃが、珠はヌシ様と仲違《なかたが》いなどしておらぬぞ』

「コスモスの君は、この国の言葉がわからないのです」

そう、コスモスの君は、貴姫が通訳をしなければ意思の疎通が難しいのだ。

身振り手振りだけならば、先ほどの情景は銀市が渚と言い争った後、珠を置いて出て行くように見えただろう。珠と銀市が想いをすれ違わせたまま別れようとしたと、誤解してしまうかもしれない。

珠が銀市を見ると、彼は表情を曇らせ考え込んでいた。思い当たることがあるのだろうか。珠の視線に気付いた銀市が顔を上げた。

「……澄さんが気配を感じられたり、こうして部屋に閉じ込めたりできるほど、コスモスの君は力を得ていた。とはいえ、まだ認識できる事象が限られているのだろう。その中で強く残る記憶と似た情景を目の当たりにして、過剰に反応した、といったところか」

「よくわからないけれど、コスモスの君は、珠さんを心配してこうされているのね」

「その通りだ」

澄が念を押して確認するのに、銀市はしっかりと頷くと、珠に向けて表情を和ませた。

「まだ、強い力を出せぬだろうに、一般人に見えるよう実体を伴って現れたんだ。ここまで心配されるとは、君はずいぶん良い同僚となっていたのだな」

「いえ、そんなことは……」

気恥ずかしくなった珠は口ごもるが、コスモスの君は離れようとしない。

このままでは不都合なのは明白だ。なにより銀市との距離の近さは落ち着かなかった。

『これ絵画の、ヌシ様が帰ることになったのは、澄の孫がごねた結果じゃ。珠はむしろヌシ様に守られておった。だから早《はよ》う離すがよい。そもそも男女の諍《いさか》いではないのにのう』

独りごちる貴姫だったが、まったくその通りだと珠は頷く。しかし、コスモスの君に濡《ぬ》れた瞳を向けられた貴姫は渋面を浮かべた。

『むむ、仲が良いように見えぬから信じられぬと言うておる。どうすれば信じるのだ』

「銀市さん、どうしたら良いのでしょう」

「なにか、証明になることが必要か……困ったな」

身に迫る危険はないとわかったためか、銀市に緊迫感はないが、困っていることは変わらない。銀市が摑《つか》まれているのは袖だ。強引に振り払うこともできるだろうに、それをしないのは彼の優しさなのだろう。

珠とて、ここまでしてくれたコスモスの君を納得させてやりたいとは思う。

どうすれば良いかと悩んでいると、澄が覗き込んで来た。

「コスモスの君は何か言ったの？」

「それが、誤解だと説明をしたのですが、信じていただけなくて」

「なるほど、だから古瀬さんは証明の方法に悩んでいたのですね。ならば簡単です。ハグをすればよろしい」

「はぐ……？」

「抱きしめ合うことですよ」

聞き慣れない言葉に首をかしげた珠は、澄の補足で一気に顔を赤らめる。

さすがに銀市も驚いたようで目を丸くしており、我に返った様子の渚も顔を赤らめて詰め寄ってくる。

「おばあさま、一体何を言い出すんです！　公然と抱き合うなんて……」

「あら、ちゃんと理由がありますよ。けっして破廉恥などではありません。西洋の方々は親愛の表現として、親しい男女の間でも、互いの背に腕を回し合うことがあります。渚さんも知っているでしょう」

「それは、確かに、そうですけど……」

口ごもる渚を置いて、澄は珠と銀市に続けた。

「向こうの方は、この国よりもずっと距離が近いのです。コスモスの君は西洋の方なのだから、西洋式の親愛表現でしたら、納得するのではありませんか」

「……試してみる価値は、あるな」

銀市の同意に、珠は肩を震わせて見返す。至って平静な様子の銀市は、袖を摑まれていない方の腕を珠に広げる。

この距離でも緊張をしていたのに、もっと近づくことなんて、できるのだろうか。

「あの、でも……」

「ほんの少しの間だ。腕を回す以上のことはしない。おいで」

銀市に穏やかに言い諭された珠は、こくりとつばを吞み込む。

試してみなければ、状況は変わらない。

珠は覚悟を決めると、おずおずと銀市の方へ手を伸ばす。するりと、首に絡んでいた腕がほどけ、身体が軽くなったと思ったら、とんと銀市の肩口に頰が受け止められた。

いつもの煙草《たばこ》の香りに包まれる。背中に大きな手が回るのを感じて、珠は息を吞んで硬直する。

「珠、腕を回しなさい」

耳元で銀市の低い声がした。小さく、声を落としていてもよく聞こえる。言われるがまま、銀市と同じように腕を回そうとしたが、背中にまで届かない。仕方なく肩に手を置くと、銀市の身体《からだ》の大きさがよくわかる。頬が熱い。自分の鼓動の早さが銀市に伝わってしまわないだろうか。と珠はそれだけが心配だった。

長い時間のように思えたが、時間としては瞬きの間だ。銀市は、緊張する珠を宥《なだ》めるように数度、軽く背中を叩《たた》いたあと、コスモスの君へと呼びかける。

「さあ、絵画の付喪神《つくもがみ》。これでわかってくれただろうか」

『そうじゃ。このように、珠とヌシ様は、西洋式の挨拶もする仲なのだからの』

貴姫の声が聞こえると、かちり、と硬質な音が部屋中で響く。

放心していた珠が玄関を見ると、きいと、玄関の扉が開いていた。

コスモスの君が、安堵《あんど》の表情で微笑《ほほえ》んでいる。納得をしてくれたのは一目瞭然だった。

彼女は虚空へと消えていこうとするが、澄が彼女の腕を摑んだ。

澄のまさかの行動に、その場にいた誰もが目を剝《む》く。

唯一平静な澄は、コスモスの君へ話しかけた。

「家主に挨拶もないのは失礼ではありませんか？」

驚きを浮かべるコスモスの君は、咎《とが》められたことは雰囲気でわかったようで、おろおろと左右に視線を流す。

澄は、そのようなコスモスの君を上から下までじっくりと眺めたかと思うと、満足そうに表情を和らげた。

「冗談です。あなた、そんな顔をしていたのですね。身体の大きさも、想像していたのと変わらないようで、安心しました。……言葉はどうしたら通じますか？」

「き、貴姫さん、通訳を」

『うむ、任せよ』

珠が願うと、貴姫は胸を張る。ほっとした珠は澄に頷いてみせる。

「大丈夫です、通じます」

「なら、こう伝えてくださる？　あなたに服を仕立てました。トルソーにかけておきますから、この秋の間、色々してくださっているお礼として気に入ったら着てくださいな。これからも和室を水浸しにする以外は、よろしくお願いしますね、と」

傍らで聞いていた珠は、驚きのまま澄を見る。だが澄の横顔に迷いはない。

色濃く困惑を浮かべていたコスモスの君だったが、貴姫がそのまま伝えると、一気に驚きに変わる。

嬉《うれ》しげにはにかむ姿は、珠が礼の言葉を伝える必要がないほど、雄弁だったのだった。

コスモスの君が姿を消した後、珠達はひとまず居間で休憩をすることになった。

珠がお茶を注いだ人数分のティーカップを盆に載せて居間に戻ると、渚は壁に飾られているコスモス畑の絵画を凝視していた。

本来なら描かれているはずのメイドは、コスモスの君が出歩いているため消えていた。

「以前見た時には確かに娘がいたはずなのに……」

「あなたが見ているせいで、恥ずかしがって帰ってこれないんですよ」

渚にぴしゃりと言った澄は、次いで珠に声をかける。

「ありがとう、珠さん。あなたも席に着きなさい」

給仕し終えた珠は素直に頷いて、どこに座るべきかと見渡す。

銀市と目が合い、無言で隣に促された珠は、先ほどのふれあいを思い出してしまいかすかに固まる。だが、お茶を淹《い》れている間に落ち着いてもいたから、なんとか座った。

「コスモスの君の様子はどうだ」

「準備を手伝ってくださった後、どこかに行かれました。なんだかそわそわしていらっしゃったので、もしかしたら、その、恥ずかしくなられたのかもしれません」

珠が銀市に語っていたのだが、目の前から感じる強い視線が気になってしまう。

そろりと顔を向けると、渚にじいっと見つめられている。

さすがに珠も居心地が悪く所在なくしていると、渚が話しかけてきた。

「上古さんは、体は本当に大丈夫なのだろうか。先ほど君は立ちくらみのような状態になったろう。……幽霊に、憑《つ》かれたようなものなら影響があるのではないかと」

言いにくそうに問いかけられ、ぱちぱちと珠は目を瞬いた。渚のぎこちない態度は珠を心配しての気まずさから来るものだったのだ。

「ご心配ありがとうございます。慣れた……とまでは行きませんが、経験のあることですから、ご安心ください」

労《いたわ》られた珠は、和らいだ気持ちになってほんのりと表情を緩めて答える。

渚は少々戸惑いながらも、ほっとした顔になった。

「そう、か。ずいぶん誤解をしていたことを、君にも改めて謝罪する。怪異や人知を超えた超自然的な事象に関して、相談に乗り、しかるべき人材を派遣してくれるのだと教わった。君も立派な従業員なのだな」

「いいえ、私は銀市さんへの誤解を解いてくだされればそれで充分です」

珠は、普通の人間である渚が考えを修正してくれたことに驚いた。なにより立派な従業員だと評されて、嬉しい気持ちがこみ上げてくる。

はにかんだ珠を見た渚は若干表情を硬くすると、いそいそとティーカップを手に取る。

不快にさせる態度を取ってしまったかと不安になったが、澄が面白そうに言った。

「あら、渚さん。照れているの？　珠さんと普通に会話をしていたから女性にようやく慣れたのかと思ったけれど、そうでもなかったのね」

「い、いえ別に」

渚は否定をするが、珠は彼の耳が赤く染まっていることに気がついた。ちらりとこちらを見た渚は珠と視線が合うと、狼狽《うろた》えたようにそらす。

そのような態度を取られたのが初めてで、珠はきょとんとしてしまう。

澄は予想通りだったのか、愉快そうにしながらも忠告するように言った。

「ですが渚さん、珠さんのようなしとやかで丁寧な方にまで身構えてしまうのは考え物ですよ。今後妙な女性に騙《だま》されないか心配です。珠さんにも失礼ですし、もう少し普通に話せるようになりなさいな」

「……おばあさま、私とて、礼節を守ることはいたします。それに、私が女性を揶揄《からか》って喜ぶような軟派には興じないと知っていて言うのは、意地が悪いですよ」

渚が硬い表情で早口で言うが、澄は動じず返す。

「そこが心配だと言っているのです。……とはいえ、寛大な古瀬さんでも、珠さんが若い男性と仲良くなるのは、見過ごせないでしょうか」

珠は澄の言葉の意味がよくわからず、自然と銀市の方を向く。

彼はティーカップを傾けていたが、その横顔に少し複雑な色があった気がした。

注目を浴びた銀市は、苦笑を浮かべつつティーカップをソーサーに戻す。

「彼女はうちの従業員ではあるが、彼女の意思を尊重している」

「珠さんを大事にされているように見えましたから、無礼を働いた渚は近づけたくはないと言われてもおかしくないと思っていましたよ」

「大事にされている」。澄の言葉に、珠はなぜかそわりとする。

銀市は、何でもないように澄へと応じた。

「若い者が見聞を広めるため他人と交流することを制限はしないさ。渚くんも反省しているようではあるしな」

銀市は言いつつ渚へ視線を投げる。渚は若干顔色が悪くなったような気がしたが、無言でカップに口を付けた。

珠は空気が緊張した気がしたが、理由がわからず戸惑う。

澄は銀市に向けてやんわりとした表情を浮かべた。

「あら、古瀬さんもお若いでしょうに。ですがそう言いつつも、渚に対して厳しい態度を取っているのは、珠さんが大切だからこその牽制《けんせい》に思えますよ」

「っ?」

珠は澄の推し量るような言葉と指摘に面喰《めんく》らった。と、同時に、かすかな違和が鮮明になった気がする。そうだ、なんだか、銀市は少しだけ渚に対し態度が硬い気がする。

隣を見ると、銀市がゆっくりと瞬きをするなり苦笑した。

「否定はできないな。彼女はうちの大事な身内だ。過保護になる気はないが、つい案じてしまう。すまない改めよう」

「……い、いや」

銀市の謝罪に戸惑った渚が、しどろもどろになりながらも頷《うなず》く。

彼らのやりとりに満足げに頷いた澄は、珠に言った。

「今度渚さんに困ることがあったら、私におっしゃいなさい。きちんと対応しますよ。この子は言えばわかる子ですから、珠さんも女性だからと遠慮しなくてよろしい。とはいえ、です。身内のように大事にされる勤め先で良かったですね」

「……はい。銀市さんは、私のことを大事にしてくださいます」

銀市はとても良くしてくれると、珠は知っている。ただ、他者からもそのように見られるとわかり、なんだか心がくすぐったくなったのだ。


今日は、銀市と共に帰ることになった。帰宅のためにワンピースから、橙色《だいだいいろ》の長着に着替え葡萄《ぶどう》柄の帯を締めた珠は、一階に下りていく。

すでに玄関ホールでは銀市が待っている。澄と談笑をしていたが、珠が階段を下りてくるのに気付くと、こちらに顔を向ける。

だが、すぐに上の方を向いた。

「コスモスの君、か？」

銀市がつぶやいた通り、そこにはコスモスの君がいた。だが、その姿は墨色のワンピースではなく、薄い紅がかった桃色……コスモス色と表すべきワンピースに変わっていた。軽やかに微笑む彼女は、手に持っていた生成り色の布を銀市に渡すと、虚空へ消える。

一体何なのだろうと珠は思ったが、銀市がその布を広げたことで、青ざめた。

「男物のシャツか。釦《ボタン》はついていないから、未完成品か」

「ああ、それはっ……」

珠は焦りのまま駆け寄るが、取り返すに取り返せず立ち尽くした。訝《いぶか》しげにする銀市に声をかけられずにいると、真っ先に正体に気付いた澄がすまし顔で語ってしまう。

「それは、珠さんがこちらにいる間に仕立てられた物ですよ。あなたの大きさで」

「……俺の？」

『そうなのじゃ。珠はヌシ様に感謝を伝えたくて贈ろうと考えておったのだ』

「コスモスの君は、珠さんがあなたのためにシャツを仕立てていると教えたかったのでしょうね。珠さんは奥ゆかしいから、渡すのをためらっているのを見て、背中を押して差し上げたかったのかも」

澄は貴姫の声が聞こえないはずなのに、妙に息の合った調子で、珠が伝えられずにいた想《おも》いを開かしてしまう。

軽く驚いた銀市に視線を向けられた珠は、自分の顔が真っ赤に染まるのを感じた。

なんと答えれば良いかすぐには出てこず、意味もなく口を開閉するばかりだ。頭がゆだるように熱い。銀市をまっすぐ見られない。ぐるぐると目の前が回っている気さえしていた。だが、ここまで明かされてしまえば、言わねばならないだろう。

銀市の視線を感じながら、珠はぎゅう、と自身の指を握ってうつむきながらも答えた。

「……素人の、縫い物ですから。仕立ての良い物を、着ていらっしゃる銀市さんにはふさわしくは、ないと、思うのです」

「いや……」

「でもっ」

銀市の言葉を遮ってしまい、珠は申し訳なさに押しつぶされそうになるが、か細い声で続けた。

「いつも、お世話になっている感謝を、伝えたいと思ったんです。まだ完成はしていないのですが、仕上がりましたらその……差し上げても、よいでしょうか……」

羞恥といたたまれなさで、この場から走り去ってしまいたい。

銀市の返事を待つ時間がとても長く感じられた。うつむいているのにも耐えきれず、珠はそろりと顔を上げる。

銀市がシャツをしげしげと眺めていて、珠の緊張は頂点に達する。

「もしや、最近そわそわとして、帰るのが遅くなっていたのはこれが原因か」

「は、はい。昨日は、夢中になりすぎて、屋敷《やしき》を出るのが遅くなりました」

肯定すると、なぜか銀市は決まり悪そうにした。

「なるほどな、安心した。俺に話せないような問題が起きたのかと懸念していたのだが、杞憂《きゆう》だったか」

もしかして、澄の屋敷に寄ると言ったのは、それが理由だったのだろうか。

密《ひそ》かに考える珠の前で、銀市は丁寧にシャツをたたむと珠に差し出す。

「君らしいとても丁寧な仕事だと思う。ありがとう。仕上がったらありがたく着よう」

それは、つまり、受け取ってもらえるということだろうか。

安堵《あんど》の中に嬉《うれ》しさをにじませる銀市に、珠は心が晴れ渡るような喜びに満たされた。

直前まであったはずの胸が潰れてしまいそうな不安も消えていく。

「ありがとうございますっ。あとは釦ホールを作って、釦を付けるだけなんです」

「そうか、着るのを楽しみにしておこうか」

銀市に楽しみにしていると言われて、珠はこみ上げてくる嬉しさを隠せそうにない。

温かく見守っていた澄も朗らかに言った。

「気持ちを受け取っていただけて、良かったですね」

「……はい」

気持ちを受け取ってもらえる事は、嬉しい。

むずむずして落ち着いていられないような気持ちをかみしめながらも、珠は、早急に釦ホールを縫い上げようと決意したのだ。

＊

数日後の朝、珠が居間で朝食の準備をしている所に銀市が現れて、すぐに気付いた。赤みがかった栗色《くりいろ》である栗梅色の長着の下に着ていたシャツは、珠が仕立てた物だ。あ、とかすかに声を出すと、珠が気付いたことに気付いたのだろう、銀市は少々照れた様子ながら答えた。

「袖も胴回りもちょうど良い。改めて礼を言おう」

「それは、よかったです」

確かに、襟元も着物の袖から見えるシャツの袖も目立つ瑕疵《かし》は見えなかった。

本当に良かったと、珠は安堵のため息を密かについたと同時に、じわじわとこみ上げてくる達成感に浸る。

朝食の最中に銀市と今後の打ち合わせをした。

「そろそろコスモスの君は眠る頃合いだろうか」

「はい、昨日は一度だけ姿を見せられましたが、すぐに眠られました。本日お別れの挨拶をしたら、業務は終了して良いと、澄さんから言われています。……少し、寂しいです」

コスモスの君が姿を現せるのは、コスモスの花の間だけ。はじめからわかっていたはずなのに、珠は寂しさを覚え声も沈む。

だがすぐに朗らかな澄を思い出した。

「でも、また秋になれば会えるのだから悲しみすぎるのも良くない、と奥様もおっしゃっていました。私もそう思います」

「その通りだな。澄さんには、花の季節ではなくとも、遊びに来てくれてかまわないと言っていただけたのだろう」

「来年も、来年じゃなくても装いの変わったコスモスの君を見にいらして欲しいと、おっしゃってくださいました」

頰が高揚するのを感じながら、珠の声も自然と弾むが、ふと疑問が湧いてくる。

「あの、コスモスの君は、どうしてあの時澄さん達にも姿が見えられたのでしょうか。その前にも、澄さんはコスモスの君の気配を感じられるようでしたし」

澄達は普通の人間だ。間違いない。だが、玄関ホールでのひとときだけは、コスモスの君は渚にまで見えていた。妖怪《ようかい》は人間には見えないもの。そのように考えていただけに珠は意外だったのだ。

些細《ささい》な問いのつもりだったのだが、銀市の明朗な答えが返って来ない。

銀市は複雑そうに眉根を寄せていた。珠はよく知っている。それは、言い出しづらいことを、告げるかどうか迷う人間の表情だ。数々の勤め先で妖怪騒ぎについてだったり、解雇を告げるためだったりで、多くの人がこういった表情をしていた。

「私の何かが銀市さんを困らせていたのでしたら、どうぞ言ってください」

珠が居住まいを正し、受け止める気構えをしていると、銀市は静かに首を横に振った。

「……いいや、君が悪いわけではない。ただ、誤解をさせてしまわないように、どう語ろうか考えていたんだ」

「誤解、ですか？」

当惑する珠に、銀市は落ち着いた声で続けた。

「君にコスモスの君と呼びかけることを許可したな。愛称だからあかなめと同じように、何事もないと考えていた。だが、君に何度も呼ばれることで、あの絵画の付喪神《つくもがみ》は『コスモスの君』として確立して急速に自我を得たのだろう。途中から彼女が主体的に行動できていたのも、それが理由ではないかと思う」

珠は銭湯であかなめ夫婦が言った言葉を思い出した。彼らは弱い妖怪は名付けられると、名前負けをして消滅してしまうと語っていた。

「私が、コスモスの君を消してしまうところだったのでしょうか……」

青ざめる珠に、銀市は案の定といった様子で、すぐに「いや違う」と否定する。

「コスモスの君、という名が絵画の付喪神にとって好ましく感じた上で、存在にかみ合う名だったからこその変化だ。いくら呼ばれようと、本人が選ばなければここまで短時間で変わるわけがないからな」

「あの方が、選ばれたのですか。コスモスの君と呼ばれることを？」

恐る恐る確認すると、銀市はしっかりと頷いてくれる。

「そうでなければ、愛称程度で影響を及ぼすことはない。それだけコスモスの君にとっても、君との時間が良きものだった証《あかし》でもある。心配はいらないさ」

銀市に丁寧に言い聞かせられ珠は、強《こわ》ばりかけた胸が安堵に染まるのを感じた。

「でしたらこれからも、コスモスの君、と呼んで良いのですね」

「ああ、そうしてくれ」

肯定した銀市は、穏やかに続けた。

「君は良い仕事をした。一足先にだが、派遣業務ご苦労だった」

「ありがとうございます」

改めて、珠が頭を下げると、銀市の表情が少し引き締まった。

「君が澄さんの家に憂いなくいけるようにするためにも、瑠璃子の消息を摑《つか》まねばな」

珠もまた背筋を伸ばす。

澄は家に遊びに来るときは、瑠璃子も伴うと良いと言ってくれたのだ。

「あの、瑠璃子さんは、こちらには……」

「まだ姿を見せないな。店に来る妖怪どもに訊《たず》ねても行方は摑めない。手紙を飛ばしても一切無視をしている」

手紙を飛ばす、というのは言葉通りだろう。珠は、銀市が御堂《みどう》と連絡を取る際によく使う、鳥の姿になって飛んでくる手紙を思い出した。

「だが、こちらも客足が緩んできた。そろそろ本腰を入れて瑠璃子の消息を捜せるさ」

「私も、できることがあればお手伝いいたします」

珠も感傷はひとまず横に置いて答えると、銀市は緩んだ表情で答えてくれた。

ふと冷気を感じて庭の方を見ると、いつの間にか緋襦袢《ひじゅばん》を身に纏《まと》った狂骨が縁側に腰掛けており、わざとらしく肩を回している。

『よかったぁ。ようやくあたしも仕事から解放されるんだねぇ』

「そのまま、事務方をしてくれても良いんだが？」

『妖怪達の傍若無人さはこりごりさ。あたしは外回りの方が向いてるよぉ。……ところでさ。銀古の外に品の良い坊ちゃんがいたよ。人間だと思うけど、珍しく客かね？』

銀市のやんわりとした言葉もいなした狂骨はそう続けるのに、珠は首をかしげた。

だいたい、口入れ屋というのは、品の良い坊ちゃんと称されるような人間がくるような場所ではない。食事を終えた銀市は訝しそうにするが、すぐに立ち上がった。

「うちの奴らに脅されんうちに、見てくるか」

珠は、銀市の足取りが少し軽いのに気がついた。人間の客は少ないから、嬉しいのかもしれない。可愛《かわい》らしい部分もあると珠は頬が緩むが、自分も気になるのも確かだ。

すると、ひょいと珠の手から茶碗《ちゃわん》が奪われた。

黒い卵のような姿に、丸い目と大きな口がついた妖怪、家鳴り達だ。細い手を使い珠達が食べ終えた食器を受け取った彼らは、かたかたきしきしと音を響かせる。

「行ってきても、良いのですね。ありがとうございます」

珠は家鳴り達に礼を言うと。店舗の方へと向かい入り口からそっと覗《のぞ》いてみる。だが、すぐに驚くことになった。

土間で銀市と対峙《たいじ》していたのは、確かに品の良い坊ちゃん……澄の屋敷で出会った住崎渚だったのだ。

今回は、洒落《しゃれ》た襟の形をした背広とズボンを纏い、襟元には華やかなネクタイを締め中折れ帽子をかぶっている。ハイカラ、と称すべきこじゃれた格好をしていたが、渚の精悍《せいかん》な顔は切羽詰まっている。

「古瀬さん、先日は大変失礼をしました。心から謝罪をします。ただ今回は、その上でお願いがあって来ました」

「謝罪はすでに済んだ。気にしなくて良い。が、願いだと」

興味を惹《ひ》かれた様子の銀市に、渚は必死に訴える。

「私はおばあさまの屋敷で見知らぬ西洋の女性が虚空に浮かび、風を引き起こし私を吹き飛ばし、消えるのを見ました。なにより、居間にかかっている絵画から女性の姿が消えたと思えば、昨日はおばあさまが作っていたコスモス色のワンピースを着て絵画の中に戻っているなんてのも見た。今でも理解が及んでいるとはとうてい言えないが、アレが今のアカデミズムでは説明できない存在だと納得するしかない」

「人に非《あら》ざる者、人知の及ばない現象があると知って、君は何を望むんだ」

「……姉の、汐里を助けて欲しい」

銀市が訊ねると、渚はひどく言いにくそうにしながらも、絞り出すように答えた。

「姉がおかしくなってしまった理由に、超自然的な現象が関わっている可能性があるんです。瑠璃子が銀古の従業員なら人心を惑わすすべについても、なんらかの知識があるんじゃないですか」

「なぜそう考えた」

訝《いぶか》しくする銀市に、渚はすがるように語った。

「変わってしまった姉の側にいたのが、瑠璃子だったんです」

さすがに驚く銀市に、珠もまた絶句して立ち尽くすしかなかったのだ。

第二章　女給乙女と先輩探訪

銀古《ぎんこ》の応接間に通された渚《なぎさ》は、座るなり焦燥もあらわに姉の窮状を語った。

「姉の汐里《しおり》は、聡明《そうめい》で責任感の強い人でした。学業は優秀で女子高等師範学校にも行けたはずですが、父の命令に従ってお家のために結婚した。……結婚こそ相手が早くに先立ち、長くは続きませんでした。ですが実家に戻って来た後は福祉活動に打ち込み、住崎《すみさき》貿易の息女として、これ以上ないほど素晴らしい振る舞いをしていました」

語る渚の熱心な口ぶりで、珠《たま》は彼がとても姉を慕っていることを理解できた。

しかし、すぐに渚の表情が曇る。

「だが、ひと月と少し前に突然『これからは自由に生きます』と宣言して、昼夜問わず外を出歩き、いかがわしい人間達と付き合うようになってしまった。理由を教えてくれと願っても、『新しい自分になる』と言うばかりで、まったく聞く耳を持たない有様《ありさま》だ。おばあさまは姉のことを可愛がっていたから、とてもではないが、あの屋敷《やしき》では話せなかった」

渚はこの世の終わりのような深刻な顔をしていたが、銀市《ぎんいち》は困惑した様子を見せる。

「確かに婦女が夜に一人で歩くのは、危険ではあるから褒められたことではないだろう。

だが君の姉であれば、すでに成人だ。そこまで深刻になる理由はなんだろうか」

腑《ふ》に落ちていない反応に、渚は信じられないとばかりにあっけにとられる。

説明しようとした渚だったが、徐々に眉を寄せていく。

「それは、もちろんそうあるべきと、されているからで……姉の様子も明らかにおかしくはあるのだが、どうしてかと言われると……」

当たり前のことを質問されて、どのように説明すべきかわからなくなったようだ。

珠は、今までの勤め先での経験から理解していたから、銀市に言い添えた。

「銀市さん、女は家にいて貞淑でいるべきと語られています。だから特に理由もなく夜に出歩いて帰ると、理由はどうであれそのう……貞操観念の低いふしだらな娘と語られることがあります」

言葉を選んではみたが、やはり直接的な表現になった。

問題を理解して表情を引き締めた銀市は、珠へ静かに確認した。

「君は、そう言われたことがあるんだな」

「はい、妖怪をやり過ごして帰った際に。一度そういう風に思われると、面白半分の殿方から声をかけられることも増えるのです。周囲の方からは必ず、白い目で見られます」

実体がどうであれ、一度印象がつけば、払拭するのは難しい。珠はその勤め先もやめるしかなかった。

世間では男性の貞操観念には寛容だが、女性には貞淑さと身辺の潔白さが要求される。そのように対応の差があるのが現実だ。どれほど本人が潔白を主張しようと、周囲は朱に交われば赤くなると思われて、同類と噂《うわさ》される。

珠がそう語ると、銀市が憐憫《れんびん》とも、痛みともつかない表情になる。

「……それは、理不尽だな」

「銀市さんがそう言ってくださるのは、なんだか嬉《うれ》しいです」

珠がはにかむと、銀市は何か言いかけたが口をつぐむ。

その間に、膝の上で握ったこぶしに力を入れた渚が同意した。

「上古《かみこ》さんの言う通りです。父は言語道断だと家の中では絶縁状態であるし、母は姉の変貌ぶりに卒倒して寝込んでしまっています。私は、姉がそんな人ではないと知っているが、世間はそうは思わない。姉の将来に関わるし、このままでは父に勘当されてしまう」

渚は感情を面に出さぬようにと、努めて硬い表情をしている。男が感情に振り回されるなど、軟弱だというのもよく言われる中で、彼はその教えを忠実に守ろうとしているのだろう。それでも抑えきれない姉への心配がにじみ出ていた。

銀市は、堪《こら》える渚をじっくりと見たあと、口にした。

「どう生きるかは本人の自由だ……とはいえ、役割によって行動の制約を受けることはわかる。渚くん、君達の立場を軽んじるつもりはなかった」

「いえ自分も、指摘されるまでそういうものだと深く考えていませんでした。謝られることではありません」

生真面目に語る渚に、銀市は改めて問いかけた。

「では君が、姉君の変貌を超自然的な現象が原因と考えた理由を教えて欲しい。姉君のいかがわしい付き合いに関わってくるのだろうか」

「……少し前置きが長くなります」

言い置いた渚は、努めて平静に語り始めた。

「姉は今、とあるサロンに通い詰めています。文化交流を謳《うた》っているが、実際は会話を楽しみ男女の交際を目指すような場所です。身元の不確かな文士崩れや、芸術家と名乗っている男達が多く参加していて、気が合えば二人きりで会うことも推奨されている、らしい」

苦々しさが交じる渚の口ぶりの理由も、珠にはよくわかる。

良家の女性なら結婚するまで家族以外の男性と話したことがない、というのも珍しくないのだ。汐里という女性の場合も、貞淑に育てられた様子の中で、いきなり身元も不確かな男女が集まる場に通い始めるのは、驚き以外の何物でもないだろう。

「良家のお嬢様が、供を付けずに身元の不確かな場に出入りしていれば、道を踏み外して堕落した不良と語られてもおかしくありませんね。……渚様どうかされましたか」

渚が一瞬泣きそうな顔になったような気がした。

だが、珠が不思議そうに見ていると気付くなり、表情を引き締める。

「……なんでもない。これらは、私が姉の後を付けて通っているサロンを突き止めて初めてわかったことです。姉は頑としてサロン内でのことを言わなかった。女学校での出来事も、福祉活動中のことも話してくれたから、まず持った違和感がそこでした」

それだけでは異変というには弱い。銀市も同じように考えただろう。

渚もわかっているようで、気まずそうにしながらも話を進めた。

「話さないのは後ろめたいからかと、私もはじめは考えました。だから内部を見てやろうと変装してサロンに潜入したんです。サロンには姉のように、きちんと教育を受けた娘達が多くいました。私が心配したいかがわしい行為などは見ませんでしたが……」

潜入するという大胆な行動に、珠は驚いていると、渚は言葉に迷う様子を見せた。

「場自体は和やかなのに、なんと表せば良いのか……そう、皆覇気がなく、落ち着かなかった。会話中も皆が気もそぞろで、何か別の目的があるように感じました。そこで、姉の側にいる瑠璃子《るりこ》に会ったんですが、その異様な空気の中で、瑠璃子だけが正気を保っているように思えたんです」

「なるほど、だから君は、瑠璃子の行方を捜したのだな」

銀市が納得した様子で口にすると、渚は若干気まずそうに顔をそらす。

「……いえ。ご存じの通り私ははじめ、瑠璃子を疑っていました。瑠璃子をおばあさまの家で見知っていたこともあって、彼女が元凶かと勘違いをした。だがよくよく考え直してみると、瑠璃子は私に『汐里はなんとかするから、あんたは関わらないで』と言ってサロンから追い出したんだ」

「関わるな、か」

思案する銀市がつぶやく間にも、渚は背筋をまっすぐ伸ばして言った。

「私は、瑠璃子の言葉の意図を知りたい。その上で姉が変わってしまった理由を突き止めたいんです。協力してください」

＊

渚が銀古を訪ねてきた夕暮れに、珠は正式に依頼を完遂し澄《すみ》の屋敷から帰宅した。

澄は給金に色を付けてくれて、最後にはコスモスの君が、澄の仕立てた優しい色合いのワンピースを着て絵画の中で微笑《ほほえ》んでいるのを見上げて珠は嬉しくなった。

だがその間も、渚が語った話が心に引っかかっていた。

珠が銀市の姿を探すと、彼は店舗の定位置におり、煙管《キセル》を片手に紙をにらんでいる。

「銀市さん、ただいま戻りました。あの……いかがでしょうか」

「おかえり。いや、芳しくないな」

即座に意図を察してくれた銀市が答えてくれたが、言葉通り表情は冴《さ》えない。

煙管を長火鉢に置いた後話してくれた。

「瑠璃子のアパートは、もぬけの殻だった上に解約されていたから、尋常ではないとは思ってはいたのだが、予想以上のようだ。今日は渚に聞いた瑠璃子が出没していたサロンを覗《のぞ》きに行った」

「サロンは、特定の目的を持った者同士が寄り集まり、意見交換や交流をする場ですよね。カフェーも一種のサロンとして利用されていると聞きました」

「その通りだ。瑠璃子と、汐里さんが出入りしていたのも文筆業を行う文士や、芸術家達が集まる会だな。瑠璃子はいなかったが、知っている者はいた。どうやら銀古に顔を出さなかった一ヶ月、カフェーに勤めている日以外は様々なサロンに出入りしていたようだ。そこで汐里さんに出会ったのならおかしくはない、が……」

「なぜ、汐里さんに接触していたかわからないのですね」

珠が言い添えると、銀市は困惑をあらわに頷《うなず》く。

「瑠璃子が銀古をやめると言った理由と、汐里さんと関わり始めたのは関連があると見て間違いない。だが、なぜそうなったかは見当がつかない。澄さん宅の業務を毎年率先して請け負っていたことと関係があるのかもしれんが……もしかしたら、瑠璃子がうちにくる前の因縁の可能性もあるな」

うちにくる前、それは瑠璃子が銀古にくる前、ということだろうか。

珠が銀古に雇われた時には、瑠璃子はすでに銀古の先輩だったため、そういった時期もあるのだと今更思い至る。いつもまぶしい存在である瑠璃子は、一体どのようにして銀古に入ったのだろう。どうやって、銀市と知り合ったのだろう。

知りたい。好奇心がもたげた珠は口にした。

「瑠璃子さんは、どうして銀古で働くことになったのでしょうか」

思考に耽《ふけ》っていた銀市は、珠の問いに顔を上げた。

虚を衝《つ》かれた様子だったものの、銀市は思いをはせるように目を細める。

「瑠璃子と出会ったのは明治に入ってすぐの頃だ。俺は軍部で部隊を作ってまもなく、妖《よう》怪《かい》、人間を問わず悪党から金品をだまし取る猫又《ねこまた》がいると通報があった。それで捕まえたのが瑠璃子だったのだよ」

「部隊、というと、特異事案対策部隊の……？　銀市さんが作られていたのですか」

珠がおずおずと聞くと、銀市は頷く。

陸軍には、公にはなっていないが、怪奇現象や妖怪達が引き起こした特異事案を扱う部隊がある。人に仇《あだ》をなす妖怪、あるいは怪異を利用し犯罪を行う人間など、通常の法律では捕まえられない者達を処罰するその部隊を、今の隊長である御堂《みどう》の前は、銀市が率いていたのは知っていた。

銀市が創立者なのは初耳だったが、考えてみれば、最盛期の吉原《よしわら》遊女であった狂骨《きょうこつ》と知り合いなのだ。ならば、年代的には部隊の創立に関わっていてもおかしくはない。

珠の驚きで、話していないことに気付いたらしい。銀市は少し決まりが悪そうにする。

「言ってはいなかったか、すまない。あの部隊を作ったのは俺だ」

「いえ、お気になさらず……。それで、瑠璃子さんは職務の中で出会われたのですね」

「そうだ。当時の瑠璃子は人間妖怪双方を嫌って、誰にでもかみつく手負いの野良猫のような娘だったよ。俺達が言い諭そうとしても『相手は悪人なんだから騙《だま》して何が悪いの！』と啖呵《たんか》を切る始末だ」

「それは……」

瑠璃子の気の強さを思えば、想像はできる。それでも、はじめは銀市に捕まえられる側で、真っ向から敵対していたのは衝撃だった。

珠が言葉をなくしていると、銀市は思いをはせるように目を細めた。

「ただな、当時は人間の部隊員はもちろん、妖怪の協力者も少なくてな。何せ人間の場合は最低でも人に非《あら》ざる者が見えなければならん。妖怪は人間の理《ことわり》を理解して、意思の疎通ができなければならなかった。人の姿になれて、人語を話せる瑠璃子は貴重な人材だったから、言いくるめて部隊の協力者にしたんだ」

「部隊に入った瑠璃子さんは、その後、どのような……？」

慎重に訊《たず》ねる珠に、銀市はおかしそうに喉の奥で笑った。

「俺に協力し始めて以降は、多少は気まぐれだが、見込み通りよく働いてくれた。新入隊員だった御堂に妖怪に対する接し方を指導したのは瑠璃子だよ。だから御堂は、今でも瑠璃子に頭が上がらん。ただ改めて考えてみると、あのきかん気がよく俺についてきているとは、思うな」

かえって思案する銀市に、珠はおろおろとして言い添えた。

「で、でも、瑠璃子さんきっぱりと言われる時は言われますが、銀市さんのことを慕われております、よね？」

瑠璃子は誰に対しても姿勢を変えないが、銀市には特に気を許している印象があった。

「君は瑠璃子をよく見ているな」

意外そうにする銀市に、力が入ってしまった珠は少々顔を赤らめる。

だが、銀市は笑みながら肯定してくれた。

「そうだとは思うんだが、何が瑠璃子の琴線に触れたのかはわからないな。強いて言うなら、瑠璃子が騙した悪人どもを捕縛したことぐらいだが、その程度で恩に着るような女ではないだろう」

「なぜ瑠璃子さんが銀市さんを慕うようになられたのでしょう。瑠璃子さんが思い直すきっかけがあったのでしょうか」

瑠璃子は我慢などしない。自由を愛して本音で生きるひとだ。嫌であれば、何が何でも逃げるだろう。銀古から、銀市から離れなかったということは、この場が彼女にとってなにかしら心を動かすことがあったのは間違いない。

一体何なのだろう。珠はどきどきしながら、顎に手を当てて思い出そうとする銀市の次の言葉を待った。

そんな珠の様子に気付いた銀市が、ふと表情を緩めた。

「君が興味を持つとは思わなかったな」

「ぶしつけでしたでしょうか……」

他人の過去を聞くのは不愉快にさせることも多い。悄然《しょうぜん》としかけた珠に、銀市は落ち着いて言い添えた。

「いいや、嬉《うれ》しいよ。瑠璃子を気にかけてくれているのだからな。もちろん探られたくない過去がある者はいるが君の質問程度ならばまったく問題ないさ」

ほっとした珠だったが、どこか遠くの記憶に思いをはせる銀市の横顔を見て、ふと安堵《あんど》の中に少し寂しさを覚えた気がした。たくさん瑠璃子と銀市のことを知れて、とてもわくわくしたのに、どうしてそのように感じるのか、理由は判然としない。

ただ、吉原で遭遇したときも、似たような心地を覚えたことを思い出した。

「瑠璃子は義理堅く誇り高い。一度決めればてこでも曲げない。銀古の従業員として働くという約定を結んだあいつが、理由を語らず反故《ほご》にしたのはよほどのことなのだよ」

銀市がそう語る横顔は、自分の知らないひとのようで、かすかな苦しさを覚える。

珠が困惑していると、銀市と目が合ってどきりとした。

「俺は明日も瑠璃子が出入りしていたサロンを訪ねて、聞き込みをしてこようと思う」

そうだ、今は瑠璃子の行方を捜すのが先決である。珠も瑠璃子のことが心配なのだから。

「私も聞き込みなど、お手伝いできないでしょうか？」

気持ちを切り替えた珠が言い出すと、銀市は面喰《めんく》らったようだが思案する様子だ。

「なら、君は明日瑠璃子の働いていたカフェーを見に行ってくれないか。瑠璃子が俺に退職宣言をした同時期に欠勤しているようだが、向こうも突然だったはずだ。人手が足りていない可能性がある」

「確かに、繁盛している様子でしたものね」

「足りないようなら、なんらかの手段を講じたい。その上でできれば瑠璃子の様子が変わった前後の話を聞けたらありがたいな」

「かしこまりました。お任せください」

銀市に願われた珠は、胸に手を当てて頷いたのだった。

＊

翌日、シャツを中に着込んだ長着姿の銀市と途中で別れて、珠は瑠璃子の勤めていたカフェーキャッツに来た。

相変わらず煉瓦《れんが》壁の瀟洒《しょうしゃ》な外観で、窓には色硝子《ガラス》が塡《は》められている。

今日の珠は少しおしゃれをして、葡萄《ぶどう》柄の長着に花菱《はなびし》文の帯をお太鼓結びにしているが、やはりこの洒落《しゃれ》た外観には怯《ひる》む。

『ほほう……これが猫のが働いていた店か。あの時妾《わらわ》はおらんかったからのぅ』

「そうでしたね、では行きましょう」

珠の懐から貴姫《きひめ》が顔を出すので、少し緊張がほぐれた珠は、扉を押して店内に入る。

店内にはすでにかなりの客がいた。

早い時間であれば、人も少なく話を聞きやすいだろうと、午前中に来たのだが、当てが外れてしまった。これから昼になればさらに忙しくなるだろう。

それでもすぐに近づいてきたのは、髪を半分だけ結い上げた女給だった。一度珠が訪れた時にもいた娘だ。

珠を見た女給も思い出したようで、営業用の笑顔に親しみをにじませた。

「あら、あなたは瑠璃子さんの後輩の子よね。お茶をしに来たの」

「お茶もそうなのですが、瑠璃子さんのことでお話を聞ければと思ったのです」

「ああなるほど、でも今は……あらマスタァ？」

女給は表情を曇らせて言いよどんだが、すぐ振り返る。

珠は女給の後ろから突然現れた男性に、がばりと肩を摑《つか》まれた。

四十代ほどの恰幅《かっぷく》の良《い》い男だ。短い髪は後ろに撫《な》で付けており、瀟洒な内装にふさわしい、洒落たシャツとズボンに柄物のベストを身につけている。

珠は彼が、このカフェーの店主である猫崎《ねこざき》だと知っていた。れっきとした人間であり、瑠璃子の正体も知らない彼だが、日向《ひなた》で昼寝中の猫のような雰囲気をした鷹揚《おうよう》な人間で、女給達からも慕われている。

だが、今は異様に目を輝かせて珠を見つめている。

面喰《めんく》らう珠に、猫崎は半ば悲鳴のような懇願をしてきた。

「どうか今日だけうちの子になってくれないか！」

「……はえ？」

面喰らっているうちに、珠は店の奥にある事務室に引き込まれた。

女給達の休憩所も兼ねている事務室は、一度珠がコーヒーの染み抜きをしてもらった時と変わらなかった。質素ながらも洋風の調度品が使われており、壁際には木製のロッカーと休憩用の長いすと机がある。

扉を閉めると、猫崎は堰《せき》をきったように話し始める。

「一週間ほど前に瑠璃子くんが欠勤してからなんとかやりくりしていたんだが、最近さらに人が減ってしまったんだ。明日には新しい人が来てくれる手はずになっているんだが、どうしても足りないんだ！　今日に限って客は多いし、コーヒーを淹《い》れるのも料理を作るのも僕だけだから厨房《ちゅうぼう》につきっきりだし……。君は口入れ屋では瑠璃子くんの後輩なのだろう。彼女が君のことを仕事では頼りになるって言っていた。無理を言うのでお給料に色は付けるから頼む！」

必死の懇願に珠が目を白黒とさせると、珠を迎えてくれた女給が苦笑して謝罪する。

「うちのマスタァがごめんね。でも瑠璃子さんから聞いたけど、珠さんはお料理がすごく上手なんでしょう？　特に人が多い昼過ぎまでお願いできないかな」

女給にまで願われた珠は、こくりとつばを呑《の》んで考える。

確かに店舗内にいたのは、この女給ともう二人しかいなかった。前回は瑠璃子を含めて五人ほどはいた気がしたから、人が足りないのは本当なのだろう。

銀市から願われたのは、人員が足りているかどうか確かめること、そして瑠璃子がやめる前後の事柄を聴くことだ。ここで珠が働けば、仕事の合間に話を聞けるかもしれない。

なによりと、高揚する胸を手で押さえた。瑠璃子が、珠のことを「仕事では頼りになる」と称してくれていたのがくすぐったくて嬉しい。なら、その期待に応《こた》えたい。

一生懸命考えた珠は、緊張しながらも頷《うなず》いてみせる。

「わかりました、私でよろしければ、微力ながらお力になります」

「ありがとう！　あっ君の名前は珠くんで良かったよね」

ぱあっと顔を輝かせた猫崎は、ロッカーの一つを開けてエプロンを差し出してきた。

「うちの制服はほかに洋靴が支給されるけど、さすがに予備はないからエプロンだけで！今日の君の姿はキャッツ的にも充分良いよ！　智世子《ちよこ》くんっ髪を上げてやってくれ」

「はいはい、珠さんおいで」

髪を半分上げた女給、智世子は、珠の髪をさっと華やかに結い上げてくれた。

珠は少しだけ緊張しながらも、そのエプロンを身につける。

真っ白でフリルがたっぷりと使われた装飾的なエプロンが、葡萄柄の着物を一気に華やかなものにする。

それは、智世子も身につけている……そして瑠璃子も身につけていたものだ。

珠はかすかに胸が弾むのを感じたが、これは仕事である。

表情を引き締めた珠は、きりりと智世子を見上げた。

「では智世子さん、気をつけておくべきこと、覚えておくべきことを教えてください」

「わかったわ、そろそろ私も戻らないといけないし――……」

珠の冷静な反応に面喰らいながらも、智世子は品書きを指さしながら、語っていく。

「――ひとまず、注文の取り方もこんなところよ。外の応対は私ともう一人の子でなんとかする。あなたはマスタァの補助を中心に動いてくれれば良いわ。ただ、注文の品がどんなものかはわかりそう？」

一息に語った智世子は不安そうに珠を見る。本来なら、手帳に書き取りつつ数日かけて覚えることだからだろう。

申し訳なさそうにする智世子だったが、品書きを確認していた珠は、こくりと頷いた。

「はい、このお品書きに書かれているものは、一度見たことがあるお料理です。私の仕事は、智世子さん達から注文を受け取ったら、テーブルを記憶して、猫崎……いえ、マスタァに伝達。できあがったら担当の方に注文の品を差し上げる。もし手が開いていなかった場合は私が運ぶ、ですね。お客様が帰られた席の清掃もすべきでしょうか？」

「う、うん。そうしてくれると助かるけど……詰め込んじゃったのに、一発で覚えてくれるなんて……」

智世子にたじろがれていたが、品書きを熟読していた珠は気付かなかった。小さく声に出して自分が覚えているか確認した珠は、顔を上げる。

「料理の手順はマスタァの指示を仰ぎます。では、早速入りますね」

「うん、よろしくね」

そうして、珠の女給仕事が始まった。


客が多いという言葉通り、珠が仕事の流れを覚える頃には、客席のすべてが埋まっていた。女給達は客達の前では平然としているが、仕事場に戻ると緊張を隠せずにいる。

けれど、珠は複数の屋敷《やしき》に仕えていた経験がある。パーティでの給仕をしたこともあるし、そこで起きた不測の事態もくぐり抜けてきた。だから緊張はするが、珠にとってこの規模の空間と人数を相手にするのは経験のあることだった。

カフェーキャッツは、昼はコーヒーや紅茶、ミルクやサイダーなどの飲み物を提供しているが、本格的な洋食が食べられることでも人気らしい。

サンドイッチ、チキンライス、オムレツ、ビーフシチュー、カリーライス、コロッケ、ポークカツレツなど驚くほど豊富な料理が品書きに並んでいた。

それらはすべて、猫崎が一手に調理を引き受けている。ならば、手軽に食べられる洋食目当ての客で昼時に忙しくなるのも道理だ。

「マスタァ、コロッケが揚がったので引き上げますね。次のポークカツレツを入れてもよろしいでしょうか」

「君が揚げ物ができて助かった……！　お願いするよ！　さらにコロッケと、今できあがったチキンライスも持って行ってくれ！」

「かしこまりました」

チキンライスの皿を滑らせるなり、猫崎が再び別の注文を作り始めるのを背に、珠はコロッケを盛った皿とスープとパンを盆に載せ、もう片方の手にチキンライスも載せてスイング扉を押して表に出る。

すると、今日の女給の一人、髪をマーガレットに結ったゆかりが珠に気付く。

チキンライスの注文をとったのは彼女だ。

「三番席の方のチキンライスです。コロッケは左端の七番席の方でしたね。私が運びますので行かれてください」

「えっ覚えていたの⁉」

「はい、ゆかりさんの伝票と、お話されている姿を見てましたから」

「だってそのとき、珠さんお皿洗ってて……ええいもうなんでもいいや！　ごめんねありがとうっ」

涙目で感謝するゆかりは、客席に振り返ったとたん優雅な所作に戻る。

その切り替えがすごいと、珠は密《ひそ》かに感心しつつも、自分も配膳に向かった。

はじめこそ、珠は厨房で猫崎の補助に徹していたが、女給達の注文取りや配膳が間に合わなくなったため、珠は手の空いた間に注文を取り、配膳にも加わっていた。

事務所や厨房では悲愴《ひそう》な顔をしていた女給の二人と猫崎は、本当に少しでも楽になれば、という気持ちで珠を加えたようだった。だが、珠が思った以上に働けるとわかるなり、即戦力として扱った。

そういうわけで、珠は厨房と客席を行ったり来たり忙しくしていた。

珠は給仕も経験があるため、配膳や後片付けは問題なくできた。しかし、注文となると見慣れない女給という物珍しさで、客から話しかけられてしまう。そうすると、注文の書き留めと両立できないうえ、会話内容について行けずにまごついた。結局、何度も他の女給に助けられてしまった。

珠は、銀古に来た瑠璃子が、欠かさずに新聞を読み込んでいた光景を思い出した。日々の積み重ねが、彼女の知識と教養を支えていた。

彼らの話について行けていた瑠璃子のすごさを、珠は改めて感じたものだ。

昼が過ぎるとようやく客が少なくなり、交代で休みに入れるようになる。

珠が準備をしていると、くたくたに疲れきった様子の智世子が、安堵《あんど》の様子で厨房に入ってきた。

「珠さんありがとう……すごく助かったわ。あなたがいなければどうなっていたか」

「智世子さん、お疲れ様でした。マスタァが交代で昼食休憩に入って良いとおっしゃっていました。こちらがまかないのサンドイッチです。私が作ったので店のものとは内容が違うのはお許しください」

「えっ珠さんサンドイッチまで作れるようになったの⁉」

サンドイッチとスープのセットに智世子が驚く中で、珠は少し照れくさくなる。

「偶然、最近洋食について学ぶ機会があったんです。お役に立てて良かった」

そう、澄の屋敷で出た昼食で、コロッケもカツレツも、サンドイッチも、ケチャップを絡めて作るチキンライスも一通り作り方を把握できていた。

おかげでこうして役に立つのだから、澄には感謝しなければならない。

サンドイッチとスープを受け取った智世子だったが、落ち込むように肩を落とす。

「私は瑠璃子さんと同じくらい店では古参なんだから、いなかった穴も埋めなきゃと思っていたのだけど、やっぱり難しいわね。瑠璃子さんはてきぱきと私達に指示を出して、気持ちよく働けるように細やかに気を配ってくれるの。一見きつそうに見えるのに、とっても面倒見が良いのよね」

とはいえ、智世子が瑠璃子について語る横顔はとても柔らかい。いまだ親しみを感じている表情に、珠は瑠璃子がこの店でも慕われていることを理解した。

「私も瑠璃子さんにたくさん助けていただきました」

「やっぱり？　瑠璃子さん、なんだかんだすごく面倒みが良いものね。一ヶ月くらい前から瑠璃子さんは休みがちになったけど、それでもお得意様のお客さんを気にかけたり、些《さ》細《さい》な言葉もきちんと覚えていたりして、ああ義理堅い人なんだなあって思ったもの」

そんな彼女に、珠はとても瑠璃子の話を聞きたかった。だが客席から女給を呼ぶ声が聞こえてくる。今は仕事が優先だ。

「では、智世子さんが休憩に入られている間、私が客席に出ておりますね」

「……ありがとう、食べたらすぐに行くから！」

事務所に戻った智世子と入れ替わり、珠は注文票を手に取り客席の方へ行く。

今は食事を終えコーヒーや紅茶を片手に談笑している客の姿が目立った。

少し余裕が出てきたため、本来の娯楽である女給との談笑を楽しむ客もいる。

珠が客の注文をとったあと、テーブルの後片付けをしていると、ドアベルが鳴り新たな客が訪れたことを知って振り返る。

が、それが、つい先日顔を合わせた住崎渚だと気付き、珠は目を丸くする。

ツイードの上下に、襟の高いシャツに華やかなタイを締め、ベストを着込むというこじゃれた服装をしていた。

服自体は似合っていて品の良さを感じさせるが、本人が肩に力が入っているせいか、どこか堅苦しい印象がある。

渚は店内の独特の熱気に気圧《けお》されてたじろいでいたが、珠を見つけると目を見開く。

「君は、確か上古さんか」

ゆかりが手が空いていなかったため、珠が向かうと、驚きながらもほっとした顔になる。

しかしすぐに「口入れ屋の従業員なのになぜ？」と疑問の表情になったため、そっと言い添えた。

「いらっしゃいませ。私は今、臨時で女給をしているのです」

「なるほど。ならば知っているか、ここで瑠璃子が働いていると聞いたんだが」

「瑠璃子さんは一週間ほど前から欠勤されています。その、どうされますか」

うすうす彼の目的を察していた珠は、一応問いかける。渚は少し悩んだようだが、かぶっていた中折れ帽子を外して珠に渡してきた。

「いや、一度入った以上、なにもせずに出て行くのは店に失礼だ。一服させて貰《もら》おう」

「ではご案内いたしますね」

やはり、彼は本来誠実でかなり真面目な性格をしているようだ。

珠は渚をカウンター席へ案内し、品書きを渡す。

「では紅茶を頼む」

「かしこまりました」

厨房《ちゅうぼう》に下がった珠がまだまだ元気そうな猫崎に注文を伝えると、客席の方から大きな声が聞こえた。

「やあ君は、ここでは初めての人間だね！　ようこそカフェーキャッツへ。歓迎しよう」

そっと厨房から顔を覗《のぞ》かせると、渚のカウンター席の左右に男達が陣取っていた。

華やかなジャケットにベストを着た二人組である。渚は面喰《めんく》らっていたが、渚の左側に座った七三分けの男は気にせず、にやりと笑う。

「良《い》い服を着ているじゃないか、若いようだが大学に通っているのかね？　専攻は？」

「経済学だが……」

「ほう！　ならば比較財政学には目を通したかね……」

右側に座る丸眼鏡の男が揚々と語り出す。彼らが渚にこぞってまくし立てるのを珠が見ていると、給仕から戻ってきたゆかりがあちゃあという顔をする。

「あのお客さん達、一人で来るお客さんに討論をふっかけて言い負かすのが好きなのよ。気が弱そうだったり若かったり、自分達が言い負かせそうな人を選ぶから、ちょっと迷惑なの。他のお客さんも面白がって止めないことが多いし……あの人災難だったなぁ」

「それは……」

珠が見ている間も、男の弁舌はどんどん熱がこもったものとなり、異論を差し挟ませない勢いだ。これはとても疲れるだろうが、珠は見守るしかない。

熱を帯びた眼鏡の男は、つばを飛ばして力説する。

「我が国は欧米諸国と国力で肩を並べるようになった。だというのに、民衆は輸入品ばかりをもてはやすっ。嘆かわしいとは思わないかね！　これで諸外国に富を奪われるばかりではないか！」

「そうだ、すでに国力は充分蓄えているのだから、貿易を規制し国内産をより流通させるべきだ！　ええそうだろう、君！」

七三分けの男が同意を求めたとき、終始圧倒されるばかりだった渚の表情が変わった。

「それは逆効果になる」

「なに、輸入品が国内に入ってくることこそが――」

「だがいまだ輸入品の方が上等であると考える者が多く、実際にそうだ。まだ国内産の商品は諸外国では粗悪品として受け取られている。人は安さ以外に粗悪品を選びはしない。政府で強制したところで破綻は目に見えている上、列強から後進国と誹《そし》られるぞ」

「ならば君は列強に蹂躙《じゅうりん》されても良いとでも言うのか！」

声を荒らげた眼鏡の男に対しても、渚は冷静に言い返す。

「そうは言っていない。自国の物産を守るのも重要だ。しかしこちらも品質を、外国産にも負けぬ水準にまで引き上げれば立場は覆る。政府主導で設立された富岡《とみおか》製糸場では、工女を教育することで、世界に誇る高品質の生糸を生み出した。それを民間でもできれば、強い武器となる」

「だが富岡製糸工場は、民間に払い下げられた後は……」

「もちろん、今に合った物を選ぶ必要がある。あなた達の言う通り、この国は強くなった。金と機会さえあれば、自ら開発するだけの力がある研究者や発明家も、実行できる技術者も多くいる。経営者側も列強から学び、渡り合えるだけの知恵と知識を蓄えた。品質という武器さえあれば、充分勝てる。切り捨てるのでも、守るだけでもなく、育てていくことがこれからの世に必要だと、私は考えている。あなた達は、この国を豊かにしていくために、何を考えているんだ」

「そ、それは、だな……」

「もちろん、国益のために、だな」

言い切った渚の問いに、眼鏡の男と七三分けの男は口ごもると、そそくさと席を離れて行ったのだ。

「うわぁ、すごい。あの子、インテリ崩れを言い負かしたよ」

ゆかりの感心した声を珠は聞きながらも、ちょうど紅茶が仕上がったため、珠は温めたティーカップとティーポットを盆にのせ渚の元へ行く。

「お待たせしました……あの、大丈夫ですか」

ふう、と息を吐いていた渚は、珠の問いかけに虚を衝《つ》かれた顔をするが、すぐに何のことか理解したようだ。

「ああ、カフェーではこういうことがよくあるのか」

「こちらは、人との交流を楽しみに来られる方の店ですから。あの方々は特にそういったことを好まれて、よくお話をされるそうでした。やり込められる方も多いそうです」

「そうか……見知らぬ者に意見を求められたのは初めてであったから、まごついてしまった。男子であるのに情けないな」

「いいえ、堂々と渡り合われていたと思います」

珠が素直に語ると、顔を曇らせかけていた渚はぱちぱちと瞬くと、顔を赤らめながらティーカップを手に取った。

「そのようなことを軽々しく語るな、恥ずかしい」

「失礼いたしました。以後気を付けます」

平身低頭で謝罪すると、渚はかえって狼狽《うろた》えたようだった。

「い、いや、君が謝る事ではない……ええとだな」

紅茶に口を付けた渚は、馥郁《ふくいく》とした香りに表情を和らげると、肩の力を抜いた様子でつぶやくように言った。

「私は、住崎家の嫡子だから、将来は住崎貿易を背負うことが定められている。多くの社員の命運を握るのだから、よりよい未来を私が示さねばならない。……ただ先ほどの男達に語った話も、机上の空論でしかない。舐《な》められぬように服装を改めてサロンに行っても、途中で追い出されるくらいには、私は未熟なのだ」

「渚様……」

渚は、先ほどの語気が嘘《うそ》のように悄然《しょうぜん》としていた。珠がかける言葉を迷っているうちに、彼は深く息を吐く。

「身内の姉すら引き留められずにいる私が、社員達を率いていけるのか不安にはなる」

「ええと、会社を背負われることと、サロンの潜入に失敗したことと、お姉さんを救うことはすべて別々のことだと思うのですが……関係があるのでしょうか」

ずっと気になっていたことを珠が問いかけると、渚は目を丸くする。

その驚いた表情で、彼の意図とは違う返答をしてしまったと気付く。

しかし、珠が謝罪を口にする前に、渚は気が抜けたように破顔した。

「私がサロンで会った瑠璃子にもそう言われた。君は口調こそ柔らかいし、大人しそうに見えるが、はっきりと語れる言葉を持っているのは瑠璃子に似ているな」

「そんなことは……瑠璃子さんは華やかで、凛《りん》とされている、とても自由な方です」

珠はあまりの恐れ多さに否定した。瑠璃子は自分などよりしっかりしている。

それでも落ち着かない気持ちで視線をさまよわせると、渚は思いをはせるように語る。

「おばあさまの家での瑠璃子は、髪は短いが良家の婦女に見えるくらいには、貞淑な娘だと思っていたんだ。姉の方がおばあさまの家によく行っていたから、瑠璃子と面識があったと思う。だから二人が一緒にいるのを見て、誤解をしたわけだが……」

気まずそうにする渚は、先ほど男達と渡り合っていた時とは違い年相応に感じられた。

「サロンでの瑠璃子は、とても目立っていた。おばあさまの家より、こちらの方がずっと彼女の居場所なのだと悟るには充分なほどだ。男性に意見することも、大きく笑うことも眉をひそめられる行為だというのに、なぜだろうな。瑠璃子にはふさわしいと感じた」

「わかります」

そこだけは珠も心を込めて同意した。はっきりと喜怒哀楽をあらわにする瑠璃子はとても魅力的だ。渚も諦めたように頷《うなず》いて、遠い目をする。

「ああ。……そして、姉も茫洋《ぼうよう》とはしていながらも、どこか生き生きとしていたように思う。何が悪く何が正しいのか、わからなくなった。だからこうして、まずは瑠璃子の人となりを確かめに来た」

まっすぐ語る渚は、真摯《しんし》に瑠璃子のことを知りたがっているようだ。

なんだかまぶしく感じた珠だったが、そこで渚が渋面になる。

「ただ瑠璃子は職場を欠勤しているのか、社会に奉仕する職業人として無責任だが……」

「瑠璃子さんにだって理由はあるはずよ！」

割り込んできたのは、女給のゆかりだった。手に盆を持った彼女は、面喰らう珠に聞いてくる。

「珠さんの知り合いなら、そのまま休憩に入ってかまわないってマスタァの伝言を伝えに来たんだけど、なにこの人」

「ありがとうございます。この方は、私と同じように瑠璃子さんのことを聞きに来た方で」

答えた珠は、そういえば彼は女性を苦手にしていたと思い出し、渚に視線を向ける。案の定狼狽えていた渚だったが、硬い表情ながらも真剣にゆかりへ話しかけた。

「あなたは、瑠璃子と働いていたのだろう。欠勤に理由があると考えたのはなぜか、教えてくれないか」

目尻をつり上げていたゆかりだったが、渚の真摯な態度に肩透かしを食らわされたようだ。若干語気を弱めて答えた。

「いい？　瑠璃子さんはあたし達を気にかけてくれていたの。悪いところはきっぱり悪いと言うけど、良いところもちゃんと褒めてくれた。女給をしていると、こちらが強く出られないからって横暴に振る舞うお客は山のように現れる。でも瑠璃子さんは、絶対に負けなかった。あたし達をかばって矢面に立ってくれたのよ」

「なるほど、あなたにとって瑠璃子は情に篤《あつ》い人だというんだな」

渚が納得したように相づちを打つと、ゆかりは力を得たように頷いた。

「そう、そうなのよ！　確かに、欠勤は腹立つけど、無責任さにじゃなくて、あたし達になにも言ってくれなかったことによ。よっぽどのことがあったくらいわかるのに、打ち明けてもらえるほど、信頼されてなかったみたいで悔しいの……」

涙目になるゆかりに、珠はそっと手を添えた。彼女は珠が瑠璃子に感じた気持ちと、似たものを抱いている。瑠璃子が意志が強いのはわかる。けれど、本当に自分達が役に立つ事はできなかったのか、寂しくなった。

ゆかりを慰める方法もわからず、珠がせめてと思ってとった行動に、彼女の表情はかすかに緩む。

「それは、寂しいことでした。前兆はなかったのですね」

珠のぎこちない慰めの言葉に、少し鼻をすすったゆかりは意外にも首を横に振った。

「瑠璃子さんは欠勤する少し前から、普段と違って余裕がないみたいだった。だから余計に声をかけられなかったのが申し訳なくて……。明美《あけみ》ちゃんと口論してからは特に様子が変だったし」

「瑠璃子に余裕がないようだった」というのが珠は気にかかった。珠が訊《たず》ねる前に、渚が身を乗り出す。

「明美とは？」

「うちの女給よ。瑠璃子さんを特に慕っていた子で、瑠璃子さんみたいに洋装がしたいって言って自分で洋服を作っていたわ。でもだいたいひと月前かしら、その子がその……」

ゆかりはあたりを見渡して客がいないことを確認すると、そっと珠達に顔を寄せた。

「お客さんの一人と付き合い出したの」

「っ……!?」

渚は驚きを浮かべる。声を上げかけた彼に、ゆかりは指を唇に当てて黙るように示すと、小声で続けた。

「二岡《ふたおか》さんって人で、絵描きだと言っていたけど、高等遊民というやつね。うちは表向きお客さんとの恋愛は推奨されていないのだけど、その方は悪い人ではなかったから、静観してたのよ。でも、瑠璃子さんがびっくりするくらい強く反対をしたの」

「瑠璃子さんが、反対を？　どのように、でしょう」

珠は自分が銀古に勤め出した時に、瑠璃子が乗り込んできて反対をしたことを思い出す。だが、あれには銀古にふさわしくないという確かな理由があった。今回はとても個人的な事情に踏み込みすぎている気がする。

しかも、ひと月前と言えば、瑠璃子が銀古に姿を現さなくなった時期と重なっていた。

珠がそんな風に考えていると、ゆかりは思い出すようにこめかみに手をやる。

「『今はあの男だけはやめておきなさい』って。今思えばちょっと変な言い回しよね。時間がたてば、付き合ってもかまわないみたいな感じ。明美ちゃんも狼狽えていたのだけど結局関係は続いていたみたいなの。けれど、瑠璃子さんが欠勤する直前、その子が首に包帯を巻いて出勤して来たのよ」

「なに……!?　その男にされたのか」

首に包帯を巻いているとは穏やかではない。真面目な渚が気色ばむのも当然だ。珠も抑えきれない驚きを顔に浮かべると、ゆかりは首を横に振った。

「そこはわかんない。顔色も良くなかったから、マスタァは心配したんだけど、明美ちゃんは大丈夫、の一点張りで取り付くしまもなかった。でも瑠璃子さんは、目の色を変えて二岡さんについて詰問していたの。まるで彼が原因だと確信しているみたいだった」

「明美さんは、今……？」

「実は、今日欠勤しているのがその子なの。瑠璃子さんが欠勤した後から、目に見えて顔色が悪くなって、今は下宿先で寝込んでいるみたい」

ゆかりの表情は、ありありと不安が浮かんでいる。

こくり、と珠は喉を鳴らす。瑠璃子が銀古に退職宣言したのも一週間前だ。瑠璃子が明美に詰問したのも一週間前。ここまで時期が重なるのなら、関連がある可能性は高い。

瑠璃子が消息を絶つ直前の状況を知り、緊張するのを感じながらも、珠は店内を振り返ってみる。

瑠璃子のいないカフェーは、一見なにも変わってはいないように見えたが、どこか色あせて思えた。

銀市に明美の話をしたいと考えていた珠の願いは、銀市がカフェーキャッツに現れたおかげでかなった。

珠が銀古に帰宅していないと知り、様子を見に来たのだという。

連絡手段がなかったとはいえ、手間をとらせて申し訳ないと思いながらも、珠は明美のことやカフェーでの瑠璃子の様子を語る。

結果、そのまま明美の下宿先を訪ねてみることになり、珠は銀市と共に満面の笑みの猫崎達に見送られて店を後にした。

「実はサロンで瑠璃子がしきりに話かけていた男がいた、と聞き込んでな。その男と恋仲の女性がキャッツに勤めていると知って、話を聞けないかとも考えていたんだ」

「それが、明美さんだったのですね」

「ああ、君が先に話を聞いてくれて助かった。下宿先へも問題なく訪ねていける」

「私の話はたまたま教えていただけただけですが、お役に立てて良かったです」

「まあただ……予想外なこともあったが」

右にいる銀市の困惑がわかる珠は、銀市と共にそっと左側に視線を向ける。

珠の左少し後ろには、中折れ帽をかぶった渚が歩いていた。

二人の視線を受けた渚は、ぎゅうと眉間にしわを寄せながらも言った。

「私とて、話を聞いた一人だ。瑠璃子が何のために女性を止めたのか知りたい」

珠は銀市がどうするのかと、不安な面持ちで見上げたが、銀市は渚を一瞥《いちべつ》した後意外にも珠に視線を移す。

面喰《めんく》らった珠だったが、彼は肩にいる貴姫を見ていた。

「貴姫、カフェー内での渚はどうだった」

『多少頭の固い男だが、珠の仕事ぶりを驚いた様子で見ておったし、声を荒らげることもなかった。珠に嫌な思いをさせることはなさそうじゃ』

渚に仕事を見られていたとは知らず、珠は少し驚いた。

銀市は納得した様子で今度は珠に問いかけてくる。

「君は、彼に対して頓着はないか」

「わ、私は特にはありません。カフェー内では良いお客様をしていただきましたし、ゆかりさんも……あ、女給さんへの態度もぎこちないながら誠実でした」

『うむ、珠も、あやつと話をしているときは気が楽そうであった！　大丈夫じゃ！』

気楽かはともかく、妖怪《ようかい》をすでに知っている渚には、気構えなくて良いのは確かだ。

だから貴姫の無邪気に補足した言葉に、珠も頷いたのだが、いつもならある銀市の相づちがない。

あれと改めて彼を見ると、彼はまぶしげに珠を見ていた。いつもの温かさがありながらも、珠はその眼差《まなざ》しに寂しさがにじんでいるような気がした。

「そう、か。ならいいだろう」

それも一瞬で銀市はいつも通り応じたから、珠は強いて訊ねられず、頷いた。

銀市は渚をもう一度振り向く。

「こちらの指示に従うのなら、好きにしなさい」

「ああ、わかった」

銀市の簡素な返答に、渚は少々怯《ひる》んだようだが生真面目に頷いた。

明美の下宿は路面電車で数駅離れた場所にあった。

一般的な木造作りの共同住宅で便所や水回り、台所は共同だが食事がつき、風呂は銭湯で済ませる標準的な形式だ。こういう下宿では、各部屋の入り口は建物の内側にある。

外ではちょうど大家らしき老婦人が玄関先を掃いており、珠達に気付くと渋面になる。

「なんだいあんた達……金持ちの冷やかしならお断りだよ」

「っ⁉」

渚は今までそのような言葉を投げかけられたことがなかったのだろう、驚きのあまり絶句して立ち尽くす。

代わりに珠が老婦人に話しかけた。

「こちらの大家さんでしょうか。私達はカフェーキャッツの関係者で、明美さんが寝込んでおられると聞いてお見舞いに来たんです。上がらせていただけないでしょうか」

カフェーでもらったケーキの包みを見せながら語ると、老婦人は相好を崩した。

「なんだ、明美ちゃんの同僚さんかい、いやでも後ろの色男と坊ちゃんは……」

「俺は彼女の付き添いだ。最近何かと物騒だからな。こっちも似たようなものだ」

「そうかい、そっちの坊ちゃんも、明美ちゃんに迷惑かけないんなら、通って構わないよ」

そっけなく言う老婦人に、渚は顔を強《こわ》ばらせるがなんとか無言を貫いた。

「明美ちゃんは二階の角部屋だよ。同僚なら戸を開けてくれるかもしれないし、入れたら様子を教えておくれ」

「明美さん、出てこられていないんですか？」

気になった珠が訊ねると、老婦人は心配をあらわにした。

「二日前からだったか。真っ青になって帰ってきたあと、部屋に閉じこもってしまってねえ。ご飯だけは戸の前に置いておくと食べてくれるのだけれど。どんどん顔が青ざめていくものだから病院に行かないかと言ったんだが、明美ちゃんはいらないの一点張りなんだよ。まあ、いい人にあんなことがあったから、仕方ないんだろうけどさ」

「……そうか」

銀市が静かに相づちを打つその声音に、珠はどこか別の重みがある気がした。

老婦人と別れ表玄関から一歩入ると、内向きに各部屋の引き戸が並ぶ様子が見て取れる。

珠、銀市、渚の順で明美の部屋がある二階へ続く階段を上がる間に、渚が承服できないようにつぶやいた。

「なぜ私は最後まで疑われたんだ……」

「今の君はいかにもカフェーに通う若者に見える。大家さんは明美さんとの痴情のもつれかと懸念したんだろう」

銀市の推察に、渚は顔を強ばらせる。短い髪の間から見える耳は僅《わず》かに染まっていた。これは狼狽《うろた》えてしまったのを隠そうとしているのだろう。そう感じた珠は沈黙を守ることにしたが、ふと老婦人の言葉を思い出して銀市を振り返った。

「あの、銀市さん、大家さんが明美さんの恋人さんになにかがあった風に言われてましたが、なにかご存じでしょうか」

銀市は躊躇《ちゅうちょ》する様子を見せながらも、淡々と答えた。

「実は、明美の恋仲の男は一週間前に亡くなっている。彼女はそれを知ったのだろうな」

珠は見舞いの品を落とさなかったものの、息を呑《の》む。渚もさすがに表情を引き締めた。

「お悔やみを、申し上げたほうが良いでしょうね」

「君はそうしてくれ。だが、その死も少々気になる部分があるんだ。あまり明美さんに負担をかけたくはないが……」

そこで銀市は不自然に言葉を止め、上階へと視線を向ける。珠が不思議に思う間に、銀市は珠の脇をすり抜け、階段を一気に駆け上がった。

「古瀬《ふるせ》さん？」

驚く渚と共に珠も階段を駆け上がると、銀市は明美の部屋の前にいた。

そこまで来ると、珠の耳にもかすかな女性の悲鳴と抵抗するような物音が聞こえた。

尋常ではない響きである。

引き戸の取っ手に手をかけた銀市は、鍵が掛かっていると悟るなり、片足を勢いよく振り抜いた。あっけなく蹴り抜かれた引き戸を乗り越え侵入する。

銀市を追いかけた珠は、中に入り啞然《あぜん》とする。

室内は入ってて横手に台所がある作りだった。上がり框《がまち》から居間と寝床兼用だろう、八畳間が広がっている。

居間の窓際に敷かれた敷き布団の上には寝間着姿の娘……明美がいたが、彼女にのしかかる異様な存在がいたのだ。

形は成人男性ではあったが、全身が影のように黒々としている。だが目が二つ爛々《らんらん》と光っており、口元には獣のように鋭い牙があった。

化け物、としか言い様がないそれは、懸命に手で突っぱねようとする明美の首筋に今にも牙を突き立てようとしている。

「上古さんっ」

同じように中の化け物を見た渚が、ぞっとして立ち尽くす珠の腕を引き背中にかばう。

銀市が草履のまま一足飛びに肉薄し、化け物の頭部を蹴り飛ばした。

のけぞった勢いのまま、化け物は壁に叩《たた》き付けられる。衝撃で棚の物がばらばらと落ち、渚達の所まで飛んできた。

まだ起き上がろうとする化け物だったが、銀市は肩を摑《つか》むと、床にうつぶせで押し倒す。

さらに、馬乗りになって腕を押さえ拘束した。

影のような男はものすごい勢いで拘束から逃げようともがくが、大柄な銀市に体重をかけられまったく身動きがとれないようだ。

「お前は一体……!?」

険しく誰何《すいか》しようとした銀市は目を見開く。男が抵抗をやめたとたん、姿は煙のように消失してしまったのだ。

瞬く間の出来事だったが、荒れた室内と襟元をかき合わせる明美の姿が、現実であることをまざまざと思い知らせてくる。

我に返った珠は渚の横をすり抜け、草履を脱いで室内に上がると、ひどく怯《おび》えた様子の明美に駆け寄った。

「明美さん、ですよね。大丈夫ですか?」

「う、ぅぅ……」

以前、顔を合わせたことがある明美は、緩く三つ編みを二つ作ったお下げ髪が愛らしい娘だったが、今はその髪も簡素にまとめられているだけで乱れていた。

明美は珠が近づくとすがりついて泣き始める。

震える明美を、珠がぎこちないながらも撫《な》でると、彼女が動揺のまましゃべり始める。

「どうして、だって英人《えいと》さんは死んだはずなのに……やっぱり、瑠璃子さんの言う通りにすれば良かったっ」

珠は、今は包帯が巻かれていない彼女の白い首筋に、青黒い痣《あざ》と太い針で刺したような傷が二つあるのを見つける。

その二つの傷は、先ほどの黒い影のような男の牙を彷彿《ほうふつ》とさせた。

完全に影の男が消失しているのを確認した銀市も、明美の首筋に気付き、眉を寄せる。

「その傷は……」

騒ぎに気付いたのだろう、外から住人らしきざわざわとした気配が近づいてくる。

だが、そんな中でも、渚が呆然《ぼうぜん》とつぶやく声がやけに鮮明に響いた。

「おばあさまが話してくれた昔話と同じだ」

珠は振り返る銀市の険しい横顔を見上げながら、瑠璃子が何か恐ろしい事に巻き込まれているのをひしひしと感じていた。

第三章　再会乙女と運命の女

明美《あけみ》の部屋前に陣取っていた銀市《ぎんいち》は、軍服の二人組……、御堂《みどう》とその部下の作業を見つめていた。

銀市は警察が到着するより先に、御堂へ連絡を取り、騒ぎを速やかに収めさせていた。珠《たま》は明美に付き添い、特異事案対策部隊の息がかかった病院へ行っている。

御堂達は気さくに大家の老婦人へと話をしながら、てきぱきと明美の部屋の戸にチラシに似た物を貼る。それは人避《ひとよ》けの効力を持たせた呪符だ。貼った対象に人間は「なんとなく」忌避感が湧き近づかなくなる。そうすることで人々の記憶から薄れさせていくのだ。

すべての作業が終わった後、彼らが乗ってきていた馬車に銀市も同乗し、走り出したところで御堂は話し始めた。

「表向きは明美さんにつきまとっていた男が、彼女を手込めにしようと侵入したところに、あなたが居合わせ撃退したことにしようと思う。口裏合わせはお願いするよ」

「わかった」

「それで、明美さんを襲ったのは、彼女の死んだ恋人ってことで良いのかい？」

確認してくる御堂に対し、銀市は頷《うなず》いて見せた。

「写真で顔は確認していたから間違いない。自殺した彼女の恋人、二岡英人《ふたおかひでひと》だった」

銀市は、御堂達が駆けつける間に、落ち着いた明美からいくらか話を聞けていた。

一週間ほど前から、夜眠ると夢に二岡が現れるようになったのだという。同時期に原因不明の倦怠感《けんたい》に襲われるようになり、不安を覚えていたところ、まさに夢に現れるようになった日に彼が自殺している事を知った。

『夢の中で英人さんは、君も新たに生まれ変わろうと誘ってきたの。人間の殻なんて脱ぎ捨てて新しい自分になって一緒に生きようって……。心のどこかで嫌だと思っても抵抗できなくて、首筋に……』

泣き崩れる明美の首筋にある青黒い痣と二つの傷痕を思い出していた銀市が、御堂が深いため息を吐いたことで意識が引き戻された。

「それは、今部隊で追っている『蘇《よみがえ》った死人の目撃例』で間違いない」

銀市は、「蘇った」という単語で僅かに胸の奥底にさざ波が立つのを感じた。

悟られる前に視線で続きを促すと、御堂は順を追って語り始めた。

「最近、死んだはずの知り合いや友人、恋人を町中で見かけたという目撃例が後を絶たないんだ。さらに夢で会いに来ると語った人間は亡くなるか、失踪している。つい先日は、夢を見た、このままだと攫《さら》われてしまうと語った娘の警護を頼まれた」

部隊は陸軍の指揮下にあるが、軍部の知り合いを経由して華族や古い家柄の地主、資産家などから、私的に相談を受けることもある。銀市はその一つだったのだろうと考えながら耳を傾ける。

「対象が陸軍のお偉いさんの放蕩《ほうとう》娘だったから、はじめは貸しを作れるぐらいに考えていたんだ。けど警護中の真夜中に忽然《こつぜん》と黒い人影が現れて、彼女の喉にかみついた。即座に捕縛に動いたけど、刀も呪符も痛手になったとは思えないまま逃げていったんだ」

「俺の遭遇した状況と一緒だな。お前の見た人影は誰だった」

「本人に確認した。……女学校の頃から慕っていた先輩の女性だそうだ。しかし、彼女も数ヶ月前に死んでいる。現実に耐えきれずに遊び歩き、とあるサロンで先輩の女性に出会ったのだと明かしてくれた。しきりに『新しい自分に生まれ変わったのだ』『あなたも生まれ変わって幸せになろう』と誘われて頷いたらしい」

「それは文士や芸術家が、パトロンを見つけるために開催されるものではないか。二岡も通っていた」

銀市がサロンの詳細を語ると、御堂は訝《いぶか》しげな顔になる。

「ああ、確かにその通りだけど。その前に、一緒にいた青年は住崎《すみさき》貿易の御曹司だろう？一体どうしてそうなったんだい？」

「知っていたのか」

銀市が意外さに眉を上げると、御堂は事もなげに答えた。

「社交界に顔を出すような人間は一通り名前と来歴は覚えているよ。特に住崎貿易は亡き会長が一代で築き上げただけでなく、二代目も事業拡大をしていて勢いがある会社なのは間違いないからね。海外の良質な輸入品だけでなく、最近では国内品の輸出に力を入れているから政府とも若干付き合いがある。あとご息女の汐里《しおり》嬢は気弱げに見えるけれど芯のありそうな美人だ。旦那さんが亡くなられたのが可哀想《かわいそう》なくらいだ」

当然のように付け足す御堂に銀市は若干苦笑するが、御堂は大まじめに続けた。

「こんな風に身元は完全にわかっているから尋問は省略したけど、銀市、これ以上はあなたの経緯を教えてもらわないと僕も教えられない」

「まあ、確かにそうだ」

銀市はさすがにためらったが、御堂が追っているとわかった以上は隠すべきではない。

袖に手を入れて腕を組むと、せめて冷静に語った。

「一週間と少し前に瑠璃子《るりこ》が銀古《ぎんこ》と絶縁宣言をしてな。どうやらお前の追っている蘇った死人に関連する事象に関わっているようなのだよ」

「瑠璃子さんが絶縁!?」

御堂の驚愕《きょうがく》を銀市は甘んじて受け入れた。

「あの人は元からあまり人を頼ろうとしないけれど、絶縁って……」

「おかげで、俺は珠と繁忙期を乗り切る事になった。汐里さんがくだんのサロンに出入りしているらしくてな。住崎渚《なぎさ》くんは汐里さんが瑠璃子と一緒にいたことで、瑠璃子が手がかりになると考えて、銀古に協力を頼んできた成り行きで行動を共にしていた」

その渚は処理が一段落すると、気になることがあると足早に去って行った。

銀市は渚の反応も気になるが、御堂が口元に手を当ててかすかに視線をそらしたことに意識をとられた。御堂は平静を装っていたが、思い至ることがある様子だ。

「……御堂？」

銀市が追及すると、御堂は覚悟を決めたように口にした。

「瑠璃子さんが僕のところを訪ねて来たんだ。おそらく銀古で絶縁宣言をしたあたりに」

「なに」

「彼女が僕のところを訪ねてくるなんて珍しいけど、なくはなかった。まだあなたが軍にいた頃はしょっちゅう突撃されていたから、すんなり受け入れたけど、今考えれば少し違和感があったというか。てっきりあなたにも伝わると思ったから、蘇る死人のことを話して、そうしたら瑠璃子さんの表情がなくなって」

瑠璃子のことを語る御堂は、まるで苦手だが気安さのにじむ姉のことを語るようだ。

しかし、ためらいながらも、続けられた言葉は驚くべきものだった。

「『あんたならどんな相手でも、法に反すれば処罰するわね。だってあたくしがそう教え込んだもの。絶対に銀市さんより先に捕まえるのよ』って。なんというか。あれはまるで、あなたが捕まえるのをためらう存在が関わるような口ぶりだったなと」

「言葉を選ばんでいい。まるで瑠璃子自身を捕まえろ、と言わんばかりだったんだろう」

銀市が指摘すると、御堂は諦めた様子で頷いた。

「僕が当然だ、と語ると安心したようだった。けれど、彼女にいつもの覇気がないというか、思い詰めたような態度だった気がする。だから、あなたの話を聞いて、あれは本気だったんじゃなかったと思った」

「それを聞いて俺も瑠璃子の絶縁宣言に納得した。あいつは俺が狩らねばならんことをするつもりなのだろう。先に縁を切っておいて、お前をはじめとした特異事案対策部隊に目を付けられても、銀古には累が及ばないようにした、というところか」

瑠璃子の思惑が徐々に見えてきたところで、銀市は深く息を吐いた。

出会った頃の瑠璃子を思い出す。あの頃の彼女は自分以外のすべてが敵だと、投げやりさと諦めを抱えて、だが義務感に衝《つ》き動かされるように無鉄砲を繰り返していた。

覇気がない、という御堂の言は気になるが、おそらく自分でなんとかしなければならないい、と思い詰めたのだろう。

頬杖《ほおづえ》をつき、沈殿していた苦々しさが皮肉の笑みになる。

「まったく、何があいつをそうまでさせたかはわからんが、それなりに長くいるというのに、一言も相談なしとはな。早く捕まえて問いただした方が良さそうだ」

「確かにちょっと気になりはするけれど、あの人は大抵一人で何でもしてきただろう？瑠璃子さんにそう考えられるのは、やっぱり付き合いの長さだよね」

御堂の感心に、銀市は少々苦笑をする。御堂は強い瑠璃子しか知らないのだ。

「あの猫は昔から、不義理なのか義理堅いのかよくわからんもんでな。昔は自分の不利益を顧みず、命すら捨てるような無茶をしていたんだ。今回はその悪癖が出ているようだな。まあ退職が、こちらに迷惑をかけたくなかった可能性が高いとわかっただけ収穫だ。仕事に穴をあけた責任をどうとらせるか、考える楽しみができたな」

面喰《めんく》らった様子で押し黙る御堂を見て、銀市は話柄を変える。

「ともあれ、瑠璃子が何を考えているかは、この怪異を追えばわかるだろう」

「銀市は、この蘇った死人について、どう思う」

御堂も改まった様子で問いかけてくる。銀市はためらいなく答えた。

「一度死ねば、人が人として蘇ることはありえない。人に非《あら》ざる者として、生まれ変わる以外はな」

生前の姿をとどめている狂骨《きょうこつ》でも、根本的には変質してしまっている。

だからこそ、死んで埋葬された者が再び動き回るのであれば、それはもはや人間とは別のもの。人に非ざる者だ。

「今回の事例は、それぞれの人間が偶然呪い殺した時期が重なったというには、事例が似ている上に多すぎる。外部の要因があるとみて間違いない。何者かが裏で糸を引いているのであれば、早急に排除せねばならん」

銀市は平静に語ったつもりだったが、無意識に強い語気になっていたらしい。御堂が軽く驚いた顔をしていたが、すぐに応じた。

「そうだね、人に危害を加えている上、人に非ざる者に変える怪異だ。僕達としても犠牲者が増える前に捕まえたい。ただ、新しい死体が怪鳥に変じた陰摩羅鬼《おんもらき》や、幽霊が人として振る舞うなど、今まで記録されている変質の事例ともかみ合わない。部隊の知らない怪奇現象の可能性がある」

原因が特定できないと語る御堂だが、その表情に不安や焦りはない。

古来、様々な怪異が世に現れては消えていった。銀市達が把握しているよりもこの世の闇は色濃く深い。それでも、過去の事例と知識と知恵から対処してきたのだ。

「こちらの護衛対象に憑《つ》き物落としの呪符を持たせたら、まともに話せるようになった。先輩女性に対して思慕は残っているが、なぜあんなに熱心だったかわからないようだ」

「怪異がなんらかの術をかけているのか。とはいえ、場当たり的だが、ひとまずの対処は可能なようだな」

抜本的な解決策とならずとも、見つけられるまでの時間稼ぎができるのは朗報だ。

「うん、護衛対象を病院で怪異避けの結界を張った部屋に隔離して以降は、怪異も現れていない。だから少なくとも、夜に現れるものは実体ではないと考えているよ」

「化ける狐《きつね》や狸《たぬき》などの動物の仕業にしても、少々様子がおかしい。ならば、どこかに本体があるのかもしれん。首筋にかみつかれると被害者が衰弱するのも、精気を吸い取っているからだとすればつじつまが合う」

現状、銀市の知る妖怪達にも当てはまる存在はいない。

人間の血肉を食らう鬼や、狂骨のように人の精気を吸い、結果的にあの世へ連れて行く者もいる。だがそれにしては、被害者、加害者ともに口にする「新たな自分に生まれ変わる」という言葉が気になる。

「明美さんの一件と護衛対象の一件で共通するのは、親しかった死者が生前のまま現れる。夜な夜な訪れては、首筋にかみつく。首筋には青黒い痣《あざ》と二つの傷が残る。数週間から一ヶ月でかまれた人間は衰弱する。一つ一つなら該当する妖怪はいるんだけどね……」

御堂が頭を整理するように語るのを聴き、銀市は何か頭の隅に引っかかった。

沈黙した銀市に、それなりの付き合いである御堂はすぐに気付く。

「何か？」

「いや、確信はない。一度調べ直してから話したい。ただ明美の恋人を……いや、今回切迫しているのは、護衛対象のほうか。彼女の元に現れる女性の墓の位置を調べておいてくれないか。できれば埋葬方法も」

「火葬か、土葬かということでいいかな。わかった、早めに調べておこう」

銀市の奇抜な願いを、御堂は訝しがらず真摯《しんし》に請け負った。

できる手は打った。瑠璃子が何をしようとしているのかも、この案件を追っていればじきわかるだろう。

相談が一段落したところで、銀市はちょうどいいと御堂に切り出した。

「話は変わるが、御堂。女性の息抜きというと何が思いつく」

「えっ女性の息抜きって、一体どうしたんだい!?」

心底驚いた様子の御堂に、銀市は付け足した。

「最近の珠が少々根を詰めすぎている様子だから、多少息抜きをさせてやりたいんだ。瑠璃子がいれば連れ出しただろうが、いないからな」

「確かに珠嬢の顔色は良くなかったね。狂骨さんの一件からまもない上に、瑠璃子さんが失踪しているのなら無理もないか」

「ああ、派遣業務も任せたから疲れも溜《た》まっているだろう。何か気が紛れることでもさせてやりたい……御堂、どうした」

かすかな驚きに染まる御堂に気付いて銀市が訝しむと、彼は嬉《うれ》しそうに顔を緩める。

「銀市は昔から面倒見が良かったけど、珠嬢には特に気にかけてるよね」

指摘されて、銀市はゆっくりと瞬いた。

「当たり前だ、珠はまだ十六だぞ。子供と言っても良い娘を預かっているんだ。身元を引き受けている以上、気にかけるのは当然だろう」

少々無理をして澄《すみ》の屋敷《やしき》に様子を見に行ったのも、普段と違う職場環境だった珠を案じたからだ。珠は、銀古の大事な従業員であり、身内に等しい存在なのだから。

銀市にとっては当たり前のことだったが、御堂は納得していないとばかりに眉を上げた。

「へえ、じゃあ住崎くんへの態度が、いつもの銀市に比べたら少し堅いのも、親心の一環だったのかい？」

おかしみを帯びた御堂の言に、銀市は決まり悪さを覚えた。

澄にも指摘されたから、普段通りになるよう努めていたのだが、どうしても警戒が抜けないようだ。若干視線をそらす。

「これでも気を付けていたつもりなのだが、まだ堅いか」

「普段のあなたを知っているのなら、って程度かな。あの様子だと、住崎くんは気付いてないよ。まあ、確かに好青年そうではあるけど同年代の異性だし、珠嬢に近づけるにはちょっと心配だよね。珠嬢も最近はずいぶん柔らかい表情も増えて、これからどんどん綺麗《きれい》になるだろう？　成長が楽しみな反面……ってなるのは、人間の僕でもわかるよ」

「成長、そうだな。成長自体は喜ばしい」

御堂の同意に、銀市は少し言いよどんだ。

おそらく、人間である御堂が考えている感情とは、少し違うだろう。

渚という青年は初対面の印象こそ悪かったが、実直で真面目な青年だと銀市も考えている。しかし、珠が彼と話していて気楽そうだったという貴姫《きひめ》の話に、寂しさを覚えた。

自分は、珠の人に非ざる者が見える世界をわかってやれる。だが、それ以外に彼女と同じものを共有はできない。だから珠と同じ人間で、同じ目線で時を過ごせる渚が、少しばかりまぶしかった。

「銀市？」

銀市の言葉に引っかかりを感じたのだろう、御堂に名を呼ばれて我に返る。これは、とうの昔に折り合いを付けた感傷だ。御堂とはいえ話すつもりはない。

代わりに、別の懸念を口にした。

「いや、そうだったとしても。彼女の力が人らしい悩みを許さないと思うと、な」

「……贄《にえ》としての力ってことだね。この間も狂骨さんで気になることを言っていたね」

表情を引き締める御堂に、銀市は頷《うなず》いた。

彼女は人として、ようやく歩き始めたばかりだ。珠は人間なのだから、人と交流すること自体を妨げるつもりもない。だが、成長をするからこそ、彼女の持つ力が平穏を許さないだろう。いずれ、明確に対処を講じなければならなくなる日が来る。

「いずれお前の手を借りるだろうが、今はまだ現状維持でいさせてくれ」

「わかった、けど……」

眼鏡の奥に探る色を感じたが、銀市は穏やかに続けた。

「珠は、娘らしさ以前に、人らしい営みをしてこなかった。せめて彼女が人としてどう生きるかを決められるようになるまでは、俺が責任を持ちたい」

彼女の世界はこれからどんどん広がっていく。そこに銀市がいつまで関わっていられるかわからない。

だから今のうちに、自分が彼女にしてやれることをできる限りしてやりたかった。

「そのためにも、仕事以外の知識は必須だ。息抜きの仕方は、最たるものだろう？」

銀市の言葉に、御堂はかすかにもどかしげな色を見せた。

けれど、深く追及することもなく、小さく息を吐いて同意を示す。

「まあ、そうだね。珠嬢は自分のために何かするってのがまだ苦手そうだ。好きなものが見つかるまでは、いろんな所に連れ出してあげるのが良《い》い。なにも知らないんだから、女の子が喜びそうなものも一通り試してあげたくなるね」

元来社交的な御堂は、こういったことを考えるのも得意としているのだろう、すぐに楽しげに思案し始めた。

「アクセサリーとか、化粧品とか、着るものかな？　前から洋服は似合いそうだと思っていたんだけど……」

「ああ、確かに似合っていたな」

澄の屋敷での珠は、労働のための簡素な墨色のワンピース姿だった。身体《からだ》に沿った意匠は華奢《きゃしゃ》な体軀《たいく》がより強調され、対してふんわりと広がるスカートが彼女を彩っていた。きっちりと髪を上げたことで、白い首筋があらわになり愛らしさがあったように思う。

珠の様子がおかしかったのが、銀市のシャツを縫っていたのを隠すためという理由も可愛《か》愛《わい》らしかった。なにより、彼女に思慕で顔を赤らめられながら、シャツを渡されたときには、決まり悪くなるほどの喜びを得てしまったのだ。

が、少し思うところがあったのも確かだ。

自分は少々行動が遅い。そのせいで、彼女の新たな経験の場にいられなかったのが、悔しくもあった。

銀市が思い返していると、御堂が驚きに目を見開く。

「いつどこで!? 君が贈ったの!?」

「いや、仕事先の女主人が洋装を好んでいてな。珠もお仕着せを着せられていたんだ」

「なるほど。でも、女性は洋装しても瑠璃子さんみたいに心が強くないと、まだ注目を浴びやすいから、着るには勇気が必要だ。着物と同じくらい可愛らしいと思うんだけど、せめて着やすい場がないと厳しいかな」

「確かにそうかもしれんな。とはいえ、一通り試してみるか」

「……えっ銀市、それはどっちへの同意だい？」

ぎょっとする御堂に銀市は少し目を細めるだけで応じたのだった。

＊

秋が深まり、少しけぶるような朝日の下で、庭の桜の木が徐々に色づいている。

窓から入ってくる風も、からっとさわやかな冷気を帯びていた。

珠は自室の文机《ふづくえ》に向き合うと、千代紙で彩られた箱をそっと開ける。

そこには、珠の手に収まりそうな毛玉の塊が、ふわりふわりと浮いていた。

人形のように小さな童女の姿の貴姫は、箱の縁に手をかけると、中を覗《のぞ》き込む。

『ケサランパサランは健勝のようじゃの』

「はい。ですが、瑠璃子さんにはお渡しできないままです」

貴姫が慰めるように珠の手に小さな手を重ねてくれる。

偶然捕まえたケサランパサランについては、瑠璃子が教えてくれたのだ。

その話の通り、おしろいを入れてみると、ケサランパサランは箱の中で捕まえた時と変わらずに、ふんわりとしたままだ。

貴姫が起きている最中に室内に放しても、逃げもせずにふよふよと存在していた。

ケサランパサランは幸運を運んできてくれるのだという。瑠璃子が「見つけたら飼ってやる」と言っていたから、珠は彼女が来たら渡すつもりで面倒を見ていた。

しかし、肝心の瑠璃子がいない。だけでなく、不穏で恐ろしいことに関わっているらしいと知ってしまった。

明美のところで見た、正体のわからない妖怪を思い出した珠は少し震える。

銀市が口入れ屋業務のほかにも忙しくしているのは、瑠璃子に関する案件で動いているからなのだろう。珠は徐々に日常に戻ってはいたが、そこに瑠璃子だけがいなかった。

『おしろいがなくなっておるな。新しいのが必要そうじゃ』

「そうですね、買いにいくのを忘れないようにしましょう。食事の仕度をしてきますね」

珠は、貴姫とケサランパサランをひと撫《な》でして、箱を閉めた。


朝食の準備をし終えた珠は、銀市の書斎に向かっていた。

頭の中では少し反省をしている。今回は狂骨に指摘されるまで、ちゃぶ台に三つ食器を準備していることに気付かなかった。瑠璃子がきちんとご飯を食べているかと考えていたら、つい用意してしまったのだ。

狂骨には心配そうにされてしまったが、どうすることもできない。

銀市が瑠璃子に関して調べているのだから、信じて待っていようと考えても、胸の内にもやもやが滞留してしまっている。

珠の知っている瑠璃子であれは、きっと大丈夫だと思えた。

けれどゆかりの話では、瑠璃子は普段と違いなにか思い詰めた様子だったという。

仕事に専念しようと考えても、それが心の隅に引っかかり、振り払えないのだ。

「いけません。これでは心配をかけてしまいます」

改めて自分を戒めた珠は、銀市の書斎の戸を叩《たた》いた。

「銀市さん、朝食の準備ができました」

朝が弱い銀市だが、普段なら朝食頃には起き出して顔を見せる。だが、今日は姿を見ていなかったため書斎まできたのだ。

ご飯は必ず食べる銀市だ、しかも今日は新米が手に入っている。炊きたてを食べたがるのではないかと考えてのことだったのだが、返答はない。

珠が悩んでいると、そろりと毛むくじゃらの天井下《てんじょうさが》りが落ちてきた。

その子供のような顔は、どこか途方に暮れている。

「どうかしましたか？」

『ヌシ様、起こすの、頼まれた。けど、起きない』

「銀市さんが起きられないのですか」

ぽそりぽそりとした申告に、珠が確認すると、天井下りはこくりと頷いた。

「家鳴《やな》りさんに音をならしていただくのは……それはだめなのですか」

珠の提案に対して天井下りは大慌てで顔を横に振る。

『家鳴り、うるさい。静かに起こして、言われた』

「確かに張り切りすぎてしまいそうですもんね……」

納得した珠の前で、天井下りはそっと引き戸を開けてしまう。

「っ！」

『起こして』

狼狽《うろた》える珠に言い残して、天井下りは、天井へ消えていってしまった。

珠は仕方なく、銀市の書斎へ足を踏み入れる。銀市の書斎には何度か入ったことはある。

それでも、珠は息を呑《の》んでしまう。

室内は板張りの部屋と、襖《ふすま》を隔て畳部屋が続いている。

板張りの壁一面には重厚な本棚がずらりと並び、和綴《わと》じの本が平積みになっていたり、巻物が積み重ねられていたりしていた。その横には分厚い西洋の本が何冊も並んでいる。

低い戸棚の上には、地球儀や天球儀などの模型が飾られているほか、不思議な色をした物が並ぶ箱があり、点と線が幾何学的に結ばれた紙が貼られてもいた。

床の間に飾られている拵《こしら》え付きの刀は、おそらく本物だろう。

舶来物と古来の骨董品《こっとう》が違和感なく調和している部屋だった。

硝子《ガラス》窓の近くには一人用の安楽椅子が置かれていて、くつろげるようになっている。襖が開け放たれた奥の畳部屋には布団が敷かれているが、銀市はそこに寝ていない。珠が自然と目が吸い寄せられたのは、窓の前にもうけられている文机だ。

広々とした机の脇には瀟洒《しょうしゃ》なランプが置かれており、書き損じの紙の上にはふたが閉められていない万年筆が転がっている。その隣には英字の連なる西洋の本が開きっぱなしだ。傍らには陶火鉢《とうひばち》が居座っており、残った埋《うず》み火《び》が消えないよう、細い腕で火かき棒を操り灰をならしている。

そんな机に突っ伏すようにして、銀市は目を閉じていた。癖のある黒髪は下ろされたままで、見えている腕は、寝間着を着ているようだ。何か書き物をしているうちに寝入ったらしい。肩に掛け布団がかけられているのは、天井下りがかけたのかもしれない。

彼が目を閉じていると、無防備で端整な顔立ちが際だって見える。

形の良い眉に、閉じられたまぶたから伸びるまつげは長い。

思わず見入ってしまったが、珠ははっと思い出した。

健やかな寝息を立てているが、起こさなければならない。

私室に入ることは咎《とが》められていないとはいえ、珠は緊張しながら近づくと、そっと銀市の肩を揺さぶってみた。

「銀市さん、あの、起きられますか？」

「……う」

銀市の眉が寄せられて、ゆるゆるとまぶたが引き上げられる。茫洋《ぼうよう》とした眼差《まなざ》しは瞳孔が縦になった金色だ。

彼は、気を抜くと本来の銀髪と金眼《きんがん》に戻りやすいのだという。だから目を開けていてもまだ起ききっていないのだ。

人ではないという証《あか》しを前にしても、珠は驚くことはないが、日の下で見る金色の美しさに見惚《みと》れてしまう。

茫洋とした金の瞳が、徐々に珠に焦点があってゆくと、驚きに変わった。

「珠、か」

「はい、天井下りさんに頼まれて、代わりに起こしにきました。勝手にお部屋に入って申し訳ありません」

「いや、かまわん。夜中に資料をまとめた後に寝たのか……」

完全に起きた銀市は独りごちつつ大きく伸びをすると、いそいそと机の上を片付け始める。眠たげでいつもより緩慢な動作が、どこか可愛らしい。銀市からは見えないように小さく笑った珠は、彼の肩から落ちた布団をたたみつつ問いかけた。

「本日は銀古もお休みですし、もうひと寝入りされますか？」

いつもよりとても眠そうだ。味噌汁《みそしる》は温め直せるし、ご飯も焼きおにぎりにでもすれば、温かく食べられるだろう。

だが算段を付け始めながらの問いに、銀市はなんてことなく言った。

「いいや、朝食ができたから呼びに来てくれたのだろう？　寝過ごしかけてすまんな。君が用意してくれたまま食べたいから、着替えたら行く。ありがとう」

「……はい」

ぽう、と心が温かくなる。彼は珠が言わなかったことをくみ取ってくれる。

頷《うなず》いた珠は、掛け布団を仕舞いに行こうとするが、銀市に呼び止められた。

「珠、ところで今日の予定は何かあるか」

「予定ですか？　強いて言うのなら、ケサランパサラン用のおしろいを買いに行くことくらいですが」

「なら共に百貨店に行かないか」

銀市からの思わぬ提案に、布団を下ろした珠は瞬いた。

彼は机にある文箱《ふばこ》から一枚、洋封筒を取り出すと珠に差し出してくる。

その封筒には、珠も知っている有名百貨店の文字が印刷されていた。

銀市に領かれたため中を改めると、催事の案内状だった。

「西洋ジュエリーの紹介」と題されており、西洋の宝飾品を展示、販売すると書かれている。もう一枚の便箋には手書きで、銀市への日頃の感謝と来場の際は挨拶をさせて欲しい旨が添えられていた。

「今、その百貨店で開催している催事に、うちで世話をした妖怪が関わっているのだよ。久々に俺が行こうと思っている」

「私がお役に立つのであれば、もちろん同行いたしますが、具体的に何をすればよろしいでしょうか」

「西洋のアクセサリーに興味はないだろうか」

「？　見たことがございませんので」

珠は言葉の意味がよく呑み込めず、首をかしげる。

この手紙の妖怪は、銀市に恩義があるようである。見知らぬ珠にどのような役目があるかは疑問ではあるし、珠の役目にアクセサリーへの興味が関係あるのだろうか。

そんな困惑が表に出ていたのだろう。銀市は決まり悪そうにしながら付け足した。

「遠回しすぎたな。君は瑠璃子の穴埋めで忙しかっただろう、ねぎらいの行楽のつもりだったんだ。見知らぬ物を眺めるのも、良《い》い経験になるだろうから。……まあ仕事も兼ねているのは許して欲しいんだが」

申し訳なさそうにする銀市が、照れたように顔を赤らめるのに、珠は意味を把握していく。銀市のほうが大変だったはずなのに、珠を当たり前のように気遣ってくれる。

とくんと、心臓が跳ねた。

「つまり、お仕事をしつつ、百貨店や展示を楽しみに行く、というお話でしょうか？」

「その通りだ。いや、まだ頭が寝ているな、娘には仕度に時間がかかることも失念していた。急に言われて驚いただろう、難しければ明日以降でも……」

「そんなことはございませんっ」

大きな声を出してしまった珠は、面喰《めんく》らった銀市を前に縮こまりつつも早口で続けた。

「今日で大丈夫です。ご迷惑でなければ、喜んでお供させて、いただけたらと思います」

語る間にも、徐々に頰が緩んでしまうのを自覚する。

申し訳なさと同時に湧き上がってくるのは、高揚と期待だ。百貨店には行ったことがないし、知識としても多くの品物が並ぶ場所だと聞いたことがある程度だ。

けれど、銀市と出かけるというだけで、指先まで嬉《うれ》しさで染まっていく。そわそわうずうずと落ち着かなくなり、珠はきゅっと両手を握り合わせるが、途中で重大な問題に気付き、そろりと銀市を見上げる。

「あの、百貨店には、何を着ていけば良いのでしょうか」

彼は珠の問いに瞬くとじんわりと笑みを浮かべる。

「特に気にするな、と言えはするが、中原《なかはら》さんと寄場に行った時くらいの洒落《しゃれ》た服を選ぶと良い」

「では朝食の片付けの後、仕度に三十分ほどください」

算段した珠が最短の仕度時間を語ると、銀市は苦笑した。

「そんなに慌てなくていい。向こうで昼食を食べて、なんなら夕食も済ませるくらいの算段にしよう。家鳴り達には俺が交渉する。――家鳴り、舶来品のキャラメルを買ってくるから、珠の家事を肩代わりしてくれないか」

銀市が呼びかけると、天井の端から顔を出した家鳴り達が、喜びの甲高い音を打ち鳴らして去って行く。報酬として提示されたキャラメルは、彼らの好みに合ったようだ。

消えていく家鳴り達を見送った珠は、自然と銀市と目が合った。

「これで、朝食後の片付けはあいつらがしてくれるだろう。ゆっくり仕度をしなさい」

「は、はいっ」

珠は自然と声が明るくなるのを感じながら、すでに何を着ようかと勝手に思案し始める自分が恥ずかしくなった。


百貨店の最寄り駅に降り立つと、休日だけあって、道路には馬車や荷車、人力車が走っていた。歩道には人々が、思い思いの洒落た服装で歩いている。

その明るい表情の中に、自分も交ざっているのだろう。

珠はきゅっと手提げの持ち手を握りながら、百貨店の壮麗な洋風建築を見上げた。

石造りの近代的な高層建築となっているが、そこかしこに瀟洒な装飾が施されている。一階の通りから見える位置には、大きな硝子張りになったショウウィンドウがあり、最新流行のスーツや華やかな色彩の着物が飾られていた。広々とした入り口からは品の良い紳士や淑女達が多く出入りする。

珠が着込んでいるのは紫を帯びた赤である蘇芳《すおう》色に、ぱっと華やかな八重菊がちりばめられた長着。そして藍色を基調とした帯だ。合いそうだったため、急いで付けた色紙重ねの半襟と帯揚げの差し色で全体の調和をとってみた。

さらに薄手のショールを羽織り、髪もいつもの三つ編みではなく、華やかに結い上げている。白い足袋に草履を合わせていて強いて瑕疵《かし》はないはずだが、この建物を前にするとどうしても気後れしてしまう。

立ち止まった珠に、気付いた銀市は振り返った。

「どうかしたか」

彼はシャツを中に着込んではいたが、市松模様が織り出された丁字染の長着に、灰がかった茶色である樺色《かばいろ》の羽織を羽織っている。品の良さがありつつも、更紗《さらさ》柄が織り出された帯を締めていて、洒落た雰囲気があった。

足下は白足袋に畳表の雪駄《せった》を履いていて、背が高い彼は洋風の建築にとてもよく栄える。その印象通り、銀市の表情に気後れはない。

「私ごときが入って良いものか、不安になってしまって」

珠が悄然《しょうぜん》と想《おも》いを吐露すると、顔を出した貴姫が自信たっぷりに語った。

『珠以上に可愛《かわい》い娘はいなかろうて。胸を張ればよい！』

「貴姫の言う通りだ。隣へ来なさい」

珠は貴姫の言葉に嬉しくなったが、一拍遅れて銀市の言葉が身に染み、じんわりと頬が火照る。貴姫に同意したということは、銀市の目にも珠はそう見えているのだろう。

たった、それだけのことだ。珠が見上げても、銀市は平然としているのだから、些細《ささい》な言葉のはず。なのに、なぜこんなに心が揺れるのかわからないが、いちいち狼狽《うろた》えていては、務めを果たせない。

もっと心を平静に保とうと密《ひそ》かに決意しつつ、珠は銀市に続いて大きな扉をくぐったが、しかし、すぐに再び立ち止まってしまう。

百貨店の内部は、室内とは思えないほど広々としていた。

室内なのに開放的に思えるのは、一階から八階まで吹き抜けが貫いているからだ。

中央には大階段がもうけられ、そこから壮麗な階段が幾重にも連なっている。

天井のところどころにはシャンデリアが下げられており、あたりを華やかに照らしていて目がくらみそうだ。

珠のいる一階は、服飾雑貨が中心のようだ。ずらりと並んだショウケースや陳列棚には履物、洋傘、帽子、宝飾品や化粧品などが並べられ手に取ることを誘っている。

そんな愛らしくも美しい品々の前で出迎えているのは、品の良いジャケットとベスト、ズボンに身を包んだ男性店員と、品の良い暗色の着物とシンプルなエプロンに身を包んだ女子店員だ。丁寧な物腰で、客の応対をする姿は堂々として洗練されている。

別世界のような美しさに見惚《みと》れて立ち止まってしまった珠だったが、銀市にじっと見られていることに気付き我に返った。

子供のようにきょろきょろと周囲を見渡すのは、はしたない行いだった。これでは銀市に恥をかかせてしまう。

「立ち止まってしまってごめんなさい。こんなことで動揺してしまって恥ずかしい……」

珠がしょんぼりとすると、銀市はごく気楽に語った。

「新しいこと、見知らぬことに感動できるのは貴重な経験だ。君はまだ経験が少ないだけだ、感じたままの気持ちは恥ではないさ」

恥かどうかはともかく、銀市の言葉に珠はそうかと気付いた。

珠は、十三歳まで人とは少しばかり異なる人生を歩んできた。少なくとも珠はそう捉えている。普通の娘としての経験はとても少ない。だから先ほどの銀市の言動のように、普通の人なら動揺しないことでも、動揺してしまうのだ、きっと。

「さあ、この最上階だ。せっかくだからエレベーターにも乗ってみようか」

「エレベーター、ですか」

ひとまず理屈が付けられてほっとした珠は、とくとくと早まる鼓動を感じつつも、銀市に促されるまま後に続いた。


上下に動く箱、エレベーターにおっかなびっくり乗って、八階まで上がる。

銀市が受付にいた係員に話をすると、奥から小走りで三十代ほどの男が現れた。

洗練された柄物のベストの上にスーツを着こなした彼は、人の良さそうな整った顔立ちをしていたが、珠は妙にのっぺりとした印象を感じる。

彼は銀市を認めるなり、かすかに表情を輝かせて近づいてきた。

「まさかヌシ様……いえ古瀬《ふるせ》様自らいらしてくださるとは思いませんでした。ようこそ展示会へ」

「瀬戸《せと》、久しぶりだな。順調そうでなによりだ」

手袋に包まれた手が差し出されると、銀市は手を重ねて握りかえす。瀬戸と呼ばれた男は、表情は変わらないながらも嬉しげなのが伝わってくる。

「それもこれも古瀬様が自分達に生きる道を示してくださったからですよ。本来なら動けぬ自分達が意思を持ち、どれほど途方に暮れたことか。こうして同胞達が存在する手助けができると教えてくださったおかげで、芥《あくた》のような時を過ごすはずだった自分も充実しております。……と、こちらのお嬢様は？」

滔々《とうとう》と語っていた瀬戸だが、銀市の陰に慎《つつ》ましく控えていた珠に気付く。

「彼女は珠。去年の冬から入った銀古の従業員だ。珠、彼は瀬戸大《まさる》、主に海外から高級宝飾品の買い付けを行っている。……そして付喪神《つくもがみ》の集合体の妖怪《ようかい》だ」

最後だけは声を落として語られて、珠はかすかに目を見開く。彼はどこからどう見ても人にしか見えない。

だが、瀬戸も珠の存在に驚いたらしい。

「おや、古瀬様が珍しく人の女性を同伴されましたし、親しい方と期待していたのですが違いましたか」

「親しい……？　ええと銀市さんは良い雇い主ですが」

瀬戸の意図がつかめず、珠が困惑しながら答えたのだが、銀市が苦い顔をしていた。

「そういう関係ではないさ。若い彼女にも失礼だろう」

「あなた様の外見からすれば、説得力がないのは自分でもわかりますが……そうですね。失礼いたしました。宝飾品をご紹介できるかと期待したのですが残念です」

「抜け目ないな」

彼らのやりとりを戸惑いながら聞いていた珠だが、瀬戸は珠にも手を差し出した。

「握手、という西洋式の挨拶ですよ。大丈夫でしたらお近づきに」

「はい、こう、でしょうか」

珠がおずおずと手を差し出すと、瀬戸はきゅっと軽く力を込めて握り離した。

一瞬だけだったが、手袋越しでもその手が固く無機質なことがわかる。

はちりと瞬いて見上げると、瀬戸はやんわりと頷《うなず》いた。

「普段は隠しておりますが、自分は人形や器物の集合体でございます。なんの因果かこうして動き、人の声を得ましたので、今は同胞や将来同胞になり得る者達を良《い》い持ち主に導くお手伝いをしているのですよ。何せ、自分はモノであれば声を聞けるのでね」

貴姫がコスモスの君と言葉を交わせたのと同じことか。珠は密《ひそ》かに納得する。

「今や百貨店とも提携して大口の顧客を抱えるまでになったのだから、大した物だ」

銀市が語るのを聞きながら、珠は気付く。瀬戸の表情があまり変わらないのは、彼が器物由来の存在だからかもしれない。

珠が同じ付喪神である貴姫の櫛《くし》が入る手提げを見おろすと、小さな貴姫が、手提げに隠れるようにちらちらと見上げていた。

いつもの天真爛漫《てんしんらんまん》さはなく、人見知りをしている様子なのに目を見開くと、瀬戸も覗《のぞ》き込んできた。

「麗しく愛らしい同胞殿もお初にお目にかかります。ぜひ本来の姿を鑑賞させていただけませんか」

『……妾《わらわ》は形をとれぬはずだったものじゃ。欠けた身は容赦願いたい』

貴姫が拒否をするが、瀬戸はかすかにわかるほど柔らかく笑んだ。

「あなたがどのようないわれのある方かは存じ上げませんが、欠けながらもそのように姿を得たことこそ器物の誉れ。大事に使われ愛された証《あかし》だと自分は考えます。自分もさる人形師の最高傑作として世に落ち、様々な器物によって修理され、彩られた結果今に至りました。欠けた物が姿を得ることが難しいのが器物の精でございますが、だからこそ出会いは大切にしたいと存じます」

表情とは打って変わりなめらかに語る瀬戸に、珠も銀市も目を丸くする。

「お前、それほど舌が回るやつだったか」

「自分は美しいものを愛《め》でて尊重しているだけでございます。当然のことですよ」

真顔で語る瀬戸に銀市は呆《あき》れを見せたが、貴姫には響いたようだった。

『……そこまで、語るのであれば、珠が許せば好きにするがよい』

「貴姫さんが良いと言われるのでしたら私はかまいませんし、どうぞ」

「ありがとうございます」

珠が牡丹《ぼたん》の櫛を巾着から取り出して差し出すと、瀬戸は恭しく受け取る。じっと見つめる硝子《ガラス》のような透き通った目に賞賛が浮かんだ。

「――いやはや、これは素晴らしい。細工の見事さはもちろんですが、大事にされていたことがよく感じられます。あなた様が受け継がれたものでございますね」

「はい、そうです」

「器物の精は所有者の影響を受けるものです。櫛の君がはっきりと姿を現せて自我を有していられるのは、確実にあなたの影響でございましょう」

「私の、ですか。確かに、私は人に非《あら》ざる者を見ることはできますが……」

それだけである。銀市には以前、自分が妖怪にとって魅力的に見えると教えてもらったことがあるが、珠自体には大した力はないはずだ。

だが瀬戸は、珠の困惑を否定するように力強く語った。

「自分が先ほどヌシ様の大事な方か、と問うた理由にも関わってまいります。曖昧模糊《あいまいもこ》な存在を認めてもらえる。それだけで妖怪には充分な力となり得ます。さらにあなた様は、霊力が強い人々の中でも特に、自分でも感じられるほど、与える力がお強い」

「瀬戸」

銀市が強く彼の名を呼ぶ。瀬戸は一旦口を止めた。

滔々と語られる話に目を白黒させていた珠は、ほんの少しほっとする。

話を止めた銀市の横顔を見上げると、彼は少々呆れをにじませていた。その表情を見た瀬戸は優美に頭を下げた。

「……つい、興奮してしまい失礼しました。ともかく、彼女がこの姿でいられるのは、あなたが所有をしていたからこそです。これほど大事にされ、慈しまれた方も久々でした。ありがとうございます」

『そうじゃぞ、珠は妾を大事にしてくれるのだ』

ようやく表情が緩んだ貴姫の言葉で、珠は瀬戸に褒められたのだと気付いた。

「こちらこそ、貴姫さんを褒めてくださりありがとうございました」

「いえいえ、どうぞ櫛はこのまま大切にしてください。あなたにでしたら、自分達の同胞を安心して預けられそうです」

こほんと、咳払《せきばら》いをした瀬戸は改まった様子で語る。

「展覧会は、主に西洋ならではの家具や習慣、宝飾品をご紹介しております。中には修繕をされながら受け継がれている物もございます。まずは自慢の品々をご案内させてください」

銀市は、瀬戸をおかしそうに笑いながら「頼む」と告げていた。

展示会は壁紙から調度品に至るまで、すべてが西洋の物で彩られており、いっそう異国に迷い込んだようだ。

生活様式を調度品や宝飾品を通して学びながら、気に入った物があれば展示品を買い取ることもできるようである。

華やかに装飾された衣装簞笥《だんす》こそ見慣れてきたが、机部分が開閉式でしまえる机と椅子のセットや、食器を飾るためだけの簞笥や銀製のろうそく立てなど、興味深い品物が多い。珠は人より洋風の生活に馴染《なじ》んでいると認識している。それでもお茶の時間というものがあること、ハロウィーンという収穫祭や、クリスマスという祝祭があることは知らず、説明書きを真剣に読んだ。

「次の一角は、美術品と宝飾品です」

瀬戸の案内でたどり着いた一角は、ショウケースと、空間を区切る金色の支柱と赤いロープで区切られた空間だ。美しい石像や、驚くほど精巧な西洋の人形が並ぶほか、ショウケースの中には、様々な西洋の宝飾品が並んでいた。

中には、美しい西洋の女性を模した胸像を利用して、実際の着用時に近い形で展示していたり、額縁の中に宝飾品を絵画のように設《しつら》えたりと目にも楽しい。

「西洋では、髪以外にも、耳や首や腕、指にも飾り物があるのですね」

「最近では和服にも耳飾りを合わせたり、ショールを止めるのにブローチを使ったりするお嬢様やご婦人もいらっしゃいますよ」

珠の素朴な感想も嫌な顔一つせず、瀬戸は丁寧に教えてくれる。

自分ばかりが楽しんでいるようで、銀市が退屈していないかと不安になったくらいだ。

彼をちらりと見てみても、普段と変わらず鑑賞しているようにしか見えない。

貴姫は言わずもがな、楽しそうに眺めていた。

ほっとした珠は展示物に視線を戻したが、その一つに目を惹《ひ》かれる。

それは黒々とした石が使われた宝飾品が並ぶ一角にあったブローチだ。

透明な硝子の中に、褐色の羽のようなものが収められている。

今まで説明された宝飾品とはまた違う。妙に生々しい質感があった。

一体なんなのだろうと珠が見入っていると、瀬戸が気付いた。

「そちらはモーニングジュエリーと呼ばれるものですね。英国では喪に服す際にも、黒曜石や象牙、エナメルなどの黒を基調とした宝飾品を身につけるのです。その中でもこれは、硝子の内側に故人の遺髪を閉じ込めた代物なんですよ」

珠は目を見開いて、もう一度ブローチを見つめる。ほかにも首飾りや耳飾り、指輪まで様々な種類が並んでおり、ブローチが特別なものではないことは明白だ。

「……驚きだな」

思わず銀市がこぼした声に、瀬戸は同意するように頷いてみせた。

「ええ、古瀬様ならそうおっしゃるでしょうね。物に憑《つ》くのが付喪でございますれば、遺髪により生まれるのはなんなのかと。……いや失敬。ついはしゃぎまして」

珠にはまったくはしゃいでいるように見えなかったが、瀬戸は気まずさをごまかすように自身の頰を撫《な》でる。

「この国にも故人の一部を手元に残す習慣はありますが、宝飾品として身につけるという点に英国という国の特異さがございますね」

「呪物でも護符でもなく、純粋に死を悼むための装飾品か。興味深いが少し危ういな」

「何が、危ういのかお訊《たず》ねしても良いでしょうか」

珠がおずおずと質問すると、ブローチを覗き込んでいた銀市が顔を上げた。

「呪術の解釈では、人の一部は、持ち主そのものと捉えられるのだよ。だから、難を避けるために自身の一部を器物に託し、身代わりとする呪術もある。特に髪には神や霊魂が宿るという俗信もあるほど特異だ。故人とはいえその一部を大事に身につける行為は、何かしらの物が宿ってもおかしくない条件がそろっているな」

「それは、器物にその人の一部が託されたことによって、何かしらの存在が生じる。さらにその髪の持ち主のような人が生まれる可能性がある、という理解で合っていますか？」

言葉の一つ一つをかみ砕いて、珠が問いかけると、銀市が頷いた。

「ああ。もちろん、これは純粋に哀悼のために作られたものだ。害はない。ただこの国では、長く大事にされた器物に精が宿り意思を持つことがある。だから、コスモスの君は、西洋では曖昧だったが、この国の概念……『こうあってもおかしくない』という意識に影響され意思を持つようになった。このモーニングジュエリーは、そういったこともあり得た可能性を秘めているのだよ。ともあれ、俺も知らんことがまだあるなあ」

銀市がしみじみとつぶやきながら、展示物に見入る横顔を、珠はこっそりと見つめた。

その横顔は心なしか楽しげだ。

こういうことを、楽しめる人だと珠は今まで知らなかった。

銀市のことも、そして瑠璃子のこともまだまだ知らないことばかりなのだ。

居心地が良くてつい忘れかけるが、銀古で生活を初めてまだ一年にも満たないのだ。

当然なのだが、急に寂しさを覚えて、珠は手提げ袋を握った。


珠達は食堂で昼食をとったあと、階段を下りていく。

だが珠は、階段を上ってくる男女の二人組を見つけ小さく息を呑《の》んだ。

驚いて立ち尽くすのに気付いた銀市が覗き込んでくる。

「どうかしたか」

「いえ、ええと」

「あら、珠さん!?　古瀬様も！」

珠が伝えるべきか悩む前に、明るい朗らかな声が響いた。

呼ばれたからには、と珠は驚きを覚えながら彼女を向く。

こちらに品良く手を振るのは、なめらかな丸い頰に大きな瞳が愛らしい、中原冴子《さえこ》だ。

以前、珠は子爵家である彼女の家で働いていており、今年の初夏に再会した。それをきっかけに親交がはじまり、様々な変遷を経て、今では立場を越えた友人として手紙のやりとりをする間柄だった。

女中と令嬢が友人だなんて、きっと周囲からみれば奇妙だと感じるだろう。

けれど、珠は冴子とやりとりをする時の温かな気持ちが嬉《うれ》しかった。

気恥ずかしさに頬を染めながら、珠もまた冴子をまねて小さく手を振り返すと、彼女は階段を駆け上がってきた。

今日の彼女の装いは、雲の合間に橙《だいだい》や緑の紅葉が落ちてゆく着物に、暗色の熨斗《のし》模様の帯をお太鼓にしている。華やかな着物は冴子らしいが、帯や小物が落ち着いているため以前とは違いぐっと大人びて感じた。

しかし珠に向ける笑顔は以前の彼女の潑剌《はつらつ》さそのままだ。

近づいてきた冴子は珠の両手を握るなり、にっこりと微笑《ほほえ》んだ。

「こんなところで会えるなんてとっても嬉しいわ！　お元気かしら」

「私も、驚きました。大丈夫です。冴子さんはいかがでしょう？」

いかがでしょう、という言葉には多くの意味がこもっていた。

冴子は、初夏の頃にあった騒動が原因で、本来の男性とは別の男性と婚約をすることになったのだ。一連の騒ぎで口さがない人々の噂《うわさ》から離れるために、冴子は夏の間避暑と称して帝都を離れていたほどである。

案じる珠に、だが冴子は落ち着いた笑みになった。

「大丈夫よ。実業家の妻として覚えることが多くて大変だけれど、わたくしの知らなかった重太《しげた》さんのかっこいいところを知れるのも、とっても楽しいの」

「そう、ですか。よかったです」

珠はそっと手を握り返しながら、冴子につられるように笑う。

「冴子さん、いきなり駆け足にならないでください」

そのとき瀬戸と共に冴子に追いついてきたのは三つ揃《ぞろ》えの背広を身につけた青年だ。銀市と同年代かいくつか上くらいに見える彼は、冴子の婚約者となった箕山《みのやま》重太だ。

「古瀬さんに珠さん、久しぶりです。驚きました」

頭に載せた中折れ帽を押さえながら会釈をした重太に、珠も会釈を返したが、思わずまじまじと見てしまう。

以前は気弱さが抜けず洋装にも着られている雰囲気があったが、今はそれが落ち着き、親しみやすさと穏やかさに変わっている。顔立ちも優しげな様子も変わっていないのに、別人のようだった。

銀市もそれを感じたのだろう、少し目を見張っていたが重太に声をかけた。

「見違えたな。風の噂で中原子爵から出資を受けて事業を受け継いだと聞いていたが」

「そ、そうですかね？　受け継いだといっても中原様が名義の会社ですし、今までも経営に関わっていたんですよ。ただ、権限は大幅に増えて忙しくなりましたし、ちょっと疲れが出てますかね」

決まり悪そうに頬を撫でる重太だが、珠でもそういうことではないとわかる。

「一皮剝《む》けて貫禄《かんろく》が出てきたな、という意味さ。お前の成長には目を見張る」

銀市に語られた重太は頬が赤らんで顔を隠すように帽子を押さえた。

「やめてくださいや、あなたにそんな風に言われたらどうして良《い》いかわかりませんよ」

重太の顔は赤らみながらも、やはり精悍《せいかん》さが加わっているように思える。

冴子はそんな重太を誇らしげに見た。

「重太さん、本当にすごいのよ。悪いところはきっぱりと指摘して、皆さんが気持ちよく働けるように心を配られていらっしゃるの。若いからと気のないそぶりをされていた方々にも心を砕かれて、傾きかけていた会社をあっという間に立て直されたのよ」

「冴子さん、重太さんが紅葉みたいに真っ赤になられてます」

珠がそっと指摘した通り、重太は耳まで真っ赤になってうつむいていた。

冴子はその様子でさえ嬉しそうに、にこにこ微笑む。

彼らの関係は相変わらず良好のようだった。

「重太さんは忙しい中で、こうしてわたくしを連れ出してくれたのよ。珠さん達は？」

冴子に訊ねられた珠はどう説明しようかと、傍らを見上げると、銀市が答えた。

「上階の展示会を知り合いが取り仕切っていてな、挨拶に来たのだよ。珠には俺に付き合ってもらっている」

するとと、重太の表情があっと何かを悟ったような顔をする。おそらく、その「知り合い」が妖怪《ようかい》だと察したのだろう。

重太の様子には気付かない冴子は、嬉しげに珠へ距離を詰めてきた。

「まあ休暇なのね、これからのご予定は決まっているのかしら」

「どう、なのでしょうか」

「強いて言うのならキャラメルを買うくらいか。午後には瀬戸から洋楽の演奏会があるから聴きに来ないかと言われたが、待ち時間もかなりあるしな」

銀市が顎を撫でながら語ると、ぱあと冴子の表情が輝いた。

「わたくしこれからお洋服を選びに行くの。珠さんにぜひ付き合っていただきたいわ！」

「洋服、ですか」

「ここの三階に婦人服売り場があるのはご存じ？　重太さんがお付き合いされる方々には英吉利《イギリス》や仏蘭西《フランス》の方もいらっしゃるから、洋服を仕立てに来たの。重太さんに相談に乗ってもらおうと思ったけれど、珠さんもいてくれたらきっと楽しく選べるわ」

「私がお役に立つでしょうか」

「良いんじゃないか」

銀市に賛成されて、珠は驚く。

「良いのですか」

「冴子さんと積もる話もあるだろう。キャラメルは俺が買っておこう」

行って来ても良いと頷《うなず》かれた珠は、そわりとする気持ちで彼らを見渡す。言いたいことは、言っても良いと、自分の気持ちに素直になって良いと、教えて貰《もら》った。

洋服は、見ているだけで心が躍る。冴子とこのまま別れたくない。

結局珠はおずおずと、冴子を見上げた。

「私でよろしければ……」

「もちろんっ珠さんがいいの！　じゃあ行きましょうっ」

たちまち冴子に腕をとられた珠は、わくわくしながら歩き始めたのだ。


婦人服売り場は、先ほど見た展覧会のように華やかだった。

西洋の靴や鞄《かばん》、帽子などの小物類が飾られている中に、きらびやかなドレスや、日常着だろうブラウス、スカート、ワンピースまで様々なトルソーが並んでいる。壁際の棚には様々な色彩やプリントの洋服地の反物が並べられていた。美しい、と表するしかない光景を、壁にかけられた大きな姿鏡が映している。

澄や瑠璃子の洋装で見慣れていると考えていた珠だったが、それでも、トルソーに着せかけられたドレスに見惚《みと》れてしまった。

婦人服の店内には、珍しい洋装の女性店員が出迎えてくれる。

どうやら冴子は常連客らしく、冴子が珠を「お友達よ」と語ると店員達はすぐに応接用の椅子と机を勧めてくれ、いくつか冊子を見せてくれた。

「仏蘭西のファッションプレートでございます。気に入られたものからデザインと布地を選定いたしましょう」

店員が広げてくれた冊子では、それぞれポーズをとった美しい女性達が身につけた様々な衣装の絵がいくつも掲載されている。

着物は反物の染め付けや布地にこだわるが、洋装のように形が変わる物ではない。その形や種類の豊富さに珠は途方に暮れる。

対して冴子は、困り顔ながらも意欲的に冊子を眺めていた。

「やっぱり洋服はいろんな形があるわねえ、迷ってしまうわ」

「中原様は今回夜会服をお求めですので、こちらのスタイルはいかがでしょうか？」

冊子の頁《ページ》を見せられた冴子は、目を輝かせる。

「こちらでしたら試作品がございますので、試着ができますよ」

「あら素敵だわ！　けれどわたくしよりも珠さんが似合いそうね」

「私、ですか」

急に話が飛んできた珠が目を白黒とさせていると、冴子がにっこりと笑う。

その笑みがなぜかとても意味深に感じられた珠は、かすかにたじろいだのだ。


試着室に連れ込まれた珠は、羞恥と混乱の極みに達していた。

だが試着を手伝ってくれた店員は満足げな表情で、さっと試着室の扉を開けてしまう。

売り場にはすでに、別の試作品を試着した冴子がおり、すぐに珠に気付くとぱあ、と表情を輝かせた。

「まあとってもよく似合うわ、素敵よ！」

手放しで褒められた珠は、かあと頬を赤らめて、あらわになった鎖骨を押さえた。

自分では客観的に着ている様子がわからないから、自分の代わりに着てみて欲しいと冴子に願われて、夜会服の一つに袖を通すことになったのだ。

今珠が着せられているのは冴子が「珠に似合いそう」と語った夜会服である。

着るには着たが、襟ぐりが広く開いていて着物に慣れた珠にはひどく恥ずかしい。

「あの、本当にこれで、人の前に出るのでしょうか。襟巻きなどは……」

「西洋の夜会では襟元が開いているドレスを着るのが正しいの。わたくしも最初は驚いたけれど、大丈夫よ。はしたなくないわ」

確かに冴子が身につけているドレスも、鎖骨が見えている。珠はほっとしたが本来の目的を思い出した。

「あの、冴子さん、これでわかるでしょうか？」

見えやすいよう手を広げてみせる。

だが冴子はわざとらしく悩んだ様子を見せるなり、珠の手をとった。

「うーん動いていただかないと想像ができないわ。ね、こちらにいらして」

「履物はこちらをどうぞ」

心得た店員に用意されたかかとの高い靴を履いた珠は、あれよという間に大きな姿見の前へつれてこられてしまう。

そこに映っていたのは、羞恥に目を潤ませた己だった。

ドレスはかかとの高い靴を履いてもなお、足首が隠れるまでゆったりと広がり、裾に施されたフリルに彩られている。胸元にはリボンとフリルがあしらわれているが、腰のあたりできゅっと身体《からだ》の線に沿うようにすぼまって細い腰を強調している。ふんわりとスカートが広がる様は、可憐《かれん》でありながらメリハリがあった。肩の辺りにも柔らかい生地でドレープが作られ、肘あたりから広がる袖は、動くたびに華やかだろう。

娘らしい愛らしさがありつつも、女性らしい美しさと艶をもつ女性だ。

自分とは思えず、珠は混乱して立ち尽くす。しかし、隣には楽しそうな冴子が映っているから、間違いなく珠だ。

「なるほど、小柄な珠さんがぐっと大人びて見えるのね。わたくしでもちょうどいいかしら。けれど、この形はやっぱり珠さんの方が似合いそうだわ。ね、古瀬さんそう思いませんこと？」

「えっ⁉」

愕然《がくぜん》とした珠が冴子と同じ方向を向くと、そこには一旦店を離れていた銀市と重太が戻って来ていたのだ。

驚きを浮かべる銀市と目が合ってしまった珠は言葉をなくして硬直する。一気に鼓動が早まって緊張に似たものを感じた。

なんと、言われるのだろうか。みっともないと思われないだろうか。

眺めていた銀市の眉間に僅かだが皺が寄った気がして、珠の緊張は頂点に達した。

「確かに似合う。ただ珠にはもう少し鮮やかで濃い色の方が良いかもしれんな」

珠は、言われたことがよく吞《の》み込めず、反射的にドレスを見おろす。

今着ているのは淡い桃色をしていた。これはこれで愛らしい色彩だと思うのだが。

だが、すぐに冴子が反応した。

「……なるほど。ねえ、そちらの生地を持ってきてくださらないかしら！」

「あの、ええと、え？」

冴子の声にすぐさま応じた店員が、生地を複数持ち出して珠の肩にかけていく。

その一つの布地、鮮やかな赤紫色に珠は惹《ひ》かれた。

「牡丹《ぼたん》色ですね。照明に照らされると美しい紫がかった赤に見えるのですよ」

牡丹色の布地を身体にあてがわれた珠は、身体の向きを変えられて再び鏡と向き合う。

ドレスの上から広げられた布は、身に纏《まと》った姿を容易に想像させて、珠の気持ちがふわりと高揚する。

鏡を見る珠は、後ろに銀市が立ち満足げに笑むのもはっきりと見えた。

「ああ、似合うな」

心臓が大きく跳ねる。言葉が頭に染みこむにつれて珠の頬が火照っていく。

着物よりもずっと薄い衣装のはずなのに、熱い。銀市の怜悧《れいり》な眼差《まなざ》しに、確かに賞賛の色があると気付いてしまい、どうして良いかわからなくなってしまう。

嬉《うれ》しい、のだと思う。けれど、ただ似合うと言われただけで、ここまで狼狽《うろた》えてしまうことがおかしい気がした。恥ずかしくて、今すぐここから逃げ出したいような心地になってしまう。

どうしてしまったのだろうかと、珠がうつむいていると、冴子が弾んだ声で言った。

「確かにこちらの方が似合うわ。古瀬さん、珠さんに仕立てて差し上げません？」

冗談めかした言葉だったが、珠は仰天した。

「とんでもないです！　着ていく場所がありませんからっ」

女性の洋装はいまだに職業婦人などの先進的な女性か、上流階級の女性に限られている。澄が言っていたように、基本的に自分で縫うか仕立屋に注文するか、こういった高級洋品店でしか買えない。

だから、必然高価なものになる。珠には分不相応だ。

珠が縮こまりながらも遠慮すると、冴子はすぐににっこりと笑んだ。

「あら、恥ずかしいからとか、苦手だからとか、洋装自体が嫌ではないのね」

冴子に言い当てられてしまった珠は、あ、う、と言葉にならない声を上げたが、真っ赤な顔でかすかに頷いた。

その通りだ。澄のところで着たワンピースと同じくらい、軽やかに感じた。

「……いつか、着られたらよいなあと、思います」

着ていく場所がないのは本当だし、普段の着物も華やかで好ましいと思う。ただ、瑠璃子が好んで洋装をする理由がわかったような気がして、珠も着てみたいと感じたのだ。

以前瑠璃子に言われた。

「あんたの格を決めるんだから。だから自分で選ばなきゃだめ」と。

瑠璃子について珠が知ることは多くないけれど、投げかけられた言葉は胸にある。

選ぶのなら、これが良《い》い。感じた気持ちは確かだった。

冴子は珠を愛《め》で終えると、注文するスタイルとデザインをてきぱきと決めて店を出る。

同じ階層にある休憩室で、冴子が楽しげにケーキを味わう横で、珠も人心地ついてティーカップを傾ける。澄んだ琥珀《こはく》色の液体は香ばしくも馥郁《ふくいく》とした香りで、緊張していた肩の力が抜けた。ケーキの甘さも身に染みる。

「珠さんのおかげで、楽しくドレスが注文できたわ」

「お役に立った気はいたしませんが、良かったです……?」

うきうきとする冴子に、珠は釈然としないものは感じていたが、それでも綺麗《きれい》な洋装に袖を通せたのは嬉しかった。

ただ、と珠はこっそり目の前でコーヒーカップを傾ける銀市を見る。

着替えた珠が試着室から出る頃には、冴子はすでに着替え終えており、銀市も交えて店員と談笑していた。

そして珠が出てくると、全員意味深に目を見合わせたのだ。

すぐに売り場を離れる話になって聞きそびれてしまったが、なんだったのだろうか。

珠が内心首をかしげていると、銀市が冴子に話しかけた。

「先ほど重太に中原子爵は住崎貿易と縁があると聞いたが、冴子さんは住崎の令嬢について知らないだろうか」

「住崎汐里さんね。ええ知っているわ。同じ女学校で三つ上の先輩だったけれど、学校内でもパーティでもお話ししたことがあります」

冴子が住崎家について知っていたことに驚いて、珠は冴子を見た。銀市もそれは同じのようで、意外そうにする。

「駄目で元々と思って訊《たず》ねたのだが。驚いたな」

「女が外に出て知り合える機会は少ないの。だから同じ境遇の方々との結束は強いのよ。女学校のお付き合いは卒業や中退をした後も続くことが多いし、パーティや集まりで顔を合わせることも多いから、噂《うわさ》も自然と耳に入ってきますわ」

そこまで語った冴子は、意味深に珠と銀市を見る。彼女の瞳は好奇心に染まっていた。

「古瀬さんからお話しされる、ということは汐里さんの変貌は妖怪の仕業なのかしら」

「冴子さん……」

今まで冴子の洋装選びでぼんやりとしていた重太も、さすがに我に返り、制止するように名前を呼ぶ。だが、冴子は表情は楽しげにしつつ、瞳には真剣さを帯びさせて語った。

「だって、汐里さんと同じように不自然に変わってしまった方が少なからずいらっしゃるの。もちろん、女というのは不自由だから、自由を求められるのもわかるのよ。けれど、汐里さんがあそこまで盲目的に変わられるのはおかしいの」

「君からみて、汐里という女性はどういう人だった」

銀市の問いに冴子は言葉もなめらかに応じた。

「汐里さんは常に学業で一番をとられるほど優秀でしたわ。少し近寄りがたくて、しとやかで理知的で皆様の憧れだったの。わたくし、あの方が殿方が読むような難しい本を読んでいたのを見たことあるわ。ええとなんと言ったかしら、富……」

「富国論ですかね。男でも読むには難しいやつですよ。十代のお嬢さんが大したものだ」

重太も感心している。銀市も似た色を見せているから、かなり専門的な書物なのだろうと珠も察した。女学校時代ということだから、珠とそう変わらない年齢だったはずだ。

密《ひそ》かに驚いている間に、冴子が頷《うなず》いて続ける。

「そうなの。だから賢《さか》しらにしてはいけないと嗜《たしな》める先生もいらっしゃったわ。確かに将来夫となる殿方を立てて、子を育てて、良妻賢母であれと言われます。わたくし達のような娘が幸せになるにはそれが一番だとわかっているけれど、それ以外をしてはいけないわけではないでしょう？　重太さんみたいに、わたくし自身を認めてくださる方もいるし」

冴子に微笑《ほほえ》みかけられた重太は、少し挙動不審になる。

確かに珠にも、重太はありのままの冴子を大事にしているように感じられた。

「汐里さんは卒業されたあと、ご結婚もされて……お相手の方が流行病で亡くなられてご実家に戻られたと聞いたわ。消沈されていても、慰問や奉仕活動に熱心に通われていた、立派な方です。だからこそ、守屋《もりや》さんのサロンに通われるようになって様子がおかしくなられて心配していたの」

サロンに行ってから変わったというのは渚の話と整合性があり、珠は密かに息を呑《の》む。

それに、初めて聞く名前が出てきた。

「守屋とは」

銀市が訊ねると、冴子が困惑に彩られる。

「守屋美香《みか》さんは、最近社交の場にいらっしゃる女性よ。美術商の奥様で、海外の事情に堪能《たんのう》なの。ご主人の仕事もあって、画家や文士や芸術家の方々と盛んに交流されていて、支援や出資もされているようだわ。ご自身もとても才能のある美しい方だから、憧れる令嬢や夫人も多いの。西洋のようなサロンを開かれていて、今は彼女のサロンに招かれることが、ちょっとした箔《はく》になっているくらい。わたくしも誘われたことがあるわ」

「えっそうなんですか!?」

目を丸くする重太に、冴子は曖昧に微笑んでみせる。

「でも、その……守屋さんを慕う方々の熱意に圧倒されてしまって、お断りしたわ」

言葉は控えめだったが、珠は彼女の困ったような微笑みで、かなり異様なものだったのだと察しがついた。

ちらりと、銀市を見上げてみると、彼も思案する風だ。

「中原さん、具体的にサロンではどのようなことをしているのか、参加するご婦人達の雰囲気なども教えてくれないか。実は彼女の弟に、相談を受けていてな」

「まあ、ええとそうね。主に国内外の詩歌《しいか》や芸術関連の知識を高めようとなされていたり、特別な美容法を教えてくださったりとかは聞いたわ。確かに参加された方々は見違えるように綺麗になられていたのだけれど。そう、そのサロンでの目的が、『新しい自分になる』なの」

汐里も語っていたという言葉が、同じように出てきた。

ただ、自分というのは新しくできるものでもないはずだ。珠は耳障りは良いが曖昧な表現に困惑する。

「新しい自分というのは、どういう意味でしょう」

冴子は曖昧な表情で「そうよね」と相づちを打つ。

「不自由で不幸なら、自分に素直になって、自由に生きましょうということみたい。だからわたくしも誘われたのだと思うわ。華族の方に婚約を破棄されて、実業家になったとはいえ爵位もない方と婚約し直したわたくしは、不自由で不幸に見えるでしょうから」

冴子の声音に悲壮感はなく、ただただ困ってしまったという雰囲気だった。

確かに、そうだろう。冴子が重太を慕い、だが立場の違いから諦めて嫁ごうとしていたのを知っているから、珠には彼女が本当にこの境遇を歓迎していると理解できる。

だが、周囲から見れば、彼女は周囲に翻弄される自由のない人なのだろう。

婚約が決まった当時は、重太に対しての負い目があったように感じた冴子だったが、この数ヶ月の間に様々なやりとりがあったのだろう。

重太はぐっと表情を引き締めて語った。

「冴子さんは、おれが幸せにできるよう努力しますから」

「あら、わたくしは重太さんのそばにいられたら充分なのよ」

朗らかに語る冴子に、重太は赤らんだ顔をごまかすようにカップに口を付ける。

うまくいっているのだと、珠はほっとする。

「ともあれ、このような感じだから、サロンはお断りしたの。けれど……あら、まあ」

冴子が言葉を止めて喫茶室の入り口を見る。

なんだろうと珠が思った矢先、店員によって女性が四人案内されて来るのが見えた。

華やかな集団だ。髪はそれぞれ趣向が凝らされており、最新流行の鮮やかな着物を身に纏い、すとんとした輪郭のワンピースを身につけている女性もいる。

だが、彼女達が熱っぽく見上げている女性にはかなわない。

珠が先ほど婦人服売り場で見た、ファッションプレートから抜け出したような美女がそこにいた。

甘く清楚《せいそ》に整った顔立ちは若々しく無垢《むく》に見える。夢見るような眼差しの右目の下にある泣きぼくろで、均一な美貌に危うげな色を感じさせた。

艶《つや》やかな黒髪には緩くウェーブがかけられ品良く結い上げている。対して服は胴のくびれがわかるほどぴったりとした上着にタイトスカートを穿《は》いていた。胸元は鮮やかな赤いペンダントトップが美しいネックレスで飾られ、手には絹だろう手袋を塡《は》めている。かかとの高いパンプスで優美に歩く姿は妖艶で、否応《いやおう》なしに視線を引きつける魅力があった。

その証拠に、喫茶室の客の目がそろって彼女を追っている。

「中心にいる方が守屋さんよ。汐里さんもいらっしゃるわね。ライラック色のワンピースが美しいわ」

こっそりと冴子が囁《ささや》いてくれた特徴を頼りに、珠も見つける。華やかな集団の一歩後ろにいる、薄い紫であるライラック色のローウエストワンピースを着ている娘だ。黒髪の両側にウェーブをかけて耳を隠した、耳隠しの髪型に結い上げている。首元はスカーフで飾っていた。

どこか渚に似ていて、本来なら切れ長の眼差《まなざ》しが理知的に見える女性なのだろう。しかし、今は覇気がない表情でぼんやりと美香を見つめている。

だが美香に話しかけられたとたん表情は熱を帯び、うっとりと嬉《うれ》しそうにした。ほかの娘達も同じように、美香を慕っている様子がある。

珠は彼女達の反応が冴子が重太を見るときのそれと似ていると思ったが、何か違和を感じた。強いていうのであれば、どこか熱に形がない。

それでもあまり見ているのも悪いと珠が視線を外すと、銀市も難しい顔をしている。

「なにか妙だな……」

銀市のつぶやきに、重太は首をひねりながらも答えた。

「美人ですが、それだけの普通の人間じゃないですかね……まあお嬢さん達は少し異様だと思いますが」

彼の言葉には、言外の意味があると珠はすぐにわかった。

本性が化け狸《たぬき》の重太は、人間に化けた妖怪《ようかい》を見抜く目がある。

その目は、銀市も以前の事件で頼りにしていたほどだ。つまり重太は守屋美香が妖怪の化けた姿ではなく、人間に見えると言いたいのだろう。

だが、重太の言を聞いた銀市はそれでも納得した風はない。

彼女達は見られることに慣れているのだろう、周囲には一瞥《いちべつ》もせず談笑しながら珠達から離れた席に着席した。

見届けた冴子は、銀市に身を乗り出すと、声を潜めて提案した。

「わたくし、一応汐里さんとも守屋さんとも面識がありますわ。気になるのでしたら、紹介できます」

少しの好奇心と使命感に駆られた表情をしている冴子に、銀市は首を横に振った。

「いや、今は良《い》い。まだ守屋さんという女性が関わっているのかわからんし、万が一君を危険に巻き込んでしまった時に、俺が重太に顔向けできん」

名前を出された重太は、かすかに肩を震わせる。冴子は不服そうだったが、心配の色を浮かべる重太に迷っているようだ。

そんな冴子に、銀市はさらに言葉を重ねた。

「代わりに、君が知る守屋さんについて教えてはくれないか」

「わかりましたわ」

仕方ないといった様子で、冴子は話を続けた。

「守屋さんは教養もマナーも身につけられた立派な淑女でいらっしゃるの。華やかなことがお好きで、よく西洋の催し物がある場所にいらっしゃるから、今している展示会を見にいらしたのかもしれないわ。守屋さんは病院への福祉活動にも熱心でいらっしゃるから、少しいかがわしいサロンを主催されていても、皆様強くは出られないみたいなのよ」

「ふむ、なるほど、な」

難しい顔で悩む銀市の横顔を珠はこっそりと見つめた。


展示会へ行く冴子達と別れた珠は、銀市に断りを入れお手洗いに行った。

思わず冴子と会えたことによる紅潮がまだ頰に残っている。銀市からは興味がある階層があれば行こう、と提案された。胸がいっぱいでもう充分な気もするが、銀市が買った舶来物のキャラメルの売り場を見てみたいと言ったら、悪いだろうか。

手洗い場でどきどきする胸を宥《なだ》めた珠は、銀市が一服している所まで戻ろうとした。

しかし、手洗いに続く廊下の途中で人がうずくまっているのを見つける。

珠は壁にすがっている彼女の、ライラック色の洋服で気付く。住崎汐里だ。

あまりに突然の遭遇に、珠は動揺した。

「騒動も起きんだろうが、念のため守屋さん達には近づかないようにしなさい」

別れ際に、銀市にはそう注意されたことは、ちゃんと珠の耳に残っている。

だが、手洗いのある場所は店舗部分から離れているため、客も店員も見当たらない。その上、遠目からでも彼女の様子がおかしいのはよくわかった。

珠の巾着の中には、貴姫の櫛《くし》がある。悩みながらも、ほうっておくこともできず、珠はゆっくり汐里に近づいた。

電灯で照らされる汐里は、病的に顔が白く具合が悪そうだった。

「どうかされましたか」

声をかけると、うつむいていた汐里は、のろのろと顔を上げる。

どこか茫洋《ぼうよう》とした眼差しは珠に焦点が合うと、なぜか意思が宿ったように感じられた。

彼女自身も戸惑いを浮かべつつも、珠に問いかけてくる。

「あな、たは」

「通りすがりです。ご気分が悪いのでしょうか」

「めまいがして……」

か細い声で答えた汐里に珠は周囲を見渡す。近くに長椅子があるのを見つけた。

「あと少し、動けるでしょうか。長椅子があるので、横になれば楽になると思います」

かすかに頷《うなず》いた汐里をゆっくり立ち上がらせると、誘導して長椅子に横たわらせた。

肘掛けに頭を預けた汐里は、かすかに表情が和らいだが、まだ苦しそうにしていた。珠は断ってから首に巻かれたスカーフを緩める。

ほっそりとした首には、青黒い痣《あざ》とぽつりと穿《うが》たれた二つの小さな傷があった。

女給の明美の首筋で見た傷と同じで、珠は一瞬硬直する。目を閉じている汐里は気付かなかったようだ。

首元の圧迫が緩み、安堵《あんど》の息をこぼした汐里の呼吸は徐々に穏やかになっていく。

ひとまず珠はほっとしたものの、次にどう行動すべきかと悩む。

はからずとも汐里に接触してしまったが、珠は彼女を一方的に知っているだけで初対面なのである。ここは、常識的に振る舞おう。

「誰か人を呼んできましょうか」

珠が訊《たず》ねると、着物の袖を握られた。弱々しい力でも、汐里の表情はありありと強《こわ》ばっているのがわかる。

悩んだ末に、珠は汐里の傍らに座り、彼女の背を撫《な》でた。

銀市を置いてきてしまった上、忠告を破ってしまった形になっているのがとても気になるが、ふりほどくこともできなかったのだ。

やがて、顔色が僅《わず》かに戻った汐里がぽつりとつぶやいた。

「……ごめんなさい。見ず知らずの方に」

「いいえ、お気になさらないでください」

珠が答えると、汐里はほんのりと表情を和らげる。

「なんだか、久々に頭がすっきりしている気がするわ」

「最近、調子がよくなかったのですか」

こくりと頷いた汐里の表情は、先ほど喫茶室で見たものとは違い、理知的な色がある。

「最近、頭がぼんやりすることが多くて、身体《からだ》も思うように動かないの。不安になるような焦燥があって胸の奥底がざわざわして……」

「お体が良くないのでしたら、お医者様に行かれますか」

ゆっくりと身を起こした汐里を支えながら、珠は提案する。

思わず強く汐里が否定した。

「いいえ！　美香様と一緒なら大丈夫になるの。そう、美香様がいらっしゃれば平気なのよ」

鬼気迫る様子に珠が驚くと、我に返った汐里は罪悪感に彩られた顔で謝罪してくる。

「ごめんなさい、またたわ」

「こちらこそ申し訳ありません」

「いいえ、ちがうの。あなたが謝る必要はないわ。渚にも……弟にもこんな風に言ってしまって後悔したのに。助けてくださったあなたにまで失礼なことを」

「あなたの本意ではないのですよね。大丈夫ですよ」

渚の名前が出てきたところで、珠はどきりとしてしまったが、これは良い機会かもしれないと考えた。

銀市は美香について気になっているようだった。美香の側にいる汐里がどのように思っているのか聞いてみるのも、何かの手がかりになるかもしれない。

銀市の質問の仕方を思い出しつつ、珠は慎重に問いかけた。

「美香様、というのはどのような方なのでしょうか」

「私の救い主よ」

汐里はたちまちきらきらと瞳を輝かせる。

「男である渚さんと違って、私は女だから、できることは限られている。私がしたいことが世間に……お父様やお母様に求められるわけじゃない。それでも家族のためになりたかったから結婚したけれど、報われなくて苦しかったところで、美香様は助けてくださったの。もっと自由に生きてみたらいかがと言われて、私は救われた。幸せになれないのなら、私らしくいられないのだったら今の生活なんて捨ててしまえば良いって。その通りだと思った。実際にお父様に逆らって遊び歩くのは解放的で、痛快だった！　美香様の言うことはすべて正しくて、このまま新しい自分に生まれ変わるんだって思って……」

異様、とも言える熱心さがある汐里の言葉は、ぷつりと消える。

「でも……なぜかしら、胸の奥がざらざらするの。何かが違うような、致命的にずれているような感覚が収まらない。今まで抑圧されていた分、疲れているのよ、と皆様は慰めてくださるの。けれど、渚さんに冷たくするほどかたくなになることでもないはずよ」

首筋の痣に手を当てて、動揺と混乱に揺れる汐里は、ひどく不安定で苦しそうだった。

なにか、大きな物にあらがおうとするような様子に、珠はどうして良いかわからない。

だがしかし、驚きと感嘆を込めて語った。

「すごいですね、ご家族のためにと選択をされたのは、とても強い意志だと思います」

「そう、なの。かしら。うまくいかなかったのに」

「はい、諦めて流されるほうが楽ですから」

珠がそうだった。贄《にえ》の子として過ごす日々に、自分の意志はなかった。自分を必要としてくれる人がいるかもしれないと帝都に来た後も、似たようなものだ。

妖怪達によって様々な危難に遭遇し、誤解をされても、珠は理解されることはないと諦め粛々と解雇された。

なのに、汐里は自分の意志で選択したのだ。その後、渚に悲しい想《おも》いをさせてしまっているとはいえ、そうして自分の気持ちを行動に移せた彼女をまぶしく思う。

珠にしてみれば、誰かのために自ら行動したことも、自分の意志で反発したことも、素晴らしいと感じた。

意志を語るまぶしさと美しさを、珠は瑠璃子を通して知ったのだ。

珠の素直な感心の眼差《まなざ》しを、汐里は緩く瞬きながら見返している。

ただ、と珠は彼女の話で感じた疑問を問いかけた。

「あなたが本当にしたかったことってなんでしょうか？」

「私が、本当にしたかったこと……」

繰り返す汐里の言葉を、珠はいつまでも待つつもりだった。

だが、そのときは訪れない。

こつん、と硬い靴音が響く。

「まあ、汐里さん。こんなところにいらっしゃったの」

夢を見ているような甘い声が、珠の耳に忍びこむ。優しいと表しても良い声にも拘《かか》わらず、なぜか珠はぞうと肌が粟立《あわだ》った。

劇的だったのは眼前の汐里だ。彼女の理知的な表情が失われ、眼前の珠の存在を忘れたように、声がした方を振り返る。

女性は慈愛深く微笑《ほほえ》んだ。

「こちらにおいでになって」

「美香様っ」

願われたとたん、汐里はまだ顔から血の気が失《う》せているにも拘わらず、歓喜して立ち上がり、女性に駆け寄った。

「わたくしのために急いでくださるなんて、なんて嬉《うれ》しいでしょう」

「美香様が嬉しいのなら、私も嬉しいです。美香様の幸せが私の幸せですから」

言い抜いた汐里に、女性……美香はうっとりと笑みをこぼして、汐里の頬をなぜた。

「可愛《かわい》いことをおっしゃるのね」

行きすぎた、とも言えるが、仲の良《い》い友人同士の会話のはずだ。

にも拘わらず、珠は強烈な違和を感じた。なにかがおかしい。美香という女性が汐里を見つめる眼差しも、身内を見るような優しいもののはずなのに。

珠は、無意識に貴姫が入っている手提げ袋を握りしめる。

呼吸が浅くなり、喉がからからに渇いていく。

珠が長椅子に座り込んだまま動くこともできずにいると、ひとしきりあやすように汐里を撫でた美香が、たった今気付いたように視線を向ける。

胸元の赤いペンダントトップが、怪しく電灯の光を反射した。

振り向く仕草一つ一つが絵になるほど美しい。

そして、濡《ぬ》れたような双眸《そうぼう》を珠に合わせ、驚いたように目を見開くと、すぐに優しく笑んだ。

「あなたが、汐里さんを介抱してくれたのね。ありがとう」

話しかけられたとたん、珠は背筋にぞっと怖気《おぞけ》を感じた。

自分の大事な柔らかい部分を、無遠慮に探られ抱きすくめられたような生理的嫌悪だ。

「それに、なんだかとっても良い香りをしているわ。何かしら、これ……ああなるほど」

今すぐ彼女から逃げ出したい。珠は反射的に立ち上がるが、それきり動けない。

震えるばかりの珠に、独り言をつぶやいて納得した美香の眼差しが、愁いを帯びる。

悲痛なまでに悲しげで、珠はなぜか彼女にそのような顔をさせてしまったと罪悪感を覚えた。

おかしい、自分は彼女を恐ろしいと思っているはずなのに、なぜ？

疑問も美香の愁いのある瞳に見つめられているうちに解けて、判然としなくなる。

「でも、あなたも悲しい瞳をしているわ。自分らしく生きられず、不自由な思いをされているのじゃなくて」

「ふじゆうな、思い、ですか」

茫洋と珠が問い返すと、美香はしっかりと頷いた。まるで絶対の味方だと示すように。

「ええ、悲しい思いをたくさんして耐えて生きて来られたのよね。可哀想《かわいそう》に」

かわいそう。そう言われて、なぜか涙があふれそうになる。

すべてわかっているとでも言うように、目の前の美しい人は微笑む。

「ええ、でもわたくしが見つけたからには、もうそのようなことをしなくて良いのよ。わたくしがすべて受け止めて癒やしてあげる」

「ぁ……」

「悲しみを思う存分はき出して、新しい自分に生まれ変わりましょう」

腕を広げる美香に、珠の足は勝手に進んでいこうとする。それだけはなんとか踏みとどまるが、足は床に縫い付けられたように動かなくなってしまう。

美香の織手が珠の首筋に届きそうになった寸前、視界に貴姫の赤い打ち掛けが翻る。

『珠ッ！　逃げよ！』

珠の異変に気付いてくれたのだろう。貴姫は珠を抱きしめ必死の形相で促してくれるが、声すら自由にならないのだ。

現れた貴姫に対し美香はかすかに驚き動きを止めたことで、美香が貴姫を認識しているとわかる。だが美香は珠が動かないと気付くなり、微笑んだ。

「あなたはどうやら聡《さと》い子のようね。道理で良い香りがするはずだわ。でも怖がらなくて大丈夫よ、わたくしは皆に幸福になって欲しいだけなの」

美香の言葉が珠の頭に反響する。

魅入られた、そう表すべき状態で、彼女から目が離せないからこそ気付いた。

美香の眼差しは確かに慈愛にあふれていたが、珠が最も見慣れた色——食欲がある。

「うんと大事にしてあげるわ。なにより、あなたはとっても……おいしそうだから」

うっとりと耳元で囁《ささや》かれた声が珠を侵す。彼女の唇から覗《のぞ》く歯は、人間としてはあり得ないほど鋭く尖《とが》っていた。

せっかく貴姫がかばってくれたのに、あの腕に囲われたら終わりだと感じるのに、珠は一歩も動けない。銀市の姿が脳裏に浮かんだ。

刹那、軽やかな何かが、珠と美香を隔てるように割り込んだ。

店員が着ていた地味な着物を纏《まと》った女性だ。ただ髪は、肩に掛からないほど短い。

珠は大きく目を見開く。

地味だろうと、珠は見間違えるわけがない。つり目がちの瞳が特徴的な彼女は、珠達がずっと行方を捜していた瑠璃子だ。

だが肩で息をする彼女の頭頂部には、普段は隠しているはずの三角の猫耳があらわになっている。

「よくも手を出したわね、あんただけは許さないっ」

瑠璃子は珠には見向きもせず、吼《ほ》えるなり美香に飛びかかった。

珠は瑠璃子の横顔が、美しい女から、三毛の猫に変貌していくのをつぶさに見た。

いいや、猫というには生ぬるい。猛獣と表するのがふさわしく、凄絶《せいぜつ》な憎しみに彩られていることで、本能的な恐怖を呼び覚ますのだ。

美香を捕まえようと伸ばした手もまた、三毛の毛皮に包まれている。

見たこともない瑠璃子の姿に、珠は呆然《ぼうぜん》とするしかない。

皮膚を容易に引き裂けそうな瑠璃子の鋭い爪が、美香に届く寸前、絹を裂くような悲鳴が響いた。

美香の意識が外れて、珠はようやく全身の緊張が解ける。我に返った珠が見ると、顔に恐怖を貼り付けた汐里が、震えながら美香をかばっていた。

瑠璃子の爪が、美香ではなく汐里の喉を切り裂く寸前で止まる。

汐里の焦点の合わない目は、眼前の獣と人が交じったような存在に向けられている。

珠は、瑠璃子の背が震えるのを見た。

刹那、汐里はその細い喉から絞り出されたとは思えないほど、大きな声で叫ぶ。

「ば、化け物っ」

汐里の悲鳴を真正面から聞いた瑠璃子は、完全に硬直する。

その間に汐里は震えながらも美香に取りすがり、必死に言いつのった。

「み、美香さまっどうかお逃げください」

「まあ、こんな恐ろしい存在の前に汐里さんを置いていけないわ」

美香が感動したように、汐里の手を握る。

汐里の悲鳴を聞きつけたのだろう、店舗方面から店員や客が駆け足で集まってきた。

「お客様……ヒッ」

「化け物っ⁉」

瑠璃子の姿が見えた人々は、たちまち騒然となる。

そうだ。今の瑠璃子は、普通の人間でも見える妖怪《ようかい》なのだ。

珠が気付いた時には、瑠璃子は身を翻していた。

でき始めていた人垣まで、一足飛びで駆け抜けるなり跳躍する。

怯《ひる》んだ人々の頭上を驚くほど軽やかに飛んでいった瑠璃子の姿は、着物が半ば脱げ落ちた、大きな猫でしかなかった。

遠くで複数の驚きの声と悲鳴が響く。

このままでは瑠璃子が危ない。

「貴姫さん行きましょうっ」

『うむっ』

貴姫と共に走り出した珠だったが、しかし一瞬だけ背後を振り返る。

「妙な女が急に猫に変貌したのよ！　店員の着物を着ていたわっ」

周囲の人間達に訴えかける美香の美しいかんばせには、明確な愉悦が浮かんでいた。

忘れようがないほど珠の目に焼き付くが、それもすぐに人垣で隠れて見えなくなる。

珠が開放的な店舗部分に飛び出すと、場は騒然となっていた。

瑠璃子の通り過ぎた姿がよく見えず、状況がよくわかっていない者が大半のようだ。しかし、見えたらしい人々は興奮した様子で逃げていった方向を指さしている。

瑠璃子はそんな人々の視線から逃れようと、手すりから手すりへと跳び移っていた。

どうやら着ている着物が翻るため、跳び回るものが大きな猫なことは認識されていないようだが、時間の問題だろう。

大きな猫であると明らかになれば、一体どうなるのだろう。

珠は騒ぎに気付いた警備員達が、瑠璃子を追い込もうとしているのが見えた。

その一人の手が、瑠璃子にかかろうとしたとき、突風が吹きすさぶ。

「きゃあっ⁉」

「一体何だ！」

どこかの売り場から飛んできた大量のチラシの紙や布が、客達の視界をふさいだ。

さらに中央の吹き抜けに飾られた垂れ幕が引きちぎれて翻り、猫の姿を覆い尽くす。

珠はフロアの端で手をかざす銀市が、そのまま垂れ幕の間に滑り込むのが見えた。

これで瑠璃子を確保できるだろう、だが、と珠は気付いてしまう。

美香と汐里は、周囲に瑠璃子が店員の着物を着ていたと語ってしまっていた。

そもそも瑠璃子は百貨店の店員ではないのだ。このまま人に戻ったとしても同じものを着ていれば疑われてしまう。

無人の婦人服売り場が視界に入った珠は、貴姫に願った。

「貴姫さんっ銀市さん達に婦人服売り場にくるよう伝えてくださいっ」

『うむわかった！』

貴姫と別れた珠は人の間をすり抜け、婦人服売り場にたどり着く。

遠目から見た通り、騒ぎを見るためにか、店員もおらず無人だ。

珠は心の底から申し訳ないと謝罪しながら、店の奥にある試着室を開け放つ。

幸いにも、一つ、ワンピースとジャケットがかかったままになっていた。

珠が確認すると同時に、瑠璃子を担ぎあげた銀市が入ってきた。

下ろされた瑠璃子は、毛皮の部分はなくなっているものの、頭頂部の猫耳は出たままだ。

毛が膨らんでいることから、いまだ気が立っていると感じさせた。

だが時間はないと、珠はワンピースを摑《つか》み瑠璃子に迫った。

「瑠璃子さんっ、お手伝いいたしますから着替えてくださいっ」

「っ……」

瑠璃子も状況は理解しているのだろう、ぐっと唇を引き締めると大人しくワンピースを手に取った。

店員の服は悩んだ末に、珠が持ってきていた風呂敷《ふろしき》に包む。どうしても隠せない頭頂部の耳は、珠が肩にかけていたショールを頭からかぶることで隠した。

なんとか見られるようにしたあと、荷物を抱えた珠と瑠璃子が試着室から出て、外で見張っていた銀市と合流する。

「このまま外に出るぞ」

珠が頷《うなず》いたところで、慌ただしく警備員達が現れる。

銀市達を見つけると困惑の様相で問いかけてきた。

「お客様、恐れ入りますが、こちらに店員の女が来ませんでしたか。まるで、獣が化けたような……」

うつむきがちにしていた瑠璃子が、かすかに強《こわ》ばるのを珠は感じた。

だが銀市は平然と、むしろ訝《いぶか》しげに応じた。

「そういった者は見なかったが……この騒ぎに関係しているのかね」

「お引き留め申し訳ありませんでした。不審な者がいるようですので、何かありましたら警備員までお知らせください」

そのままばたばたと去って行く警備員を見送った銀市は、その流れで音もなく離れようとしていた瑠璃子の腕を掴んだ。

銀市は暴れそうになる瑠璃子を腕でねじ伏せ、ごく自然に腕を組んでいるように見せると、彼女を覗き込む。

「逃がさんぞ。瑠璃子、一から十まで話してもらおうか」

その声音は、珠が聞いたこともないほど低く有無を言わせない響きがあった。

さすがの瑠璃子も、表情を強ばらせて、ショールの縁を引っ張ったのだ。

第四章　乙女の憧れと舞踏の夜

日が暮れた頃に、銀古《ぎんこ》に帰宅しても、瑠璃子《るりこ》はかたくなに口を開かなかった。

ちゃぶ台上を箸が翻るたびに、皿の上のおかずがどんどんなくなっていく。

今日ばかりは銀市《ぎんいち》にも表情はない。それでも箸の勢いはいつも通りだ。

家鳴《やな》り達が拵《こしら》えてくれたのは、ご飯に味噌汁《みそしる》、蕪《かぶ》のぬか漬けと里芋の煮っ転がし。そして秋刀魚《さんま》の塩焼きだった。まるまると太った秋刀魚には脂がのっており、たっぷり添えた大根おろしで食べるとじゅわりとおいしい。

家鳴り達は焼く調理がとても上手になったと珠《たま》は褒めてやりたいのだが、しかし功労者の彼らは台所から出てこない。いつも瑠璃子を揶揄《からか》いにくる魍魎《もうりょう》達も大人しい。

それも当然だ。珠が着替えのために二階に上がった後で騒ぎがあったらしい。

実際にどんなやりとりがあったかはわからない。激しい物音がして着替え終えた珠が駆けつけると、悔しげな瑠璃子が畳に貼り付けられたように這《は》いつくばっていたのだ。

瑠璃子はなんとか力を入れて立ち上がろうとしていたが、まるで背中を押さえつけられているようにうまくいかないらしい。

おそらく、銀市が阻んでいるのだろう。息を吐いた銀市は珠に気付くと平静に語った。

「少し騒がせたな。もうしばらく下がっていなさい」

その、驚くほど怒気がにじまない淡々とした様子に、珠はかえって彼の疲れと苛立《いらだ》ちを感じ取った。けれど、瑠璃子のかたくなさは珠が見てわかるほどだ。

このままでは、お互いに膠着《こうちゃく》状態に陥るとしか思えない。

普段とは違う張り詰めた空気に耐えきれなくなった珠は、とっさに提案したのだ。

「夕ご飯にしませんか」と。

銀市も、瑠璃子も疲れていたのだろう。

そうして、この沈黙の夕食が始まったのだ。

珠はこっそりと瑠璃子の横顔を見つめる。黙々と、箸を進める瑠璃子の顔はむすりとしていて、かたくなさは変わらない。

ただ、顔色は悪く頬が痩《こ》けていて、目つきが鋭く感じられた。あまりご飯を食べられていなかったのではと推察する。とはいえ食事の前は青ざめていた顔色に血色が戻ったのだから、ましになったのだろう。

無言の食事が終わり、お茶を飲み干した瑠璃子は、仏頂面で銀市を見た。

「これは、あたくしの問題よ。銀市さんも、銀古にも関係ない。もう縁は切ったんだから関わんないでよ」

先ほどよりも冷静ではあったが、明らかな拒絶だ。

食事をして緩んだ様子の銀市も、再び表情を険しくする。

「関係ないと言い切るには、無理があるのはわかっているだろう。銀古は怪異に関する問題を持ち込まれれば相談にのる。俺は住崎渚《すみさきなぎさ》から、姉の汐里《しおり》が変貌した理由を調査して欲しいと相談された。重要参考人物にお前が現れた以上、俺はこの案件に無関係ではない」

「っあの馬鹿ッ」

悪態をついた瑠璃子に、銀市は珠を気にするそぶりを見せたが低い声で続ける。

「俺達は、カフェーキャッツの明美《あけみ》さんが、亡くなったはずの元恋人に精気を吸われかける現場を目撃した。御堂《みどう》達も同じ事例の案件を追っている。お前が汐里さんを追い、サロンに潜入したのは、この蘇《よみがえ》った死人が関連しているな」

硬い瑠璃子の表情がありありと焦りを帯びた。

「そして原因は、守屋美香《もりやみか》だな。珠はお前が守屋美香に対して激しい敵対心を抱いていたと語った。人間の女を理由もなく害するのなら、御堂の部隊も銀古もお前を捕まえなければならん。先に銀古と縁を切ろうとしたのは、俺に止められないためだろう」

顔を背けた瑠璃子は、諦めたように肩を落とすとおっくうそうに答えた。

「……一番やっかいなのは銀市さんだもの」

珠は動揺しながらもかすかに疑問を覚える。声には力がなく、瑠璃子の背中が小さく感じられた気がしたのだ。

だが厳《いか》めしい銀市の話には、とうてい割り込める雰囲気ではなかった。

「瑠璃子、お前は何をしようとしている」

銀市の再三の追及に、瑠璃子は小さく息を吐いて、ぞっとするほど静かに答えた。

「復讐《ふくしゅう》よ」

珠は言葉が重いと思った。瑠璃子から感じるのは、腹の底に凝《こご》っていたような粘度のある憎悪だ。

「あたくしは、銀市さんに裁かれても、たとえ堂々巡りだったとしても、守屋美香を討ち取らなきゃいけない。終わったら部隊に自首するから、迷惑はかけないでしょ。だからほっといて」

思い詰め、かたくなな瑠璃子の態度に、珠はもどかしい焦燥を感じた。

立ち上がった瑠璃子が身を翻すと、銀市が深く息を吐いた。

「――家鳴り、閉めろ」

とたん一斉に瑠璃子が出て行こうとした襖《ふすま》が閉まった。

「ッ!?」

からからきしきしと楽しげに音を打ち鳴らす家鳴り達に、行く手を阻まれた瑠璃子は、ぱっと銀市を振り返る。

「明確に人間の女を害すると宣言した以上、俺はお前を拘束する。詳しい話をするまではこの家にいてもらおう」

「それじゃ汐里が……ッ」

「目的は同じだ。間に合わなくなるというのなら、知っていることを明かしなさい」

銀市の追及に、瑠璃子は何か反論しようとするそぶりを見せたが、結局諦めたように顔を背けた。

答えないとわかると、銀市は珠に顔を向ける。

「珠、今日から瑠璃子はここに泊まる。部屋を準備してやってくれ」

「は、はいっ」

珠は頷くと、おずおずと瑠璃子を促したのだった。

大人しくついてきた瑠璃子を二階に案内した珠が、階下で細々とした仕度を終えて瑠璃子の使う洋室に戻ると、バタンッと大きな音が響いた。

「瑠璃子さんっ!?」

珠が慌てて扉を開くと、雨戸が閉められた窓の側で尻餅をつく瑠璃子がいた。

家鳴り達が、楽しげに互いの身体《からだ》を打ち鳴らして去って行く音が遠ざかる。

「いったた……銀市さん本気で出さない気ね……」

どうやら窓から飛び出そうとしたが、その前に家鳴り達に雨戸を閉められて尻餅をついたらしい。

珠が立ち尽くしているのに気付くと、瑠璃子は決まり悪そうに立ち上がった。髪はまだ乱れたままだが、直すそぶりは見せない。

「あの、瑠璃子さん、お着替えですが……」

「そうね、このままじゃいられないし、貸してくれるなら何でも良いわ」

瑠璃子の覇気のない答えに、珠はぐっと胸の違和が強くなるのを感じた。

しかし違和の正体もわからず、仕方なく頷く。

「は、い、お風呂の際にはお呼びしますね」

ただこのまま離れがたく、おずおずと切り出した。

「銀古と縁を切られようとしたのは、銀市さんが言っていたような理由ではなく、銀市さんに迷惑をかけないためではありませんでしたか」

瑠璃子が銀市に語った時は、あえてつっけんどんにしているような雰囲気があった。

まるで悪印象を与えて、愛想を尽かされようとしているみたいだと思ったのだ。

銀市の時と同じように黙り込まれるだろうか。珠は体を強ばらせたが、瑠璃子は驚いたように目を見開くと、罪悪感に駆られたように顔をゆがめた。

「そんな身構えなくっても、あんたには怒ってないわよ」

「でも、瑠璃子さんを閉じ込めている側ですし」

その後ろめたさと罪悪感で珠が視線をさまよわせる。瑠璃子はしょうがないとばかりに息を吐くとベッドの端に座る。

物憂げな仕草は絵になるが、どこか疲れがにじんでいた。

「ほら、ここに座りなさい」

それでも、珠はいつも通りの瑠璃子に安堵《あんど》して、促された通り隣に座った。

雨戸はいつの間にか開かれており、冷涼な空気が滑り込んできている。

頭上の洋灯が橙色《だいだいいろ》にあたりを照らす中、瑠璃子は珠の頬を両手で包んだ。

えっ、と珠は面喰《めんく》らうものの、瑠璃子の双眸《そうぼう》が瑠璃色に染まり、真剣みを帯びているのに呑《の》まれてそのままでいる。

じっくりと、珠を見て回った瑠璃子は安堵を浮かべた。

「……あんた、ちゃんと、戻れたのね」

なんのことかと思ったが、そういえば灯佳《とうか》に子供にされて以降は会っていなかった。

「はい、おかげさまで戻りました。ただ、狂骨《きょうこつ》さんがとても大変で」

「陰険狐《ぎつね》以外にも……？　一体何があったのよ」

興味を惹《ひ》かれた様子の瑠璃子に、珠はいなかった間の出来事をかいつまんで話した。

灯佳の件《くだり》になると、瑠璃子は顔を引きつらせていたが、珠はまったく気にしていなかった。珠にとって灯佳が強引だったことは確かだが、最後に別れたときの一瞬は、とても苦しそうに願う顔をしていた。善《よ》い人ではないのは否定できないが、銀市の言う通り悪い人でもなく、珠は嫌だとは思わなかったのだ。

「ほんと、あんたはまったく……」

ため息を吐いた瑠璃子は、頬杖《ほおづえ》をついて話を変えた。

「あたくしの派遣業務も、してくれたんでしょ」

「はい。住崎夫人のお屋敷《やしき》で、コスモスの君とお仕事をしました」

「そう、どんなことをしてたの」

瑠璃子に訊《たず》ねられた珠は、まさか知りたがられると思わなかったために戸惑う。

「では、業務報告書を持ってきましょうか」

「あんたの口から聞きたい」

「えっ」

端的な要求に珠は動揺したが、しどろもどろに説明をしていく。

珠が話し終えると、瑠璃子は軽く吹き出した。

「ふうん、コスモスの君が和室を綺麗《きれい》に掃除できるようになっただけじゃなく、澄《すみ》にシャツ作りを習ったって、すごいじゃない」

「あの……はい。おかげで銀市さんにも喜んでもらえる仕上がりになりました」

「誇りなさいよ。あんたちゃんと一人前の仕事をしてきたんだから」

瑠璃子にはっきりと語られた珠は、照れくささを感じてうつむく。

きちんと瑠璃子の代わりを務められたと、本人に認められて嬉《うれ》しかった。

「そうでした、澄さんからは、コスモスの君のワンピース姿を一緒に見に来て欲しいと言付かっています」

瑠璃子もきっと気になるだろう、珠はそう考えていたのだが、彼女は表情をゆがめた。

いつも通りだったはずの瑠璃子が消えていき、また彼女が一回り小さくなった気すらして、珠は戸惑う。

「……話は聞けたからもういいわ。どうせあたくしは行けないだろうから」

「どうしてでしょう。きっと澄さんも、瑠璃子さんを待っていらっしゃって……」

「別れを言えないのは悪いけど、あたくしは銀市さんに裁かれるようなことをするつもりなのよ。無理に決まってるでしょ」

瑠璃子の言葉に熱はない。いつものはきはきとした活力のある声にはほど遠く、厭世的《えんせい》で投げやりだ。

驚いた珠が言葉を失っているうちに、瑠璃子はためらうようなそぶりを見せながら問いかけてくる。

「澄は、この騒動を知らないのね」

「汐里さんが、守屋さんのサロンに通われていることを、ですか。渚さんも澄さんには隠したいと言われてましたので、おそらく知らないかと」

珠が肯定すると、瑠璃子は安堵をにじませる。彼女が住崎一族のことをここまで気にしているのが意外だった。だが、澄が知らないと聞いて安心しているし、そもそも、今回の騒動の発端は汐里の異変に瑠璃子が関わっていたことからだった。

「瑠璃子さんは、澄さん達のことを、家族のように思われているのですね」

珠が言うと、瑠璃子は目を見開いた。次いで自嘲するように顔をゆがめる。

「そんなんじゃないわ、あの子達は知らないんだから」

弱々しく、か細い声でつぶやくように言われた。

「まあ、ともかく。澄が知らないんならいいわ。汐里は仕方がないし」

珠は汐里が美香をかばった時の恐怖の表情と、彼女が瑠璃子に投げつけた言葉を思い出す。あの時、瑠璃子は一瞬硬直していた。

「瑠璃子さん。もしかして、汐里さんの言葉が」

悲しかったのではないか。そう続ける前に、瑠璃子が立ち上がる。

「ありがと。着替えるから、ちょっと出てって」

かすかな拒絶を感じた珠は、即座に口をつぐんだ。

瑠璃子は、快活で、言葉は率直で、面倒見が良くて、珠達を気にかけてくれるひと。

そのはずだ。

だが、部屋を辞した珠は無性にもどかしさを感じたのだった。

＊

瑠璃子は結局、脱走はできなかったようだ。

珠が朝食を準備している頃に下りてきた瑠璃子は、げっそりとしていた。

それでも昨日よりは充分顔色がよくて、珠はほっとする。

銀市と瑠璃子が顔を合わせると無言で硬質な空気が漂うが、二人とも朝食の目玉焼きは平らげていた。

銀市は、ひとまず瑠璃子が口を開くまで待つつもりらしく、日常業務を行うと語った。

だが珠達が開店の準備を始めていると、がらりと引き戸が開けられる。

落ち着いた背広を身につけ、片手には飴色《あめいろ》の鞄《かばん》をさげた青年は、渚だった。

渚はのれんを持つ珠に気付くと、恐ろしく真剣な表情で言いつのった。

「上古《かみこ》さん古瀬《ふるせ》さんはいるだろうか。いやいなくても待たせてもらえないか。先日の女給の家に来た『鬼』の手がかりを見つけたんだ」

　鬼気迫る表情に珠が戸惑ううちに、銀市が背後から現れた。

「入りなさい。珠、開店は一旦取りやめだ。午後から開店と張り紙をしてくれ」

「わかりました」

　珠が軒先にかけようとしていたのれんを仕舞い、張り紙を準備し始める。その間に上がり框《がまち》に上がり腰を下ろした渚は、銀市が目の前に座るのを待たず話し始めた。

「私は女給を襲った男と、女給の衰弱した様子に似た事象を、おばあさまから聞いたことがありました」

「澄さんからか」

　思わぬ名を出された銀市が眉を上げると、渚はあまり余裕がない様子で滔々《とうとう》と続けた。

「おばあさまはほとんどご自分の故郷の話をされないが、一度だけ教えてくれました。『私の姉は鬼に殺されたのよ』と。だからおばあさまに話を聞きに行ったんです」

「澄に話をしたの!?」

　非難の声が響いたのは、店奥に繋《つな》がる入り口からだ。そこに立っているのは瑠璃子だったが、珠は彼女の頭頂部にある三角の猫耳を見つけてしまう。

　慌てて渚を制しようとしたが、渚はすでに瑠璃子の頭頂部にある三毛の猫耳を驚愕《きょうがく》の目で見ていた。

「猫の、耳か……？　あなたは一体……!?」

後ずさりかける渚に、瑠璃子ははっと青ざめて耳を隠すように手をやった。まさに怯《おび》えた反応に、珠は驚く。

銀市は瑠璃子の反応を横目で見ながらも、渚へ平静に声をかけた。

「この店はそういう店だと、君はすでに知っているだろう。渚くん、続きを話しなさい。瑠璃子、話す気がないのであれば静かにしていなさい」

「ッ……」

瑠璃子は焦燥を感じさせながらも、頭頂部の耳を押さえたまま顔を背ける。ただ、それでも、その場にとどまるつもりではあるようだ。

渚は驚きと動揺を隠せない様子だったが、こちらを見ようとしない彼女から目を離さない。やがて彼は大きくあえぐように呼吸をし、なんとか心を落ち着けたらしい。

「瑠璃子が、いるのならちょうど良い。確かめたいことがある」

言うなり彼は、自分の鞄から風呂敷《ふろしき》包みを取り出した。

縮緬《ちりめん》の風呂敷から出されたのは、古びた和綴《わと》じの冊子と手紙の数々だ。

珠がちらりと見たときには、和綴じの表紙には簡素に「日記」と書かれている。

「これは、おばあさまの姉である三浦浪《みうらろう》という人の日記と手紙です。姉のことは言っていないが、どうしても教えて欲しいと願ったら、おばあさまが貸してくださった」

瑠璃子がかすかに息を呑んだ気がした。

彼女の様子は目に入らなかったらしく、渚は険しい声で話を続ける。

「おばあさまの実家は、さる武家の家臣筋です。おばあさまの姉である浪は、行儀見習いのために主家に奉公に出ました。おばあさまはしばらく姉と手紙のやりとりをしたそうです。当初は他愛のない話題ばかりでしたが、浪は少しして城下町で奇病が流行《はや》っていると書き送ってきました。その奇病は幽霊を見た後に、首筋に青黒い痣《あざ》と牙の痕が現れて死ぬというんです」

珠は、渚が明美の様子を見た際につぶやいた理由を理解した。

「さらに、浪が仕えていた正妻ではなく、妾《めかけ》の女が実権を握り我が物顔で振る舞うようになったそうです。しかも誰も不思議に思わず従っていたと言うんです。まるで全員が彼女を慕っているように」

「維新前の話だろう。正妻でも妾でも、昔の武家であれば、当主の男児を産んだ女性が最も地位が高くなる。だが、女はそうではなかったと言うんだな」

銀市の問いに、渚はもどかしげに頷《うなず》く。

「彼女は、この世のものとは思えないほど美しい女だったそうです。あの時代に、大ぶりの赤い石が塡《は》まった異国の首飾りを贈られるほどの寵愛《ちょうあい》を受けて、美男美女を雇い入れては遊び歩いていたらしい。浪からは自分も女に寵愛されたと便りが来て以降、音沙汰がなくなったが、ある日この日記が送られて来たそうです。その翌日に、浪が死んだことが知らされた」

渚は日記のとある頁《ページ》を開いて見せる。

張り紙をしてきた珠は、彼が示して見せるその頁を、不作法だと思いつつ覗《のぞ》き込んだ。

「鬼について」と題された後には、女性らしい細い文字で、自身の身に起きた異様な出来事と、「鬼」に関する事柄が書き綴《つづ》られていた。

珠はその理知的な文字の線が震えているのに気付いた。

精一杯押さえ込んでもなお、にじんでしまう怯えの表れなのだろう。

そこには、文字の怯えとは対照的に、当時のことが淡々と克明に記されていた。

異様ともいえる生態に、珠は息を呑《の》んだ。

先に読み終わっていたらしい銀市は、眉をひそめてその冊子を閉じる。だが、珠は閉じられる寸前に最後の一文を読み取った。

『わたくしは、化け物の仲間入りをするつもりはありません。我が身の尊厳を守るために自死します』

浪が死んだ、というのはつまり、自ら死を選んだということか。

ごくりとつばを呑み込む珠に、銀市は案じるように珠に視線をやる。

「珠、ありがとう。終わったのなら下がっていなさい」

おそらく、気分の良くない話になるから、と案じてくれているのだろう。

奥に下がるべきかとも考えたが、珠はあえて首を横に振った。

「できれば、このままお話を聞いていても良いでしょうか」

言いたいことは、言っても良い。聞いてみなければ、わからないのだ。

「汐里さんと少しですがお話をしましたから、彼女に起きていることは気になります」

珠がぎゅっと自分の両手を握り願うと、銀市はかすかに目を見開く。駄目だろうか、と珠は思ったが、すぐに平静に戻った銀市は小さく頷いた。

「わかった。つらいと思ったらすぐに言いなさい」

「ありがとうございます」

銀市に許してもらい、珠がいそいそと座布団を持って来ると、渚が初めて我に返った様子でためらうそぶりを見せた。

なぜだろうと思っていると、銀市が嘆息して答えた。

「本来なら娘に聞かせるようなものではないが、本人の希望だ。気にせず話せ」

銀市の言葉で、渚もまた珠を案じてくれているのだと気がつき言い添える。

「私はお気になさらず。壁の置物とでも思っていただけたら助かります」

「そう、か」

渚はそれでも複雑な表情だったが、話を続けた。

「この鬼は、夜な夜な惑わせた若い人間の首筋にかみつき、精気を奪い殺す。ですが、ごく希《まれ》に同胞になり得る者は、充分に精気を奪った後に自死を促すと、埋葬された後に蘇《よみがえ》り、若く美しい姿のまま鬼になるのだという。浪は、鬼だった女に魅入られ、精気を吸われたのだと思います。不思議なことに、浪は鬼にはならずにいたが……」

渚が見たのは、こちらを見ようとしない瑠璃子だ。

「鬼を前にすると、頭がぼんやりとしてあらがえず、言う通りになってしまう。そして鬼に魅入られた人間の首筋には青黒い痣と牙の痕が刻まれるんだ。――これは、今の姉の状態と同じだ」

彼の物言いたげな眼差《まなざ》しを受けても、瑠璃子は無言を貫く。その消極的な様子に、珠の心は不安にざわめく。

銀市が、ぽつりと独り言のように語った。

「浪という娘は、愛猫だった瑠璃色の瞳をした三毛猫を奉公先に連れて行ったらしいな。名前は『瑠璃』か」

「ッ……！」

瑠璃子の顔が変わる。珠もまたすぐに気付く。瑠璃色の瞳をした三毛猫は、まさに瑠璃子の本性ではなかったか。

動揺を表すように、瑠璃色になった瞳で見つめる、瑠璃子の視線をあえて避けた銀市は、立ち上がると渚を見た。

「渚くん有益な情報をありがとう。汐里さんを捕らえている存在に見当がついた」

「本当か」

焦燥のままに膝立ちになる渚に、銀市は一旦待つように示して退出すると、戻ってきた時には冊子と一冊の洋書を携えていた。

表紙の英字を珠は読めなかったが、渡された渚には読めたらしい。

「カーミラ……？」

「西洋で出版された怪奇幻想小説だ。創作ということになっているが、こういった小説の中には、幾分か真実を含んでいるものがある。俺はこの小説の中に出てくる吸血鬼という存在が、今回の騒動の元凶だと考えている」

渚がはっと顔を上げると、銀市は淡々と続ける。

「吸血鬼という化生は、おおむね渚くんの語った通りだ。正確には血液を糧としているようだな。素養のある人間は、吸血鬼に吸血をされた後に死ぬと、吸血鬼として蘇るのだそうだ。本体は棺桶《かんおけ》で眠る遺体で、日中でも生前と変わらず振る舞うが、特定の人間に執着し、糧とする、あるいは同胞にしようと血を求めにくる。女給の明美の恋人だった男の墓を暴いたら、遺体は朽ちておらず、生きているようなみずみずしさを保っていた。人に非《あら》ざる者へ変わっていたのだよ」

銀市の話に、渚の顔はどんどん強《こわ》ばっていく。

珠は、おおよそのことが繋《つな》がった気がした。

「つまり、明美さんの恋人さんは吸血鬼というものになり、明美さんを食べに、あるいは仲間にしようと現れた、ということですね」

「ああ、その通りだろうな」

「明美さんの恋人さんは……」

「こちらで適宜対応した。安心しなさい」

淡々と答える銀市に訊《たず》ねたことを、珠は後悔した。

吸血鬼に変わった明美の恋人に、銀市がどう対処するのか容易に想像がついたからだ。すでに死者であり、人を糧にしなければならない存在だ。僅《わず》かな邂逅《かいこう》だったが、言葉が通じるようには思えなかった。

その対応をした銀市が応《こた》えていないかは気になるが、珠には推し量ることはできない。

銀市は、珠が安心するようにだろう、少し目元を緩めたあと、話を続けた。

「西洋で伝承された人に非ざる者が、この国に流れてくることも少なくない。あの吸血鬼も、はじめの一体か数体がこの国に来て同胞を増やしているのだろうな。その中心にいるのは守屋美香だ」

銀市の話を聞いた渚は、瑠璃子に対して身を乗り出した。

「瑠璃子、あなたはおばあさまの家に通っていた。なんらかの形で浪の日記を見て、吸血鬼が姉を惑わせていると気付き、ずっと守ってくれようとしていたのではないだろうか」

渚に問い詰められた瑠璃子は、とうとう諦めたように息をついた。

「……そんなご大層なもんじゃないわ。あたくしは結局また見てるだけだったんだから」

銀市はずるずると床に座り込む瑠璃子に向き直る。

「この日記に出てくる三毛猫は、お前だな」

「そうよ」

簡潔な肯定に、渚は驚愕《きょうがく》を浮かべるが、瑠璃子は疲れきった眼差しで渚を見る。

「浪が鬼にならなかったのは、あたくしが殺し直したからよ。鬼は本体を燃やすか、心臓を貫くと蘇らないの」

淡々と語られた壮絶な話に、珠は息を呑んだ。一方渚はにわかに信じられない様子で、瑠璃子をまじまじと見つめる。

「浪が生きていた時代は何十年前も前だぞ？　あなたはどう見ても若い女なの、に……」

そこで、ようやく猫の耳を思い出したらしい。

「あたくしは猫又《ねこまた》。飼い主の血を舐《な》めて変化した妖怪《ようかい》よ。獣から成った化生がどうなるか、なんてきっと誰も知らないわよ」

「その、青い、目……本当に日記に出てくる瑠璃なのか」

渚は無言を貫く瑠璃子の反応でかえって確信を得たようだった。

珠が知っているのは、川獺《かわうそ》の翁《おきな》のことだ。彼は銀市と古くからの知り合いであると察している。川獺の翁は少なくとも、銀市の軍役時代からの付き合いがあるようだから、川獺としての寿命は超えてしまっているはずだ。妖怪になると、獣としての寿命ではなくなるのかもしれない。

黙り込んだ渚を横目に瑠璃子は自分の膝を引き寄せて、ぽつりぽつりと語り出す。

「浪のことは小さな頃から知っていたわ。新しいこと、外のことに興味を持っていたのに、武家の娘らしく、表に出さない子だった。だから主家から奉公の話が来た時、忠義のためと言いつつ喜んでいた。嫁ぐ前に新しいことが知れるってね。そんな平凡で当たり前の幸せをあの子は願ってただけだったのよ」

珠は瑠璃子の声音に、怨念にまみれていた時の狂骨と同じ色を感じた。

怨念というのは、深い想《おも》いから来るのだと、珠は狂骨の一件で知った。だから瑠璃子にとって、浪という娘がそれだけ大事だったのだと知るには充分だった。

「なのに、浪は鬼に操られた奴らから、惨《むご》い辱めを受けた。守るつもりで付いていったあたくしは、あの子が人としての尊厳を踏みにじられて、目から光が消えていくさまを、ただ見ていることしかできなかったわ。お笑いぐさよね。いくら鼠《ねずみ》が捕れたって、毛並みを褒められたって、浪には何の役にも立たなかったの。なのにね、浪はそんな猫に妹の澄を守るよう頼んだのよ。助けてあげられるわけがないのに……たかが猫にすがるしかないくらい、あの子は寄る辺もなく死んでいったの。馬鹿でしょう？」

引きつった声音で、瑠璃子は吐き捨てる。馬鹿だと、彼女は言ったが、珠には役立たずだった自分自身を罵っているように聞こえた。

彼女の情深さを感じられる言葉だ。だが、珠は瑠璃子に強い不安と違和を覚えた。

瑠璃子は普段の血気盛んな声音とは打って変わり、乾いた声で言った。

「けれど浪はもう手遅れで、死んだとたん、鬼に変わり果てたわ。浪が守ろうとした尊厳すら、あたくしが無力だったせいで、守れなかったの。だから猫又になって鬼達を全滅させた。弔い合戦をするくらいしか、猫のあたくしには思いつかなかったんだもの。最後には首魁《しゅかい》だった女も殺したはずだった。あいつだけは、心臓を貫いても灰にならなかったけど、遺体は燃やした。これで、浪を辱めた奴らはいなくなった。そう、思ったのに――なのに今、また鬼が出たのよ」

瑠璃子の青い瞳ににじむのは、抑えきれない絶望だ。

「汐里が一心に美香を慕っているのを見た時、どうしてと思ったわ。一番見たくなかった悪夢があったの。立ち直ろうとしていた汐里は、あの女に自尊心も自立心も奪われてぐちゃぐちゃにされた。何度も邪魔をしても、あの女はそれ以上に狡猾《こうかつ》に、あたくしの大事な子を奪っていく。あの子まで浪みたいになるのは、耐えられない……っ！」

頭頂部にある猫の耳を握りしめながら、瑠璃子は血を吐くような声音を絞り出した。

珠はようやく理解した。瑠璃子は浪から託された願いを叶《かな》えることで、彼女に償おうとしている。そのために、今まで積み上げた物を犠牲にしてでも、汐里を救おうと奮闘していた。だから今彼女は明確に線を引き、珠達と銀古を手放すつもりなのだ。

乱れた髪も気にせず、瑠璃子はほの暗い目で周囲の人間を見回した。

「守屋美香は姿は違っても、あの女の匂いがする。人間にしか見えなくても、あいつは浪を殺した仇《かたき》だわ。銀市さんに追われることになろうと、無駄になったとしても、息の根を止めるしかない。浪を助けられなかったあたくしには、もうそれしかできないの」

潔く、情に篤《あつ》い普段通りの瑠璃子が、誇りを持って言ったのだとすれば、きっと珠はなにも言えず見送るだけだっただろう。

しかし、眼前にいる瑠璃子は、追い詰められ疲れ切り、無力感に打ちひしがれている。どうにもならないという諦めすら感じさせた。

珠の体の奥底で、熱が凝《こご》り始めるのを感じた。

瑠璃子の話を、腕を組んで聞いていた銀市は険しい表情で見返した。

「お前の話からすると、吸血鬼は灰になったというが、女は遺体が残ったのだな。ならば通常の吸血鬼と異なる可能性が高い。美香を倒しても無駄になるかもしれんぞ」

露《あら》わになった二股のしっぽを力なく床に投げ出していた瑠璃子だったが、銀市の言には、淀《よど》み荒《すさ》みきった目で剣呑《けんのん》に返した。

「じゃあ締めろって言うの。でもね、美香は確か吸血鬼達を従えて、今にも汐里を人でなしにしようとしているのよ。人間は死んだら蘇らない。汐里が死んでからじゃもう遅いのよ。汐里はもう抵抗できない。あたくしが刺し違えてでもあいつを殺さないと間に合わないの。……まあ、どうせ今回も、あの女はのうのうと生き残るんでしょうけど」

「だからこそだ。一度お前が誤ったというのなら正体を見極めて……」

いさめようとする銀市に、瑠璃子はかっとなったようだった。

瑠璃の瞳の瞳孔が爛々《らんらん》と大きくなる。

「ええ、そうよね銀市さんは人間を守るんでしょ。だから言わなかったのよ！　人間にしか見えない美香をかばうと思ったからっ。でもお願いだから罰するならあたくしがあの女を殺してからにして。またなにもできずに見殺しにするなんてもうこりごりなの。汐里を助けられるんだったら、命と引き換えにしたってかまわないわ！」

瑠璃子は手の爪を鋭く伸ばしてかまえた。感情の高ぶりを表すように、顔も手も獣のような毛が生える。その姿は、美香に憎悪をむき出しにした時の様相と変わらない。

銀市は瑠璃子に声が届かないと感じたらしい。表情が険しくなっていく。

一触即発の二人を前にして、珠の中でずっとわだかまっていたものがふくれあがった。

「瑠璃子さんらしくありません！」

珠が衝動のままに叫ぶと、今にも銀市に飛びかかろうとしていた瑠璃子は、虚を衝《つ》かれた様子で珠を見る。

迎え撃とうとしていた銀市も、二人の迫力に呑《の》まれていた渚も驚いて振り向く。

注目を浴びた珠だったが、瑠璃子しか目に入っていなかった。

腹の底から声を出したことで、ずっと感じていた違和が明確に形になる。

珠はその勢いのまま立ち上がると、立ち尽くす瑠璃子に迫った。

「瑠璃子さんは服を選ぶとき『何でも良《い》い』と言われました。服は自分の格を決めるから、自分で選ばなきゃだめと言われたのに」

珠は昨晩、瑠璃子にどの服にするかと訊ねようとしたのだ。だが彼女は投げやりにどれでもかまわないと語った。常に自分の意思で選んでいたのに、珠に選ばせたのだ。

それが珠が感じた違和の正体だった。今ですら、瑠璃子は何を言われているのかわかっていない顔で、珠を見返している。

汐里を守れるかどうかの瀬戸際で、余裕がないのも本当だろう。だが珠が選んだ着物を纏《まと》っている今の瑠璃子は、普段の面影はない。珠がずっと見惚《みと》れていた瑠璃子ではない。

珠は瑠璃色の瞳をまん丸に見開く瑠璃子を、きっと見上げて続ける。

「瑠璃子さんがいなくなってから、様々な方に瑠璃子さんのお話を聞きました。皆さん瑠璃子さんに、いろんな印象を持たれていました」

澄の話では、冷静でしとやかな淑女のような女性だった。カフェーキャッツの女給達は、瑠璃子を頼りにしていた。銀市は親しみと気安さを感じさせる同僚だと語っていた。誰もが瑠璃子を芯のある女性だと語っていて、珠は自分のことでもないのに、誇らしく思った。

そして、珠にとっては――……

「私にとって、瑠璃子さんはいろんなことをちゃっかりと利用できる方です！」

「は？」

怒っているのすら忘れたようにぽかんとする瑠璃子だったが、珠は大まじめだった。

珠は自分が瑠璃子と過ごした日々を強く想起する。

「歩く姿が颯爽《さっそう》としていて、いつでもまぶしくて鮮やかで、堂々と自由に振る舞われている姿が、皆さんの勇気や励ましや元気になっていました。奔放でも、周囲を気遣ってくださいました。私がためらってしまうところもすぱりと踏み込んで、悪いことは悪いとおっしゃってくださる強い人です。だからこそ、今の瑠璃子さんがもどかしい」

言葉にするたびに、珠は一つ一つ自分の気持ちを実感していく。

「瑠璃子さんが恩に報いられる方だと知っています。潔い方だとも。けれど、今はただ過去にとらわれて自暴自棄になっているようにしか思えません。必要なら銀市さんや御堂様も利用して目的を達成されようとするのに、どうしてそこまで意地を張られて一人で解決されようとしているのかわかりません」

「あんた知ったような口を……！」

瑠璃子のまなじりが怒りにつり上がるが、珠は怯《ひる》まなかった。

胸も頭も燃えるように熱く、この衝動が言葉を止めることを許さなかった。

「浪さんの仇をとりたいというのなら、誇りを持ったまま堂々と達成なさってください。怯《おび》えて諦めて縮こまった瑠璃子さんが、銀市さんに罰せられるなんて私は嫌ですっ」

そう、今の瑠璃子は美しくない。あのカフェーの中で輝いていた瑠璃子が瑠璃子自身の手で粗末に扱われているようで、たまらなく嫌だったのだ。

出てくるのが不格好な言葉ばかりでもどかしい。それでも珠は瑠璃子に対し訴えた。

「私の大好きな瑠璃子さんを奪わないでください！」

ぎゅうと、手を固く握りしめたままでも、珠は瑠璃子から決して目をそらさなかった。

瑠璃子が一歩たじろぐ。その顔が一気に赤く色づいた。

はくはくと唇を開閉させるが、無意味な音がこぼれるだけで、単語にすらならない。

絶句という表現そのままの瑠璃子に、珠はさらに言葉を重ねようとしたが、銀市が驚きを込めて見つめていると気付いた。

「君が、怒るとは驚いた」

今度は珠がはちりと瞬く番だった。

「私は、今怒っているのでしょうか」

「……今の君を怒っていると言わず、何を怒っていると言うんだ」

若干呆《あき》れた様子の渚にまで肯定されて、珠は狼狽《うろた》える。銀市や渚に見られていたとようやく気付いて、顔が熱くなる。恥ずかしい、感情に任せて言葉をぶつけるなんて、なんてことをしてしまったのだろう。

先ほどまで胸にあった燃え盛るような熱さも急速にしぼんでいく。後に残るのはやってしまったという後悔だけだ。

しかし、銀市は納得したようにつぶやいたのだ。

「君は、瑠璃子に憧れていたんだな」

熱い頬を手で押さえていた珠は、その単語が胸にしっくりときた。

そう、なのだ。珠は瑠璃子に憧れていた。瑠璃子のように堂々と顔を上げ、好きなものを好きと語り、自由に颯爽と歩んでみたいと思った。

羞恥の火照りが、別の物になる。

「そう、なん、です。憧れていた瑠璃子さんがらしくない行動をとられていることに、怒っていたんです」

ようやく、もやもやの正体を知れた珠はすっきりしたが、息を吹き返した瑠璃子が赤らんだ顔で声を荒らげた。

「あんったねえ!?　そんな恥ずかしいことよくも真顔で言えるわね!?」

「は、恥ずかしくなんてありませんっ。だって瑠璃子さんは綺麗《きれい》でかっこいい方ですもの。それに、私はたぶん、銀市さんにも怒っていました」

「俺にか」

意外そうな顔をする銀市に、珠は言いにくさはありつつも答えた。

「銀市さんは、瑠璃子さんのこと怒っていましたけど、すごく心配もされていました。下調べをして、瑠璃子さんの想《おも》いを把握した上で、良い結果に導けるように協力するつもりですよね。肝心なところを言われないから瑠璃子さんが誤解されてしまっています」

「む……」

銀市が押し黙るのに対し、瑠璃子がはっとして銀市を見る。

珠は二人の険しいやりとりにも怯んだが、なにより傍らで聞いていて、ずっとかみ合わない会話が苦しかった。

「銀市さんと瑠璃子さんが仲違《なかたが》いされるのはとても嫌です。嫌、なんです……」

先ほどまで何でも語れそうな気持ちだったにも拘《かか》わらず、なぜだか急に泣きたくなってきた珠が語気も弱く続けた。

どっと重い疲れと不安を覚えて、ずるずると膝を折りその場に座り込む。

「申し訳ありません。出過ぎたことを申しました」

深々と頭を下げた珠の頭上に、深いため息が落ちてきた。

「やめて。今あんたに謝られたらあたくしが惨めだわ」

瑠璃子の冷めた声音に珠はびくりとしながらも顔を上げると、いつの間にか瑠璃子が目の前に座っていた。

ただ、今の彼女は先ほどまでの頭に血が上った様子はなく、どこか決まり悪そうで悔しげな雰囲気をしていた。

「まさか、あんたに意見をされる日が来るなんてね。ほんの少し前まで情緒が赤ちゃんみたいだったのに」

「あの、その？　ふぁ」

話をしようとした珠だが、瑠璃子に頬を摑《つか》まれるなり、もにゅもにゅともまれたことで目を白黒とさせる。

「ほんっとうに、悔しい。人間って、どうしてこんなに早く成長しちゃうのよ。たった一ヶ月見なかっただけじゃない。あたくしらしくない、なんて生意気なのにその通りだと思っちゃうなんて……。見失っていた自分に一番腹が立つわ」

ぶつぶつとつぶやく瑠璃子の言葉は要領を得なかったが、それでも珠は憑《つ》き物が落ちたような瑠璃子を見上げた。

「銀市さんが、野良だったあたくしを拾った時、『お前ほど今の世で自由に生きられる妖《よう》怪《かい》はいない』って言われて、ああそうかって思ったのよ。あたくしは自由を自分で選べるんだって。そう、あたくしが自由なのはあたくし自身が選んだ結果よ。浪を助けられなかった無念はあるけど、あいつを殺すと決めたのは、あたくしの選択。言わば私怨だわ。なにより……あんなやつと心中するために生きてたわけじゃない」

珠の地味な着物姿のままだったが、彼女の瑠璃色の瞳には強く意志が灯《とも》っていた。

瑠璃子は自分を奮い立たせるように大きく深呼吸をすると、軽く目を見開いている銀市を振り仰いだ。

「ねえ、銀市さん。あたくしは、あの鬼を今度こそ仕留めたい。けれど自分が死ぬのも捕まるのもまっぴらごめんなの。あいつを足蹴にして高笑いしたいわ」

「高笑い……」

顔を引きつらせる渚を完全に無視して、瑠璃子は傲然《ごうぜん》と語る。

「だから、倒すのはあたくしがするわ。銀市さんはあいつを今度こそ仕留めきるために弱点を暴いて、取り巻きを引きはがしてちょうだい。もちろん汐里の安全は最優先ね」

堂々と無理難題を願う瑠璃子に、渚はもはや絶句の様相だ。だがその声には活力が戻っている。と珠は感じた。

軽く嘆息した銀市は呆れた顔をしていたが、表情は幾分か緩んでいる。

「最初からそう言えばいい。俺は従業員をむざむざ失うつもりはないぞ」

「あら、当然でしょう。あたくしほど役に立つ従業員は居ないんだから、銀市さんが手放すなんてするわけないものね」

先ほどとは打って変わり、すまし顔で瑠璃子は言い返す。

だが銀市は呆れも怒りもせずに、平然と頷《うなず》いた。

「そうだな。貴重な従業員に、勝手に命を投げ出されてもらっては俺が困る」

場の空気は一気に明るくなったが、渚は焦燥を感じさせる声で、銀市に問いかけた。

「姉が変わってしまった原因であり、今まさに姉を吸血鬼に変えようとしているのが、守屋美香という女性で間違いないのだな」

「その通りだ」

「だが、彼女は私も聞いたことがある、素性の明らかなご婦人だぞ。少なくとも、周囲の全員がそう認識している。危害を加えれば、罪に問われるのは私達だ」

渚の懸念に呼応するように、瑠璃子も忌ま忌ましげに言った。

「しかもあいつのまわりには、汐里を含めて必ず盾になる人間がいるわ。外出の先々には必ず魅入られた人間か、吸血鬼になったあいつの仲間がいるのよ。あいつに危険があれば、彼らはかばうわ。それで嫌になるほど邪魔されたの」

珠は身を挺《てい》して美香をかばった汐里の様子を思い出す。同時に美香のこちらを絡め取るような声音と眼差《まなざ》しが鮮明に蘇《よみがえ》り、珠はぞくりと震えた。あれだけ強制力のあるものなら、きっと汐里には言葉も通じないだろう。

「あの百貨店に来たのは、彼女が特に好む西洋のアクセサリーが並ぶからだったわ。外に出ないときは必ず安全な自分の領域に引きこもっているわけ。安全な城で信奉者に傅《かしず》かれているあいつを引きずり出す方法も必要よ」

瑠璃子のどうするのかという言外の問いに、銀市は思案するそぶりを見せる。

「前準備や汐里さんをはじめとした魅入られた人々の安全確保をするためにも、時間稼ぎが必要だな……助力を頼めるか」

銀市が見るのは渚だ。渚は戸惑いを見せるが、すぐに表情を引き締め頷く。

「私が役に立つのなら何でもしよう。なにより、姉のためだ」

「頼りにしよう。……だから、だ」

銀市は瑠璃子に対し目を鋭くする。

その瞳は、本来の金に戻っていた。

「瑠璃子、誇りを自ら穢《けが》すな。やるのであれば確実に討ち取れ」

厳しいとも表せる言葉に対して、瑠璃子は挑戦的に口角をつり上げる。

「もちろんよ」

お互いの信頼を感じさせる二人に、珠は再び憧れに似た想いを感じた。

瑠璃子は、銀市と並び立てる強さとしなやかさがある。珠では難しいことを、堂々としてのけるのだ。

先ほどよりも彼女らしい瑠璃子が、まぶしく思えて、珠は目を細めたのだった。

＊

この国の秋は、美しい物が多い。

移動する馬車の中から、色とりどりに染まる紅葉を眺めながら守屋美香は思う。

まだ時間は早いにも拘わらず、すでにあたりは暗い。その中でも浮かび上がるように見える赤の葉に目を細めた。

故郷にも秋はあり木々は色づいたが、こちらのほうが格別だと思う。

朽ちたからこそ美しい。その赤は永遠だ。鮮やかな色のまま、時を止めるのだから。

ただ、隣にいる今日の付き添いが頰を紅潮させてしゃべっていて、少しうるさい。

飽きた美香は、娘に向けて口にする。

「おいでなさい」

とろんとした眼差しなった娘の襟元をくつろげ、美香は首筋に牙を突き立てた。

そのまま皮膚の下を流れる命の源を吸い上げると、びくん、と娘の身体《からだ》が震える。

声が愛らしい娘だが、おしゃべりなのが玉に瑕《きず》である。

大人しくなった娘が座席に横たわる。まだ生きているが、あと二、三回で同胞に払い下げようか。愛に自由になることで増えた同胞達は、まだ食べ盛りなのだから。

そのようなことを考えているうちに、馬車はやがて長い塀の切れ間にもうけられた鉄製の門扉をくぐった。

黄昏《たそがれ》を通り過ぎ、闇夜に包まれた外を窓から見ていた美香は、道の端に灯《とも》る明かりに目を吸い寄せられる。

それはただのランタンではなく、かぼちゃをくりぬき、顔を彫って作られていた。くりぬかれた目や鼻や口から明かりがこぼれ、滑稽ながらもおどろおどろしい雰囲気をもたらしている。

美香が知るものとは異なるが、何を模しているかはわかる。ジャックオーランタンだ。ジャックオーランタンの明かりに導かれてたどり着いたのは、立派な西洋式の洋館だった。窓からは夜の帳《とばり》に包まれるのを嫌うように、煌々《こうこう》と明かりがこぼれ、遠くから管弦楽器の音色が聞こえる。

懐かしい夜会の雰囲気に、美香は喜びに震えた。

正面玄関で馬車を降りた美香は、使用人に連れの面倒を頼み、休憩室に入ったとたん、理知的な面差しの娘、汐里に出迎えられた。

「美香様っ。ようこそお越しくださいました」

品は損ねない程度に、イブニングドレスのスカートを翻して、まるで子犬のように駆け寄ってくる汐里は愛らしい。

美香は汐里の様子に満足しながら、優美に会釈をして見せた。

「汐里さん、素敵な催しに招いてくださってありがとう。まさかハロウィーンが味わえるなんて思わなかったわ」

そう、この住崎邸ではハロウィーン会なるものが開かれていた。

ハロウィーンとは、古来ケルトの人々が開催していた収穫祭を起源とする祭りだ。収穫物や犠牲を捧《ささ》げて祝う行事であり、死者の魂が現世に帰ってくる日ともされていた。

この国にも盆という死者が現世に帰ってくる日があると知った時には、不思議な縁があるものだと思ったものである。

現在では人々の信じるものが変わり、本来の収穫祭の意義は失われている。

だがそのようなハロウィーンを知った汐里が、西洋文化に親しむ美香を喜ばせようと実家で企画、開催してくれたのだった。

この国ではまだ馴染《なじ》みのない催しのため、参加者は化け物の仮装ではなく洋装推奨に留《とど》めたようだ。主催の女主人である汐里は、清楚《せいそ》なアイボリーのイブニングドレスだ。代わりに使用人達はパーティの雰囲気を損なわない程度に仮装をしていて、怪物を模したらしい精巧な仮面をかぶっていた。雰囲気は充分である。

会場を見る限り、きちんと着飾ってはいるが、十二、三歳ほどの少年まで参加しているのだから、気楽な集まりという位置づけだ。

さらに今日はこの国では珍しい本格的な舞踏室を開放した舞踏会をはじめとして、演劇など様々な催しが予定されている。

招待状をもらった時には驚いたものだ。汐里はすでに美香の虜《とりこ》となっており、身内との折り合いも悪くなっていたはず。

喜びの中でも少し引っかかりを覚えながら、美香は話を続けた。

「ただ、蕪《かぶ》ではできなかったのかしら？」

「さすが美香様は博識ですね。お恥ずかしながら大きな蕪はなくて、米国式にかぼちゃで代用しました」

「充分素敵な催し物よ。わたくしのサロンでもしようかしら？」

少し申し訳なげだった汐里が嬉《うれ》しそうにはにかむ。

「ありがとうございます。パーティの構成は渚がしたんです。サロンを騒がせたお詫《わ》びだって言って熱心にしてくれていたから、あの子も喜びます」

美香は、汐里の背後から若い青年が近づいてくるのに気付く。

汐里に面差しがよく似た青年は、彼女の弟である渚だろう。

彼は一度サロンに乗り込み、汐里を連れ戻そうとしたこともある。その時美香はサロンにいなかったから、今回が初対面だ。

燕尾服《えんびふく》に身を包んだ渚は、緊張しながら会釈をするが、話しかけてこない。

そのことに美香は満足した。このような夜会の場では、女性が上位として扱われる。だから女性の許可がない限り、話しかけるのはマナー違反である。

まだ若いが、そのあたりがきちんとわかっている渚に、美香は気分が良くなった。

汐里が、美香に問いかけてくる。

「美香様、改めて弟を紹介させていただいても良いでしょうか」

「ええ、よろしくてよ。ごきげんよう。わたくしは守屋美香よ」

美香は自分が最も魅力的に見えるよう柔らかく微笑しながら、名乗る声に己の力を乗せた。ただの人間なら、抵抗もできずに虜になる。それに守屋美香は若く美しい女性だ。

案の定、美香に微笑《ほほえ》まれた渚は、一気に顔を色づかせて口ごもる。

彼がこのパーティを積極的に開いたのは、汐里を誑《たぶら》かした美香の本性を暴いてやろうという魂胆だったのだろう。だが、たかが人間が美香に抗《あらが》えるわけがない。

汐里に腕を叩《たた》かれて我に返った彼は、ぎこちなく頭を下げた。

「こんばんは、住崎渚です。姉が世話になっています」

そう応じた間も、渚は美香と目を合わせようとせず挙動不審だ。初々しい反応に美香は手応《てごた》えを感じながらも、素知らぬ顔で言った。

「わたくしのお友達も招いてくださって嬉しいわ。お願いを聞いてくださりありがとう」

「ハロウィーンを知る人がいてくださった方が盛り上がります。それに私が、姉の友人に迷惑をかけてしまったのですから、お詫びとしては当然です。そもそも、姉がしたいことができるのが、一番良《い》い」

ぎこちないが訥々《とつとつ》と語る渚に、汐里ははっとした顔で渚を見る。

少し正気に戻りかけた彼女に、美香は艶然と笑って声をかけた。

「汐里さん、あなたが作り上げたパーティをぜひ案内してくださる？」

「もちろんです！　あ、けれど渚……」

たちまちうっとりとする汐里は、それでも主催者という立場を忘れなかったのだろう。

渚を振り返るが、彼は頷いた。

「かまわない。姉さんの大事な人なのだろう」

気の利く渚への褒美に美香はにっこりと微笑んだ。

ほっとした汐里と共に美香は舞踏会へ向かいながら、汐里の首筋をちらりと見る。

そこにはイブニングドレスとしては不釣り合いな幅広のスカーフが巻かれているが、くっきりと吸血鬼の餌となった証《あか》しの痣《あざ》があるからだろう。

汐里はただの餌ではなく、美香の同胞とするために取り込んでいた。だが、汐里がこのパーティの準備で忙しくしていたため、少し予定がずれ込んだのだ。

だがすでに汐里を生まれ変わらせるまで、あと一歩のところまで来ている。このパーティが終わった後、うんと可愛《かわい》がりながら死ねば、汐里は自分の手に落ちてくるのだ。

舞踏室に美香が現れると、すでに室内にいた参加客の視線が一斉にこちらを向く。

穏やかな管弦楽が響く中で、視線は一気に感嘆に変わり、賞賛のため息がそこかしこから聞こえた。

当然だ、今日の美香はとても美しいのだから。

白い肌に映え、なにより妖しく色香がもたらされるように選んだドレスは濃い紫だ。胸元につけている赤いペンダントトップのネックレスも、いっそう輝いている。

あえて装飾を少なくしたスカートはとろりとした生地が動くたびに艶を持ち、他者の目を引き寄せてやまない。

舞踏の一曲目が終わると、美香は次々にダンスを申し込まれた。

踊れないらしく、壁の花になっている参加者も少なくない。だけでなく、参加者の半数は美香の信奉者だ。美香の手を取る栄誉を得たいと考えるのは当然だろう。

美香のステップは本場の社交界仕込みである。踊る最中に視線を一身に浴びるのは、良い気分だったが、すべての誘いを断り取り巻き達と合流した。

美香と知己の者も多かったが、ほかにも洋装が板についた男性がいる。

カフスやタイなど明らかに上等な小物を身につけた彼らは、知り合いなのだろうほかの招待客と歓談していた。

美香は内心ほくそ笑む。このパーティは渚と汐里の父の知り合い達も参加すると、汐里から教えられていた。

信奉者は増えたが、まだ足りない。より多くの人間に愛され君臨することこそが美香の望みだ。そのためには、財力、権力、知名度がある者を引き込むのが近道である。

取り巻き達に目配《めくば》せをしてみせる。本当に、良い場を用意してくれた。可愛くて愚かで、愛おしい餌。汐里にはぜひ同胞になってもらわねば。

そう考えて物色をしようとしたところで、女性達の一人に目が吸い寄せられる。

舞踏室の端にいるが、和装ではなく洋装だ。鮮やかなマゼンタ色の美しい、エンパイアスタイルのドレスだった。腰はきゅっと絞られ華奢《きゃしゃ》さが強調されているが、胸元や袖の白いレースの装飾が清楚である。あえてすべての髪を結い上げず、こてで巻いた髪を垂らすことで、娘から女へと至る美しさを余すところなく魅せていた。

奇妙なことに、布で装飾されたかごを腕にかけた上で、目元を隠す仮面をつけている。

彼女はパーティの主催者側なのだ。

だがそんな些細《ささい》なことよりも、重要なことがある。美香は口の中に唾液が溜《た》まるのを感じた。美香は美しいものが好きだが、これほど惹《ひ》かれるのも久しぶりだ。

最近では、百貨店で遭遇した少女だろうか。あの少女には、汐里の時以上にそそられた。

美香が若干牙を出してしまったほど強烈で、邪魔が入らなければその場ではしたなく食べてしまっていただろう。美香は術者や力を持つ者を見分けるのは得意ではないほうだ。それでもわかるほどあんな特別な子が市井にいるのだから、この国は面白い。

美香がじっくりと眺める視線に気付いたように、娘が顔を上げる。

妖しい仮面に彩られた娘の瞳が怯《おび》えに揺れた。ちょうど良い、前菜として物陰で食べてしまおう。

美香はとびきり優しい笑みを浮かべて、彼女に声をかけるために歩き出そうとする。

しかし、途中ですれ違った客がよろめき、客が持っていたグラスが美香に向けて傾く。

とっさに避けられたが、体勢を崩しかけたところを力強い腕に支えられた。

「失礼。大丈夫だろうか」

低い艶のある男の声だった。とっさにペンダントをかばっていた美香は、自分を助けた男を見上げおや、と目を見開く。

美香ですら驚くほど美しい男だ。二十代後半だろう。黒髪を丁寧に撫《な》で付けており、袖も裾もぴったりとあった燕尾服を華麗に着こなしている。ベストは白で、背が高い身体《からだ》に合った姿は見惚《みと》れるほど端麗だった。表情は薄いが、切れ長の面差しは怜悧《れいり》だ。

場にしっくりと馴染み堂々としていて、パーティの場に馴れているのは明白だった。

この国では列強と肩を並べるために、西洋文化を急速に取り入れたが、いまだに本場と遜色なく振る舞える者は少ない。

僅《わず》かに見惚れた美香だったが、自分が追っていた娘のことを思い出し、そちらを向く。

だがすでに人混みに紛れて見当たらなかった。

落胆したが、あの娘は主催者側の人員だ。後で渚や汐里に聞けば身元がわかる。焦らずとも良い。

それに、美香の興味は目の前の男に移っていた。

「ありがとう、美しい方。お名前をお伺いしても？」

「古瀬という。あなたは」

「ふふ、わたくしに興味を持ってくださるのなら、踊りながら話しませんこと？」

美香は別に断られてもかまわなかったが、男はかすかに口角を上げると、手袋を塡《は》めた手を差し出した。

「奇遇だな、俺も誘おうとしていた。一曲踊っていただけるか」

美香は少々驚いたが、すぐに艶然と微笑み差し出された手を取った。

ちょうど流れ始めたのは優雅な三拍子の曲……ワルツだ。

部屋の中央に進み出るとごく自然な動作で腰に手を回され、手が取られる。そのまま当たり前のように次のステップへ導かれた。

舞踏は、男性が導くことで女性が美しく踊れるかが決まる。ダンスのために仕立てた美香のドレスの裾が優美に広がった。会場の端で舞踏を鑑賞していた人々の感動する顔が見えて、美香の自尊心が満たされる。

眼前の男と美香は、さぞ釣り合いのとれた美男美女に見えるだろう。

「ダンス、上手なのね」

「昔取った杵柄《きねづか》なものでね」

美香が大丈夫だろうと判断して話しかけると、男はステップを乱すことなく応じた。

理知的な眼差《まなざ》しには、確かにただの人間では持ち得ない重ねた年月の重みがある。

先に切り出したのは男の方だった。

「お初にお目にかかる。西洋の高貴なる夜の佳人よ。俺はこのあたりの人に非《あら》ざる者を仕切っている者だ」

「ええ、知っているわ。確か銀龍《ぎんりゅう》一派、だったかしら？」

美香が口にすると、男は目を細める。その反応で合っていると悟り艶然と微笑んだ。

男も素性を明かすくらいだ、美香がそちら側であるとは、気付いているらしい。それくらいでなければ、化生をまとめる長《おさ》など務まらないだろう。

けれど、美香は焦らなかった。教えられた話では、銀龍一派は人との共生を目標としている。周囲には一般人も多くいるのだ、美香以上に事を荒立てたくないに違いない。

すぐに騒ぎ立てて追い出しても良かった。だが一人で乗り込んできた大胆さと男の呼びかけ方は気に入り、彼自身も興味深かったから、会話を楽しむことにした。

「この国はとっても興味深いことが多いと思っていたけれど、あなたも格別ね。今の時代に、精霊と人の混じり物を見るとは思わなかったわ。それもずいぶん血が濃い」

そう、男から感じるものは、かつての自分と似た気配だ。

男は目に見えて焦りは見せず、美香に答えた。

「間近にしてわかったが、あなたも、どこかで人に奉られていた名のある神ではないか」

「ああ、この国では、精霊も神として扱うのだったわね」

すり切れた記憶の彼方《かなた》で、かつての日々がかすかに蘇《よみがえ》った気がしたが、すぐに消えた。

美香にとって大切なのは、今だけなのだから。

だから、笑みのままごく気軽に語った。

「人に祈られていた時期もあったわ。けれど一つの場所にいるのも飽きちゃって、こうして渡り歩いているのよ」

「その肉体は、あなたのものではないな？」

「そうよ」

あまりに気楽に肯定したせいか、男の手が硬直した。

それでもステップが乱れないのはさすがと言うべきか。

確かに今の自分は人の肉体を使っている。彼が問題として扱うには充分な案件だ。

だが美香にはこの程度の話、明かしたところで一切痛手にはならないのだ。

「ふふ、肯定したから驚いた？　でもね、この子は快く私を受け入れてくれたの。人と妖《よう》怪《かい》双方に合意があれば、あなたは手を出せない、そうだったわね」

「証明はできないだろう」

「でも、彼女の意思を決めつけることもできないでしょう？」

本来の美香は、己が充分に絶望させ魅惑し依存させて頷《うなず》かせた。もう外から呼びかけても、目覚めないだろう。

軽やかに足を踏み出し、歌うように続けると、男は言い返さなかった。いいや言い返せないのだろう。

楽しくてたまらなかった。自分はこの世の天災、運命そのもの。阻む者などない。

美香はステップと同時に、無言を貫く男へと身体を寄せた。

「ねえ、あなたもとても生きづらそうね。どちらかに定まらないのは苦しいでしょうに、さらに自ら縛って不自由にしているみたい。わたくしは、あなたの気持ち、少なからずわかるつもりよ」

男の心が揺れたのを感じ、美香は言葉を重ねる。

「人はね、すぐ死んでしまうから。どれだけ愛らしくて、愛《いと》おしくとも、老いて骸《むくろ》になってしまうの……わたくし達を置いて」

ぴくりと男の形の良い眉が動いた。

美香は元々自然《じねん》の精が集まり、凝《こご》り生じたものだ。世の理《ことわり》は理として特に苦しむこともない。ただ、脆《もろ》い人の子を哀れに思うこともある。

この男も、それなりの年月を人の世で過ごしているはずだ。美香は数々の化生と遭遇した経験上知っている。人に近しい世で生きる化生は、時として人に似た悲哀を覚えると。ましてや彼は人の部分を抱えている。混ざっているからこそ、酷だろう。

ああ愛おしい。哀れんだ美香は、彼の耳元へ囁《ささや》いた。

「だから美しい間に、食べてしまいたくなるわよね？」

刹那、腰に当てられた手を離される。

男は美香を優美に回転させ、再び向かい合った時には、男は平静に戻っていた。

「俺は、そのような行いを許していない。そして二度目も許さん」

「あら怖い」

ほんの出来心で使った魅了だったのだが、拒絶されてしまった。やはり、人間のように虜《とりこ》にすることはできないか。

だが美香の笑みは崩れない。

なぜなら美香は知っているのだ。銀龍一派がどういう立場にいるのか。

「けれど、わたくしに手を出せて？　銀龍一派は、人を害した証《あか》しがなければ動けない。わたくしの正体すらわからないのに、この会場の中に何人、わたくしの同胞がいるか見抜けるかしら」

男は黙って美香を見返すだけだ。彼もまた把握しているのだろう。吸血鬼の姿は人間と変わらない。見慣れない化生を区別できるわけがない。美香はその中でもさらに特別だ。人間と変わらない者に、銀龍一派は手を出せない。

なによりこの国の化生は人間達から隠れるように生きている。男の目的も、忠告と牽制《けんせい》だろう。

だが、遅い。今日のパーティの目的は、同胞達に餌の目星を付けさせ食事をさせることだ。男に仲間がいるかわからずとも、彼らが手を出せないうちに目的を果たせる。

美しく笑う美香に対し、男はただ口を開く。

「俺は人と妖怪の間を守るものだ。それ以上にもそれ以下にもならん」

ワルツが終わる。

美しい男を手玉にとった優越感と共に、美香は優美に別れの会釈をしてみせた。

＊

美香と銀市が会場の中央に進み出て、踊っている隙に、珠は休憩室へと逃げ込んだ。

「そろそろ演劇が始まる頃かしら。美香様はそちらでしょうね」

「でも、別室でも催し物があるみたいだし気になりません？」

赤い林檎《りんご》を模した巾着を持った参加者達が、話しながら珠の横を通り過ぎていく。

わかっていてこのパーティに参加したものの、美香と視線が合ってしまい緊張した。

目につかない場所で仮面を外し、鼓動を鎮めるために呼吸を繰り返す。左腕に下げていたかごから、小さな貴姫《きひめ》が僅かに顔を覗《のぞ》かせた。

『珠よ。大事ないか』

「はい、この間のように動きが制限されることもありませんでしたから」

それにここに来たのは、珠の意志だ。

意識して呼吸をして、強《こわ》ばった身体を緩めていると渚が現れた。

周囲を見渡し人目がないことを確認すると、こっそりと話しかけてくる。

「大丈夫か。逃げてきたようだが。もしや……」

「いえ、大丈夫です。銀市さんが助けてくださいましたから」

「急に彼が動き出したと思ったら、そういうことだったか」

そう、美香は珠に近づいてこようとしたが、銀市が先に美香に接触したから難を逃れられたのだ。胸がとくりと震えると同時に、先ほどの光景を思い出しぎゅっと苦しくなる。

うつむく珠に、渚は狼狽《うろた》え慰めようとするが、結局諦めたように別のことを話した。

「なあ、君の主《あるじ》は本当に口入れ屋なのか？」

「え、確かに、口入れ屋ですよ。人間のお客様は少ないですが……」

銀市も気にしているが、特段隠すことでもないため珠は答えたのだが、渚はそうではないと首を横に振る。

「上流階級の人間でも、あそこまで見事に踊れるものは少ない。しかもだ、あの女が来るまで雑談をしていた男性は、退役したとはいえ元陸軍将校だぞ。うちのような商家だけでは絶対に招けない大物だ。そんな彼とまるで既知のように話していた」

確かに、白髪の目立つ髪をした綺麗《きれい》にひげを整えた老人と、銀市が親しげに話しているのを見かけた。

老人と言っても、背筋はまっすぐ伸び、銀市と似たぴんと張り詰めた空気を纏《まと》っていた。そんな老人が、若輩者と呼べる銀市と対等に話しているのは不思議な光景だったらしく、ほかの招待客も驚いて見ていた。

さらに渚は声量を抑えて続ける。

「しかもこのパーティの準備にしてもそうだ。渋っていた父上を説得して屋敷《やしき》を開放させただけじゃなく、采配も人材調達もこなしてみせただろう」

「でも、それは渚さんもですよね。汐里さんにパーティの準備をしていただくことで、少しでも守屋さんとの接点が減るようにされていました。銀市さんも最近のパーティ事情はわからないから、渚さんが働いてくださらねば、できなかったと言っていました」

珠が控えめながら付け足すと、渚は顔を赤らめて気まずそうにする。これは照れているのだ、とここ最近の付き合いで理解していた。

「……知らないところで古瀬さんに評価されるのも面はゆいが、気になるのは『最近のパーティ事情はわからない』という言い回しだ。以前は主催する側に回っていたともとれる。しかもあのそつのない振る舞い方だ。昔古瀬さんが何をしていたのか知らないのか」

「銀市さんは、あまり過去をお話しされないので……」

渚の率直な問いに、珠はそう返すしかなかった。

なぜ、自然に振る舞えるのか、珠は知らない。

だがそうだ。珠は瑠璃子のことを知らなかっただけでなく、銀市のことも、同じくらい知らないのだ。

銀市は、この会場の誰よりも美々しい。燕尾服《えんびふく》を着こなす姿は、女性達の視線をさらっていて、誰の知り合いかと囁く声を珠は聞いた。この場に銀市は驚くほど馴染《なじ》んでいて、美香と踊る姿も美男美女の取り合わせでしっくりときていたのだ。

心臓のあたりが苦しくなったような気がして、珠は胸を押さえる。

最近似たような感覚を覚えることが多い。あえて表現するのなら、ひとりぼっちでいるような心細さだ。珠が眉尻を下げると、渚は慌てて続けた。

「いや、そのような顔をさせる気はなかった。女中の君が、雇い主のことを知っているほうが少ないものだ」

「はい……」

「なぜさらに落ち込むのだ」

困惑する渚に言われて、珠はますます自分がわからなくなる。なぜなら渚の言葉はその通りだ。珠は女中で、雇い主の過去をすべて知っているわけがない。ただ自分が知らないことに気付いて、心が寒くなったような気がして、口が重くなった。

今自分はどのような顔をしているのだろう。

眉尻を下げて心細げな表情をする珠に、渚は狼狽えていたが、咳払《せきばら》いをすると幾分和らいだ声音で続ける。

「このような危険な仕事ですら請け負うのだから、君はよく務めていると思うぞ」

「私は銀市さんのために、働くことが幸せです。それに、この出来事を最後まで見届けたいと、ご無理を申したのは私ですし」

「君は忠義者だな。そう思わせるだけのものが古瀬さんにあるのだろうし、古瀬さんもその献身を知っているはずだ。でなければ仕事に必要でも、洋装一式用意するわけがない」

一人で納得した渚は、珠を改めて見おろした。その視線に珠は顔を赤らめてうつむく。

「分不相応ですが、必要、でしたので……」

「今の君は女中には見えないからな。このまま、共に務めよう」

渚の言葉に、珠は気を引き締める。彼の腕にも珠と同じかごが提げられていて、中には赤い林檎を模した巾着がたくさん詰まっていた。

渚が去って行ったあと、珠も仕事に戻るため仮面をつけ直した。まだ体の芯の強ばりは解けないが、仕方がない。

開け放たれた窓際を通る。

『うむ？　珠よ……』

貴姫に声をかけられたとたん、窓辺の大きなカーテンの隙間から伸びてきた男の手に腕をとられ引っ張られた。

珠は緊張に身を固くするが、すぐに頭上から聞こえた声に和らいだ。

「珠。すまない、驚かせたか」

振り返ると、予想通り先ほどまで舞踏室にいた銀市だった。

早まっていた鼓動が、別の意味で落ち着かなくなるのを感じる。

珠が答えられないでいるうちに、貴姫が憤然とした。

『ヌシ様はいきなりすぎる。ここは敵地も同然なのじゃから、驚くに決まっておろう』

「仕方なかったんだ。君との間柄は参加者達に知らせたくなかったものでな」

銀市はすまなそうに語る間に、胸の動揺を抑えた珠は向き合い直す。

庭に続くバルコニーは夜風のせいか人がおらず、賑《にぎ》やかなパーティの声も遠い。

「ご配慮、ありがとうございます。その……あの方は」

「取り巻き達と話すのに忙しくしている。しばらくは大丈夫だ。奴は君を覚えていないようだが、その仮面をつけていても君を視線で追っていたことは間違いない」

珠は無意識につけている仮面に手をやった。この仮面には呪《しゅ》がかかっており、妖怪《ようかい》から珠が見えづらくなるらしい。だが、美香はそれでも気付いた。気を付けるべきだろう。

「なるべく会場で一人にならないようにしなさい。必要であれば使用人に頼るといい」

「はい」

返事をした珠は、銀市の視線が珠の全身を滑るのに気付く。

準備で忙しかったから、今日まともに顔を合わせるのは今が初めてだった。

ゆっくりと見つめた銀市の眼差《まなざ》しが、満足げに和んだ。

「よく似合っている」

ひときわ強く、心臓が跳ねた気がした。

今珠は銀市によって用意されたイブニングドレスを身に纏っていた。

「あの、その……ほんとうに、ありがとうございました。私がこのようなものをいただける立場ではないにも拘《かか》わらず……」

口ごもりながらも礼をいうと、銀市が苦笑する。

「試着に行った時からずっと聞いているな。いや当日はむしろ声もなかったか……？」

「それはっ。本当に、驚きましたから。まさか冴子さんと試着したときに、お洋服を注文されていたなんて」

百貨店の婦人服売り場で、銀市達が意味深に視線を交わしていた理由がこれだった。

銀市は、珠のサイズに合わせたイブニングドレスを一着、注文していた。

着替えの最中、手伝いの店員に巻き尺を当てられて不思議に思っていたが、あのときに寸法を測っていたのだろう。

再び百貨店を訪れたのが、試着のためだと知ったとき、よく気絶しなかったと思う。

珠の声に怯《ひる》みが残っているのに気付いたのだろう、銀市は笑みを収めて問いかけた。

「君の驚き顔で俺は充分手配したかいがあったのだが、やはり気が咎《とが》めるか？」

「それは……はい。こんな高価なもの、いただくいわれがありません」

今まで無理やり納得していたが、銀市がドレスを注文していたのは、明らかに珠に渡すことが目的だ。

今更ながら訴えることができて、珠は少し気が軽くなる。銀市は理解を示しても、困ったように眉尻を下げた。

「まあそうだな、色々理由はあるが、一着あっても良いと思ったのも本当だ。君は俺のシャツを仕立ててくれただろう。その礼をいずれしたいと考えていたんだ」

銀市の話に、珠はあっけにとられる。

何せ銀市はドレスだけでなく下着から、靴、小物まで一式そろえてしまったのだ。素人の縫い物の礼に注文服を選ぶのは、明らかに釣り合いがとれていない。

「さすがにいただきすぎかと……」

珠が神妙に語ると、銀市は少々決まり悪そうにする。

「まあ、君ならそう思うだろうな。ただこれは俺の私情も入っているのだよ」

「銀市さんの……？」

私情、つまり望みということだろうか。きょとんとする珠に対し、銀市は思い出すように遠い目をする。

「銀古に来てまもなくの頃、服に困っていた君を助けたのは瑠璃子だ。君が困っていることに気付なかったのが、胸に引っかかっていた。さらに初めての洋装は、澄さんにさせてもらっただろう。今更だが君が新たなことを経験するところを一番に見られなかったのが、少し悔しかったのだよ」

銀市の双眸《そうぼう》がまぶしげに細められる。眼差しに宿るのは賞賛だ。

「なにより君が、その服を気に入っているように見えたものでな。君が着て、喜ぶ姿が見たいと思った。だから俺は満足をしているのだが……嫌だったか？」

眉尻を下げて問いかけてくる銀市に、珠の頬は鮮やかに赤らむ。

落ち着いたばかりの鼓動が跳ねる。気恥ずかしさと照れが押し寄せてきても、胸の奥底からじわりとにじんでしまうのは、明らかな喜びだった。

「いや、じゃ……ありません。嬉《うれ》しかったのが、申し訳ないのです」

今の胸には試着室で袖を通した時の高揚がある。こんな高価なものをもらうほどの働きをしていないのだから、断るべきだと考えているのに、心は喜んでいるのだ。断れない。

「銀市さんになにも返せないのに、こんなにしていただいてどうしようと思うのです」

「ならそのまま受け取ってくれ。今回の働きの特別賞与……も含めた贈り物とすれば、君の心も軽くなるか」

「特別賞与、いただいたことがありません。私はいつも弁償金を払うばかりだったので」

神妙に語ると、銀市が複雑そうに笑う。

「なら、これも君にとっての初めての体験になるのだな」

「そう、いうことになりますね」

珠にとって法外でも、銀市にとって見合う対価なのであれば、良《い》いのかもしれない。なにより、彼自身が自分の事のように嬉しそうだ。珠が受け取っているばかりなのに、どうしてとも思う。けれど自分が銀市の喜びになれているのだと思うと、珠の心は羽根のように軽くふわふわとした。

秋風が肌を撫《な》でて、珠は少しだけ腕をさすった。

無意識の仕草だったが、銀市は会場を気にするそぶりを見せる。

「話しこみ過ぎたな。戻ろうか」

珠もすっと我に返った。自分もただ着飾ってパーティに参加するために来たわけではない。銀市と瑠璃子の役に立つためにここにいる。

「渚くんと君が頼りだ。頼んだ」

「はい。いただいた衣装に見合う働きをしてみせます」

きりりと表情を引き締める珠に、銀市は安堵《あんど》を見せた。

「もう大丈夫そうだな。期待している」

え、と珠が虚を衝《つ》かれているうちに、銀市は素早く去って行った。

もしかして物陰に隠れてまで話しかけたのは、珠が恐怖を感じていないか確かめるためだったのか。そして緊張をほぐすために、会話をしてくれた。

珠は、もう強《こわ》ばりはない胸にそっと手を添える。なにも伝えずしてくれた、銀市の配慮に報いたいと、強く思った。

珠が休憩室に戻ると、着飾った女の二人組に行き合った。

彼女達は珠が持つかごを見るなり、期待に満ちた顔で話しかけてきた。

「トリック、オア、トリートで、よろしいかしら」

珠は二人の女の顔を見つめる。この二人は該当しない。

だから珠はかごから二つの巾着を取り出すと、差し出した。

「いたずらは困りますから、こちらを差し上げますね。これから始まる舞台に必要となりますので、そのままお持ちください」

優美に会釈をすると、女達は嬉しそうに林檎《りんご》を模した巾着を開けて、中に詰まった色とりどりのキャンディに見入っている。

袋の内側にあるものはそのままに、大事に持ってくれるだろう。

林檎の袋を持った女性を見つけた仮面の使用人が、女性達をさりげなく誘導していく。

ほっとした珠は、まだ配っていないほかの客の元へと向かったのだった。

＊

舞踏会の空気を味わっていた美香は、人々が移動し始めたことで、次の余興が始まることを知った。いつの間にか、客の手には赤い林檎を模した巾着袋が提げられている。

汐里もまた、同じ巾着を持って現れた。

「美香様、そろそろ余興が始まりますから、こちらを持ってくださいね。何でも舞台の演出で使うそうなんです。美香様の物は、渚がとっておきを用意しました」

「あなたの弟は、ずいぶんハロウィーンを勉強してきたようね」

ハロウィーンでは林檎で吉凶を占うこともした。それを模しているのだろう。

「私も手伝いに呼ばれているので行かなければならないのですが、見ていてくださいね、とても素敵な舞台なんです」

「もちろんよ」

ハロウィーンでは、怪談話をするのも定番だ。おそらく今回はそれを踏襲して舞台という余興が選ばれたのだろう。

劇の鑑賞はあくまで自由で、舞台に興味のない者はすでに退出している。休憩室や喫煙室に行くのだろう。そちらの客には同胞達を向かわせた。舞台が終わる頃には朗報が聞けるはずだ。

やがて仮面の男が朗々と声を張り舞台の上演を告げると、部屋の照明が落とされる。どうやら海外を舞台にしているようで、洋装で現れた役者達が演じ始める。演出なのか、役者は全員仮面をかぶっていた。

暗転や衣装の早変わりなどそれなりに凝っていたが、美香は話の筋に既視感を覚える。

物語は領主の城に、娘が一匹の飼い猫と共に行儀見習いに来たところから始まる。希望を胸一杯に侍女となった娘だが、その城では領主の愛妾《あいしょう》が実権を握っており、奇妙な習慣と決まり事に支配されていた。

妖しい愛妾に気に入られてしまった娘は、愛妾が化け物であると知ってしまう。拒絶しても、操られた人間達に追い詰められていく。

美香はかつてあと一歩のところで仲間にし損ねた娘が脳裏をかすめた。

ちょうどこんな風に、追い詰めた娘がいた。

この国に来たばかりの頃、乗っ取った屋敷《やしき》で特別気に入った娘だ。

珍しく美香の魅了にすぐかからず、美香が人に非《あら》ざる者だと気付いた聡《さと》い娘だった。

久々に面白かったから、一人ずつ彼女の味方を間引いて、なぶるように逃げ場をなくして無理やり精気を吸った。

だが、結局あの娘は手に入らなかった。

いつの間にか、舞台の奥には猫の影が映し出されている。

そうだ、あの娘の側にも常に猫がいた。彼女を孤立させるために猫を狙ったこともあるが、ついぞはっきりと排除できたとは思えなかった猫。

そして娘が死んだ後は、ことごとく同胞達がかみ殺された上で、せっかく作り上げた城を追われた。いくらでも血を吸え、快楽に身を浸し、退廃に興じ、自由を謳歌《おうか》する楽園を、あの猫がすべて引き裂いたのだ。

美香は、大抵のことはすぐに忘れる。けれど、壇上の娘が着ている鮮やかな瑠璃色は、否応《いやおう》にもあの猫の瞳の記憶を思い出す。

いや待て。不愉快なら、なぜ自分はこの場から離れない？

ふいに壇上の娘が、美香を強く射貫《いぬ》いた。

「猫よ、無念を知る唯一の子よ。わたくしは、絶対に許さない。わたくしを蹂躙《じゅうりん》したあの化生を、絶対に！」

美香はとっさに立ち上がり、ようやく気付いた。

会場内にいる人間が明らかに少ない。なにより、美香達が餌としている人間や、無関係な参加客がことごとくおらず、同胞だけになっていた。

しかもその同胞達は、美香が立ち上がったことにも気付かず、茫洋《ぼうよう》とした表情で舞台を眺めているままなのだ。

明らかにおかしい、強い焦燥を感じた美香が見回すと、くつくつと笑う声が響いた。

「おや、自力で解いたか。さすが年月を重ねておるだけあるのぅ」

美香がばっと振り向くと、舞台の隅には少年がいた。十二、三歳ほどの、肩口で切りそろえられた髪から、身につけた燕尾服《えんびふく》まですべてが白い彼は楽しげに笑っている。

「いやあ、たまには裏方をするのも楽しいの。西洋の化生と遊ぶ機会なぞそうそうない」

「灯佳殿、楽しんでいただけたのならなによりだ」

その白い少年の隣には、怜悧《れいり》な面差しをした艶麗な男、銀龍一派の長《おさ》がいた。

「一体どういうつもりですの！」

まさかこんな大胆に、手出しをしてくるとは思わず、美香は声を荒らげる。

だが銀市はまったく動じず、いっそ不気味なほど平静だった。

「あなたの同胞が俺の客人達に手を出そうとしたのでな。一時拘束させて貰《もら》っただけだ」

「このような大がかりな呪《まじな》いが、即席でできるわけがないわっ。それに、人間達から姿を隠しているんじゃなかったの!?」

「そうだなぁ。だが今夜は西洋では化生が現世を歩き回る日らしいな。ならば、化生がいてもおかしくないし、呪いができる者もいるかもしれん」

「ほれほれここにおる」

白ずくめの少年が、ひらりと手を振ってみせたとたん、舞台も室内も一変する。

舞台を照らす照明から、べろりと生々しい舌が垂れ下がり、幕だと思っていたそれは風もないのにゆらゆらと楽しげに揺れる。

端に控えていた使用人達も一斉に顔の仮面を落としたとたん、有形無形の様々な化生に変わった。

「っ只人《ただびと》がいる中で手出しをしてくるなんてっ。あなた達いつまで呆《ほう》けているの!」

美香が叱咤《しった》すると、同胞達の呪いが解けた。彼らは動揺しながらもすぐに美香を守るため立ち上がろうとする。

その足を掬《すく》うように、彼らが座っていた椅子達が独りでに動き出し、左右へとよる。

銀市の声が嫌に響いた。

「俺はな、人と人に非ざる者が共生するための秩序を守る。だが……化生同士の私闘は、事情が違うのさ」

舞台から美香までの障害物がなくなると、いまだ中央にいる娘と対峙《たいじ》することになる。

瑠璃色のドレスを纏《まと》った娘が、仮面と一緒にかぶっていたカツラをむしり取った。

頭を一振りすると、女性としては短い髪が宙に躍ると同時に、三毛の三角耳が頭頂部を彩る。怒りに燃え盛る瞳は、鮮やかな瑠璃色だ。

つり上がり気味の目をした気迫に満ちた女の顔は、忘れようがない。

「主《あるじ》の仇《かたき》とは言わないわ。あたくし自身の誇りのために、今度こそあんたを討ち取る！」

手玉にとられていたのは、自分のほうだった。

美香がようやく気付いた時には、飛びかかってくる大きな三毛猫を避《よ》けられなかった。

＊

珠は舞台袖で、瑠璃子が美香へと飛びかかるのを息を呑《の》んで見つめていた。

すべて銀市が立てた計画通りにことが進んでいた。

あの日、銀市が語った話を、珠は思い返す。

『瑠璃子が倒したはずの吸血鬼が、死なずに再び現れたからくりには見当がついている』

『……は？』

銀市の言葉に、瑠璃子は驚きのあまり自失した。

珠も渚もぽかんとするしかない。ただ、瑠璃子は我に返ると目をつり上げた。

『何時《いっ》の間にどこで⁉』

『渚くんの話と、お前の話を統合してな。でなければ手こずっただろうが』

『私が、か。いやそれにしたって……』

動揺を隠しきれない瑠璃子と面喰《めんく》らう渚の反応に、銀市は満足げに口角を上げる。

銀市の表情が珠は楽しげでいたずらめいたように思えた。

『まずは吸血鬼のからくりを破る舞台の整え方だ。魅入られた人間が美香から離れないのであれば、この際だ。吸血鬼も魅入られた人間も、全員同じ場所に集める』

『…………は？』

あまりに大胆な提案にとうとう絶句する渚を置いて、銀市はこう説明した。

『守屋美香は、故郷の催し物には積極的に参加しているから、西洋式のパーティを開く。今の時季ならハロウィーンが良《い》いだろう。華やかな場を好む女なら、さらに故郷の祭りなら、誘われれば必ずくる。渚くんは汐里さんにパーティの準備を手伝ってくれるよう誘いなさい。あくまで守屋美香のためだと強調すれば、汐里さんも頷《うなず》くはずだ』

『パーティ当日はともかく、準備に姉は関わらせないほうが良いのではないか』

『汐里さんの安全確保のためだ。吸血鬼にするには吸血行為を重ねた後に自死しなければならない。己のために楽しい催しをしようとする汐里さんを、美香は強く遮りはしないはずだ。汐里さんが準備に加わることで、パーティ当日まで吸血鬼化を先送りにできる』

渚に答えた銀市はよどみなく続けた。

『筋書きはこうだ。渚くんは汐里さんが世話になっているサロンを騒がせたことを気に病んだ。お詫《わ》びと姉が世話になっている礼として、ハロウィーンの祭りを模した夜会を開催する。うんと派手にしよう。美香はダンスはできるか』

『できるわ。ダンスホールを借り切って舞踏会を開いていたこともあった』

瑠璃子の補足に銀市は好都合とばかりにほくそ笑む。

『ならば舞踏会もしよう。当日は俺も美香の陽動に回る。だが、重要なのは渚くんだ。唯一しっかりと接点がつくれて、美香が油断しやすいのが君だからな』

『……姉を守るためであれば、なんでもしてみせる』

重大な役割を担わされたと感じたのだろう。たちまち表情を強《こわ》ばらせる渚に、銀市は表情を和らげてみせた。

『大丈夫だ、いつものまま振る舞ってくれ。君はあくまで、姉の大事な人を精一杯もてなすことを考えて行動しなさい。彼女に秋波を送られて、顔を赤らめたっていい。普通の人間の反応をして油断させるのが重要だ』

渚は、自分が女性が苦手な自覚があるのだろう、決まり悪そうにしながらも頷いた。

『銀市さん、でもあいつに魅入られた人間を、どうやって引きはがすの』

瑠璃子のもっともな疑問にも、銀市は事もなげに語った。

『吸血鬼の魅了が利かなくなる呪符を持たせる。出所は語れないが、吸血鬼に魅了された人間を正気に戻す効果は確認できているものだ』

渚は「信用できるのか」と懐疑的な表情をしていたが、珠は、その話で特異事案対策部隊の御堂を思い出した。

呪符は後で銀市から聞いた話だが、やはり御堂からの情報だったらしい。御堂もまた吸血鬼の案件に関わっており、効力を発揮するものをいくつか知っていた。

『奴らは異国の妖怪《ようかい》と元人間だ、この国独自に発展した呪いの知識はない。人間には吸血鬼の魅了を解く呪符を渡し、安全な部屋へ誘導する。魅了をほどいた後の誘導は、俺の手の者にさせよう』

銀市の大胆な計画に、腕を組んだ瑠璃子が眉を寄せる。

『うちの手のものって、妖怪でしょう？　あいつら人間と妖怪の区別すらつかないのに、吸血鬼の区別なんてつかないわよ』

『人間の顔なら渚くんが区別できる。吸血鬼になった者とそうでない者を調べ上げて記憶して、パーティ中に呪符を渡して行けばいい。ハロウィーンでは、確か菓子を渡したな。

包みに呪符を仕込もう。魅了された人間を安全圏に匿《かくま》いながら、吸血鬼達を隔離する』

『それにしたって渚一人じゃ手が回らないんじゃ……』

『でしたら人間と吸血鬼を見分けるお役目を、私にも任せていただけないでしょうか！』

『……珠？』

珠も懇願した結果、その場にいる全員が驚く中、銀市達と共にこの計画に参加していたのだ。

舞踏室には美香をはじめとした吸血鬼しか残っておらず、餌を求めて徘徊《はいかい》していた吸血鬼も、渡された菓子の袋によって識別できる。彼らは潜り込んでいた妖怪達や、特異事案対策部隊の面々によって速やかに対処されるという。

この屋敷にいる本来の使用人達は一斉に休暇を取らせており、屋敷にはいない。

珠の脇を、すでに仮面を外した見越し入道が手を振って奥へと去っていった。

その手には係員が被《かぶ》っていた仮面がある。舞踏会の場に相応《ふさわ》しく装飾されているが、珠には見覚えがある。山童《やまわろ》達にも貸与した、被れば他者に違和感を持たれない面だ。仮面を被っていた妖怪達は、皆一時的に人から見えるようになっていたのだ。

ハロウィーンは狐狸《こり》妖怪達が世に現れる時季だという。招待客達は正しくハロウィーンを味わっていた。

銀市は美香の反応すら織り込んで、見事に瑠璃子のための舞台を整えたのだった。

役目を得た珠が、渚と共に舞台袖から舞踏室の光景を見守る。

不穏な気配を察知したらしい取り巻きの吸血鬼達が美香をかばおうと飛び出すが、彼らの間にだけ強く風が吹きすさぶ。

風を起こしたのは、髪が銀色に戻った銀市だ。

怯《ひる》んだ吸血鬼達に、舞台にいた妖怪達が飛びかかり、たちまち乱闘になる。

なにより瑠璃子が早かった。

舞台から軽やかに飛んだ瑠璃子の姿があっという間に変わる。

しなやかな四肢には三毛の毛が生え、勝ち気な顔立ちも髪も精悍《せいかん》な猫となり、大きな瑠璃色の瞳が爛々《らんらん》と輝く。はためくスカートから二股の尻尾がしなる。

口から覗《のぞ》く鋭い牙は恐ろしく、空中で身体《からだ》をしならせる姿は、優美で美しい。

大猫は、美香の眼前に降り立つと同時にその爪を振るう。

鋭い爪が引き裂いたのは、美香の首に下がっていたペンダントトップだった。

どんっと叩《たた》き付けるような爪によって、赤い宝石のようだったペンダントトップは割れ、中からどろりと、鮮やかすぎる血液があふれ出す。

目を見開いた美香は、ふっと意識を失いその場に倒れ込む。

その間にも、ペンダントトップからはどこに収まっていたかというほどのおびただしい血液がこぼれる。さらに床に落ちた赤い血は、生き物のようにうごめいた。

警戒の姿勢を崩さないまま、瑠璃子はつぶやくように言った。

『向こうには、モーニングジュエリーって概念があるんだってね。吸血鬼には宿るべき死体があるはずなのにないあんたが、どうして生き残ったか。あんたはそのご大層な首飾りに収めた血液に宿っていたんでしょ。だってこの国では、物だって百年在れば神になるんだもの！』

『オォ、ォォォ……ッ！』

今までの鈴を転がすような美しい声とは比べるべくもない、しゃがれた咆哮《ほうこう》が床の血液から響く。

おびただしい血液がどす黒く染まったかと思うと隆起し、あっという間に大きく黒い獣のような姿をとる。

だが、手足が人間のように細く、背筋が曲がっており、胴回りが異様に細い。

痩せ細った人間に無理やり毛皮をかぶせればこのようになるのではないだろうか、といういびつな姿だった。

その姿は明美を襲った獣と類似していたが、こちらの方がずっと禍々《まがまが》しく感じられる。

『ヨグモ、ワだクシに、この姿を、とらせたわね……』

いびつな発声が急速になめらかになる獣に対し、瑠璃子は、猫の顔でもよくわかるほど、愉快そうに笑った。

『あら、良い姿になったじゃない吸血鬼』

吸血鬼は、その赤い瞳に爛々と憎悪を宿して瑠璃子をにらんだ。

『目障りなあなただけはわたくしの糧にする価値もない。今ここで引きちぎってあげる』

『上等よ！』

まるで計ったように、瑠璃子と吸血鬼は同時に動き出し、ぶつかり合う。

鮮血と咆哮が飛び交う様子に、覚悟していたはずの珠は思わず怯んで後ずさった。

背中にとん、と当たったのは渚の手だ。

「大丈夫か」

「だ、大丈夫です。危険を承知でここにいることを許していただいたのですから」

「……それでも無理をするものではないさ」

その声に珠が舞踏室の方を見ると、銀市が戻ってきていた。彼は珠と渚を見ると、かすかに硬直する。珠は気になったが、腕に意識を失った美香を横抱きにしていたから駆け寄った。

「銀市さんっ、守屋さんは……？」

「長い間、吸血鬼に意識を乗っ取られていた影響ですぐには目覚めないだろう。が、命に別状はない」

「良かった。暮露《ぼろ》暮露《ぼろ》団《とん》さんがいらっしゃるので、どうぞこちらに」

心底ほっとした珠が、引き留めておいた布団の妖怪を指し示すと、銀市が感心した眼差《まなざ》しをする。

「君は準備が良いな」

暮露暮露団は、弱った人間を包み込み休息を与えることを権能としている。この場に最適だろう。

銀市が美香を布団に横たわらせていると、まだ外を見ていた渚が狼狽《うろた》えた様子で話しかけてくる。

「白い子供が戦場の中で酒盛りを始めたぞ。いいのかっ」

「灯佳殿は気にしなくて良い。これが楽しみで協力をしてくれたようなものだからな」

確かに、パーティ前に少し会った灯佳は、酒の肴《さかな》にでもすると語っていた。本気だったのだと珠は驚くが、絶句する渚ほどではない。

語った銀市はどこか遠い目をしたが、すぐに真顔に戻る。

「あとは瑠璃子しだいだ。さあここから離れなさい」

絶句から立ち直った渚は、意外にも顔を強ばらせながらも首を横に振った。

「いいや、私は最後までここに居る。姉の安全は確保した。瑠璃子は私達一族のために戦ってくれているのだろう。ならば行く末を見届けたい」

渚の表情は本気だった。舞踏室から響く騒乱にも怯まず袖の向こうを見つめている。

銀市の目元が和らいだのを珠は見つけた。

銀市は、襟元のタイを若干緩めながら語った。

「命の保証はせん。だが、覚悟があるのなら止めもしないさ」

刹那、布が破られる甲高い音が響く。

珠達が居る場に飛び込んできたのは、黒くいびつな獣の形をした吸血鬼達だった。妙に白く鋭い牙を備えた歯を飢えたようにがちがちと言わせながら、しゃがれた声を発する。

『カエ、セ……！』

「吸血鬼が乗り移れる人間も限られているようだな。美香を確保しに来たか」

銀市は納得したようにつぶやきながら、珠を背にかばうように進み出る。

「死者とはいえ妖怪になったのであれば、意思を確認するのが今の流儀だ。ゆえにお前達に聞こう。望まず吸血鬼になった者もいるだろう。こちらの指示に従うのなら……」

吸血鬼達は銀市の言葉を最後まで聞くことなく、飛びかかってくる。

銀市は焦ることはなく、組み付いてこようとする吸血鬼を迎え撃った。

ぐっと両手同士で組み合うが、銀市は腕を緩めた瞬間、片膝を吸血鬼の腹に見舞う。

崩れ落ちた吸血鬼の手を握り直した銀市は、成人男性ほどはある吸血鬼をぶん回した。宙を飛んでいく吸血鬼は、今まさに渚を襲おうとしていたもう一人の吸血鬼を巻き込んで壁に叩き付けられる。

それでも立ち上がろうとする吸血鬼達に銀市は長い足をひらめかせ、再び舞台上へ蹴り飛ばした。

飛ばされた吸血鬼は、ほかの妖怪達に囲まれて見えなくなる。

珠と渚があっけにとられて眺めていると、白ずくめの少年が近づいてきた。

「おや、手をださないのではなかったのかの？」

いつの間にか移動してきていた灯佳が、揶揄《からか》うように銀市に問う。

若干乱れた上着を直していた銀市は、動じずさらりと答えた。

「俺が手を出さないのは首魁《しゅかい》だけだ。その外で起きているのは、まあ、妖怪同士のいざこざだ。ならば自分と身内を守ることは必要だ。そうだろう？」

「口がうまくなったのう」

愉快げに口角を上げた灯佳は、手に持ったワイングラスを傾ける。

動じないのは、さすがに狐《きつね》の長《おさ》と言うべきか。珠がどきどきする一方で、視界が開けた先で、三毛の大猫と美香だった吸血鬼の黒い獣が対峙《たいじ》していた。

ほんの短い間だったと感じていたが、瑠璃子の白い部分の毛並みが赤く染まっているのに息を呑《の》む。

こういうことになると、わかっていたはずだった。けれど改めて目の当たりにすると狼狽えてしまう。

「瑠璃子、さんは大丈夫ですよね」

珠が思わずつぶやくと、肩に銀市の手が置かれた。

「わからん。相手は多少弱体化しているとはいえ古い化生だ。――だが。君の知る瑠璃子が、そう簡単に負けると思うか」

見上げた銀市の表情は静かだった。案じるでもなく、さりとて諦めているわけでもなく、淡々とありのままを受け入れるようだ。手を出す気がないことは明白だ。それを、信頼と言うのだろう。

自分はどうだろうか。瑠璃子は負けてしまうだろうか。

珠は胸に抱いた荷物をぎゅうと、抱きしめた。

「……いいえ、負けません」

怯む自分がいるのがわかる。けれど、恐ろしくとも己の意志を貫く瑠璃子から目をそらしたくない。

眼前の瑠璃子は、やっぱり美しくて、強くてかっこいい。珠の憧れ、なのだから。

組み付き合い、優位を取るために転がり回った二匹だが、距離をとる。

全身から血を流す瑠璃子だったが、吸血鬼もまた消耗しているようだった。纏《まと》う黒いもやが赤い血液に戻り床へとしたたる。

吸血鬼が苛立《いらだ》ちと動揺を表すかのようにざわりと纏うもやを騒がせるのを、瑠璃子は容赦なく追い詰めていく。

『あんたさえいなければ浪は無残な最期を迎えなかった。けどね、それはあたくしの未練だわ。あたくしは自由に生きるの。だからあんたはいらない、今ここで全部葬るわ！』

燃え盛るような声音に、吸血鬼はかすかに怯む。

瑠璃子はその隙を逃さなかった。

彼我の距離を詰めるなり、吸血鬼の顔面に爪を振りかぶる。

身の毛のよだつような絶叫が響き、ぼたぼたと血液をまき散らせた吸血鬼を、瑠璃子は爪を突き立て押さえ込んだ。

『猫に、人間の、なにがわかるの』

焦燥をにじませながらも嘲笑する吸血鬼を前に、瑠璃子は艶然と笑い返す。

『あたくしをおとしめようとする今のあんたの顔、最高に醜いわ。無様ね』

絶句した吸血鬼の喉元に、瑠璃子は深く牙を立てた。

断末魔のけいれんのように黒い獣は小刻みに震えると、ばしゃり、と血液に変わる。

だが、その血液もあっという間に灰に変わっていった。

しばらくじっと灰を見つめていた瑠璃子だったが、もう蘇《よみがえ》らないとわかると、つぶやくように続けた。

『浪に寄り添った猫も、猫又になった今も、すべてあたくしよ。浪のことなんて最期までわかんない。けど、浪だってそうしたいからそうした。だからあたくしもしたいことをする。自分で自分の責任を持つのよ。だからあんたは永遠にすっこんでなさい』

そうして、灰をぱしりと蹴り飛ばした。

周囲で抵抗していた吸血鬼達も、長が消えたとわかると妖怪達に拘束されていく。

終わったのだ。

珠は、その場に座り込む瑠璃子へかけだした。

「瑠璃子さんっ！」

近づいた珠は、手元に握っていた大きめのガウンをぼろぼろの大猫に羽織らせる。

瑠璃子は瑠璃の瞳をきょとんとさせると、小器用に猫の顔で笑った。

『ほんと、あんたって気が利くわね』

そのまま、少し目をつぶったかと思うと、徐々に瑠璃子が大猫の姿から、髪の短い勝ち気なつり目の人の姿になる。

二股の尻尾も三角の耳も消えないままだったが、いつも通りの瑠璃子だった。

珠は見られる姿になるよう、前の紐《ひも》を結んでやろうとするが、手が震えてうまくいかない。無事で良かったと、いうには瑠璃子は全身傷だらけで、涙がこぼれそうになる。

珠の手に瑠璃子の手が添えられて紐を奪われた。

「いいわよ、怖かったんでしょう」

「いえ、いえ……ご立派でした」

ただ口先だけではないと伝えたくて、珠はぐっと瑠璃子を見上げる。

今の瑠璃子は、珠が憧れた瑠璃子そのものである。

すると彼女は少し瞬いたが、いつも通り傲然《ごうぜん》と笑みを浮かべた。

「当然でしょう?」

「はい、瑠璃子さんはとってもかっこいいのです」

震えが和らいだ珠が同意すると、瑠璃子は立ち上がろうとしたが、よろけた。

珠がとっさに支えると、瑠璃子からため息がこぼれる。

「はあ、さすがに疲れた。あともうちょっと修行して、服ぐらいどうにかしたいわね」

「着替えは別室に準備してますので、ひとまずそちらへ。人用のものでしたら手当の道具もそろえています」

「ほんとあんた準備がいいわね!? なら遠慮なく使わせて貰《もら》うわ」

驚く瑠璃子がふと顔を上げる。珠もつられてそちらを見ると、渚が近づいて来ていた。

瑠璃子と目が合うと硬直するが、すぐに顔を真剣にし頭を下げた。

さすがに瑠璃子も驚いたようだが、渚は頭を下げたまま続けた。

「ずっと疑ってすまなかった。私の姉を助けてくれて、ありがとう」

珠がそっと傍らを見ると、瑠璃子は渚の黒い頭を凝視していた。

瑠璃子は小さく、あえぐように息を吸って、吐くと、堂々と胸を張った。

「浪に、澄のことをお願いねって、頼まれただけだもの。あたくしが約束を果たしたかったからしただけ。あんた達のためじゃないわ」

言い終えるや否や、瑠璃子は珠を引っ張って、渚の脇を通り過ぎる。

「——さあ、珠いくわよ！　銀市さん！　あとよろしくね」

「ああ、ゆっくり休め」

穏やかに応じる銀市に瑠璃子は目もくれず、布がちぎれた舞台袖へと去って行く。

珠は瑠璃子の目尻に、少しだけ涙がにじんでいるのを見つけたが、指摘はしなかった。

そうして、ハロウィーンの夜は幕を閉じた。

終章　色づく乙女と秋の夜長

秋も深まり、庭の木々も鮮やかに色づいた。

日中、付喪神《つくもがみ》の箒《ほうき》達と共に、庭で落ち葉をかき集めていた珠《たま》が寒風に震えると、そっと肩に羽織《はおり》がかけられる。

顔を上げると、しどけなく緋襦袢《ひじゅばん》を身に纏った美女、狂骨《きょうこつ》だった。

『ほら、身体《からだ》を冷やさないようにね。天井下《てんじょうさが》りも心配してたからさ』

その言葉に珠が縁側の方を見ると、軒先にぷらんと垂れ下がるふさふさとした毛に包まれた子供のような天井下りが、そわそわとしてこちらを見ている。

ほわりと心が温かくなった珠が、ありがとうという意味を込めて手を振って見せると、安心したように手を振り返した後消えていった。

ほっとした珠は狂骨にも礼を言う。

「狂骨さんも、ありがとうございます。持ってきてくださって」

『それくらいかまわないよ。仕事から解放されてほっとしたんだけども、どうにも手持ちぶさたになっちまってさ。珠ちゃんを眺めてたってわけ』

腕をぐるぐると回す狂骨は、繁忙期やパーティの準備中ずっと銀古《ぎんこ》の業務をしていた。

今まで積極的に銀古の仕事を手伝うことはなかったが、この秋は大いにかり出されたのだ。元々頭の回転は良く、客のあしらい方は心得ていたために、妖怪達にはそれなりに評判だったという。

「銀市《ぎんいち》さんが、『狂骨はいないのかとよく聞かれるようになった』とこぼしていらっしゃいました。とっても活躍されていたのですね」

『まあ、つい昔の血が騒いじまってね。とはいえしばらくあたしの出番はないだろうさ』

照れくさそうに頬をかく狂骨の言葉に確かに、と珠も思う。

今は銀古は通常業務に戻っているにもかかわらず、珠がのんびりと家回りのことを優先できているのだから。

落ち葉が小山になったところで、珠は少し考えた後狂骨を上目遣いに見やった。

「狂骨さん、まだこちらにいてくださるなら、これからするたき火の面倒を見ていただいても良いでしょうか。お芋を焼いたらおいしいと思うのです」

『たき火かい？　風情があるねえ。具体的には何をするんだい？』

「ヒザマさんにもお願いしますが、万が一にも火事にならないよう注意することと、焼き芋は火の勢いが落ち着いた頃に入れて、じっくり焼くのがおいしくなる秘訣《ひけつ》なんです。なので熾火《おきび》になるまで、見張っていてくださいますか」

『いいよ。熾火になったあとも、見てれば良いんだね。家鳴《やな》り達のおやつがあたしにかかってるなんて腕が鳴るじゃないか』

力こぶを作る狂骨の承諾に、礼を言った珠はヒザマと共にたき火と、焼く物の準備をし始める。焼き芋は、そのままたき火に投げ込んでも良いのだが、過度に焦げないように濡《ぬ》れた新聞紙に包むと良《い》いのだ。

珠が銀市が読み終えた新聞を取りに行くと、一番上にあった新聞に、小さな見出しを見つける。

「住崎《すみさき》邸パーティで起きた怪事！」というセンセーショナルな見出しに、珠は少し気恥ずかしさと落ちつかなさを覚えた。

吸血鬼を捕縛した一夜は、ちょっとした騒ぎとして新聞記事になった。

地位のある人間達が参加していたため、話題にならない方が難しかったのだ。吸血鬼の餌となっていた人間は待機していた特異事案対策部隊の面々によって保護された。

美香《みか》の配下の吸血鬼達は捕縛されたが、数日も経《た》たないうちに灰になったという。

一般客は別室で別の劇を楽しんでいた。外からは吸血鬼達と妖怪《ようかい》達の応酬が聞こえていたが、それもハロウィーンの演出の一環として楽しんで帰宅した。

しかし後日連絡を取ろうとした一般客が、すでに亡くなっている人間と話をしていたと気付いて新聞社に持ち込んだようだ。

真相自体も一般人にしてみれば荒唐無稽だったとはいえ、ゴシップ新聞を中心に「死者が紛れ込んだ舞踏会」と紹介されたのだ。

「これくらいの騒ぎなら、放っておいた方が噂《うわさ》が立ち消えるのが早いよ」とは事後処理に奔走し疲れた様子の御堂《みどう》の言だ。

珠は、数日前に現れた渚《なぎさ》も似たような話をしてくれたことを思い出す。

『姉は守屋《もりや》美香の入院に動揺していたが、今は落ち着いている。ほとぼりが冷めるまでおばあさまの家で過ごすことになった。悪い夢が覚めたみたいに、今の生活を楽しんでいるようだ』

長年吸血鬼に乗っ取られていた守屋美香は、重度の昏睡《こんすい》状態に陥って入院した。ほかの餌にされていた人々も、似たような状態になっているのだという。

血を吸われた人間には、これから密《ひそ》かに追跡記録がとられるらしい。適切な処置を施されれば、死んだとしても吸血鬼になることはないと、銀市に説明を受けた渚は、ほっとした顔をしていた。

渚は複雑そうに、姉が美香に魅入られた理由を語った。

『姉は、住崎貿易の経営に関わりたかったらしい。だから当然のように跡取りになる私がうらやましかったと言われた。だが関われる範囲で、できる方法を考えるのだそうだ』

『澄《すみ》なら、あんたの父親みたいに頭ごなしに否定しないでしょ。あの子は家のために行動できるほど忍耐強くて優しくて、それでも大事なものを抱えていた強い子よ。きっと自分の生き方だって見つけられる』
瑠璃子《るりこ》のまっすぐな信頼に、渚は神妙に語った。
『姉の考えていたことを知って、自分の視野の狭さが恥ずかしくなった。だから、私も姉に恥じぬように気を引き締めようと思う』
深々と頭を下げて言った渚の、澄み切った決意の顔が、珠には印象的だった。

ヒザマと狂骨がたき火を見てくれている間に、珠は日の当たる縁側に座り込み、焼き芋の下ごしらえをした。

新聞にさつまいもを包み、どんどん濡らしていく。甘く仕上がれば、天井下りも家鳴りも食べたがるだろう。誰か知り合いが訪ねてきたときのために、少し多めに作っておいても良いかもしれない。

二つは銀市の分、五つは家鳴りとヒザマと天井下りの分。気分を味わえるように一つは狂骨の分。一つは自分の分。それから――……

数えながら包んでいた珠は、廊下の奥から騒がしい声が近づいてくるのに気付いた。

「あーもう！　書類はこりごりよ！」

荒々しい足音と共に居間の引き戸をすぱりと開けたのは、瑠璃子だった。

ゆったりとしたワンピース姿の彼女は、頬や見える足などにまだ痛々しい包帯やガーゼが当てられている。しかし顔色は良く、なにより血気盛んに苛立《いらだ》ちをあらわにする姿は元気そのものだった。

珠はちょうど良かったと、目が合った瑠璃子に問いかける。

「瑠璃子さん、今から焼き芋を作るのですが、いくつ食べられますか？」

「うっぐ……焼き芋って、あんたそんな、乙女の敵みたいな食べ物を作るなんて……！」

「……いりませんか？」

「食べる！　二本ね！」

怯《ひる》む瑠璃子が勢いよく語ったので、珠はほっとして瑠璃子の分もさつまいもを準備する。

そして、どこか足取りも軽やかな家鳴り達にさつまいもを運んでもらい、熾火になったたき火の中に埋めていった。

あとは待つだけだ、と珠が縁側に戻ると、瑠璃子も日の当たる縁側に座り、長い手足を投げ出した。

「んもう！　銀市さんってばあたくしが怪我《けが》していることを忘れてない!?　おかげで家にも帰れないし。まだここに泊まり込むしかないし！」

「お仕事がとっても溜《た》まっていたのは確かです。それに銀市さんは瑠璃子さんが帰ってきたら、絶対にお仕事させると言っていたので有言実行されたのでしょうね」

珠がそっと付け足すと、ぷりぷりと怒る瑠璃子がぐっと黙り込む。

よほど銀市の説教が効いたのだろう。銀市の説教は声を荒らげることもなく、とても論理的に改善点を指摘し、次の問題が起きないよう模索させる。自分の失敗を見つめ直すことになるため、時には自己嫌悪に陥るが、しかり方はうまい方だと思う。

瑠璃子も、自分が全面的に迷惑をかけたことを理解し醜態だと感じているようで、こうして銀市が任せる仕事をてきぱきと片付けているのだった。

今も瑠璃子は書類はこりごりと言いつつ、片手に持った書類に目を通している。

「そういえば、あんたに貰《もら》ったケサランパサラン、いつの間にか消えてたわ。せっかく面倒を見てくれてたのに、悪いわね」

「あ……そうでしたか」

無事珠は瑠璃子にケサランパサランを渡せたのだが、あまり持たなかったようだ。

だが瑠璃子はさほど気にしていないらしい。

「あんたが落ち込まなくて良いのよ。あたくしの幸せは、自分で摑《つか》むものだもの。どんなものか見られたから満足よ。ケサランパサラン程度で収まる幸福じゃなかったってだけ」

屈託なく語る瑠璃子を珠はまぶしく思った。

瑠璃子が縁側にいる姿はとてもしっくりときている。この銀古に、瑠璃子が戻ってきて本当に良かったと思った。

瑠璃子はひらひらと、書類を揺らしてみせる。

「まあ、三食とあんたの世話付きだし、これくらいの仕事はするわ」

銀市は、瑠璃子に容赦なく仕事を与えるが、はじめは事務仕事から、傷の治り具合しだいで軽い作業を追加していた。

そのため、銀市と瑠璃子が気安くやりとりするのをよく見ていた。

銀古の日常が戻ってきたのだと実感できて珠は安堵《あんど》する。

それは間違いないのだ。瑠璃子が戻ってきて嬉《うれ》しいと確かに感じている。

ただ今は、瑠璃子と居る銀市を見ると、時々、胸に隙間風が吹くような心地を覚えるようになっていた。

一体何なのだろうかと珠は困惑と不安に揺れる。

瑠璃子に感じた憧れは今でも胸にあると断言できる。ただ、瑠璃子と共に居る銀市を見ると、取り残されたような心地が強まるのだ。

瑠璃子だけを目の前にしてもなにも感じないのに、なんなのだろうか。

ひょいと、瑠璃子に顔を覗《のぞ》き込まれた。

「ふぁっ⁉」

完全に気を抜いていた珠は、驚きのあまりどきどきと騒ぐ胸を押さえていると、瑠璃子はぎゅうと、柳眉を寄せる。

「なんか、あんた上の空になること多いわね？　心細そうな顔をしてることもあるし」

「そ、そんなことは……」

ないとは言い切れず、珠はうろ、と視線をさまよわせる。

その様子に瑠璃子はますます疑いを深めたようだ。

「あたくしが言えることじゃないけど、最近ずっと忙しかったんでしょ。あんた無理してるんじゃないでしょうね。言いにくいんならあたくしが銀市さんに休暇申請するわよ」

「いえっそういうわけではなくて」

珠が答えあぐねていると、火の番をしていた狂骨がいつの間にか側にいた。その手には火を調整するための火かき棒がある。婀娜《あだ》っぽい彼女には少々不釣り合いに思えて、珠は思わず笑みがこぼれたが、狂骨の表情は真剣そのものだ。

『そうだよ珠ちゃん。最近元気ないだろう？　話して気が晴れることもあるよ。今はヌシ様もいないからね』

「狂骨、どういう意味よ」

瑠璃子が訝《いぶか》しげにするが、珠は狂骨の一言に不思議と心が揺れた。

たき火はいまだ燃えている。鶏のような姿をしたヒザマが鶏冠の火を躍らせながら、たき火の周りを楽しげに歩いている。

珠はその光景をぼんやりと眺めながら、心を落ち着けて考えをまとめる。打ち明けることに不安はあるが、違和感がなくならない以上このままにして不都合が起きたら困る。

手元の新聞をきゅうと握りながら、珠は切り出した。

「あの、ですね。瑠璃子さん、よくわからないことを言うとは思うの、ですが。銀市さんと付き合いの長い瑠璃子さんなら、もしかしたら、わかるかもしれないと思いまして」

「あんたがずれてるのも、ちょっと変なのも今に始まったことじゃないんだから今更よ」

すぱりと瑠璃子にいわれて、珠は少し緊張が緩む。

なんとか勇気を絞り出して口にした。

「最近、瑠璃子さんと銀市さんを見ていると、寂しく感じる時があるんです」

「……は?」

低い声に珠は怯んだが、なんとか堪《こら》えてこの不思議な感覚を説明しようと続ける。

「瑠璃子さんのことは大好きなのです。だから、瑠璃子さんが居ないことで消沈されている銀市さんに、私も一緒に寂しくなっているのだろうと考えていました。でも、瑠璃子さんが帰ってきた後にも銀市さんと一緒にいらっしゃる時に、時々寂しくなることがあって……。でも瑠璃子さんと銀市さんがご飯を食べているのを見ると、私も安心して、嬉しいなあとも思うので、どちらが本当の気持ちなのか、よくわからなくて」

『珠ちゃん、あたしと居るときも嬉しくて安心するんでしょう?』

「はい、狂骨さんのことも好きですから」

狂骨の問いに、珠は迷わず頷《うなず》いた。狂骨と同じように瑠璃子が好きである。

にこりと笑う狂骨に頭を撫《な》でられ、珠は嬉しくなっていると、絶句していた瑠璃子が顔を赤らめて叫ぶ。

「あんたほんっと恥ずかしいわね！……とはいえ、寂しい？」

「はい。そもそも最近私の調子がおかしいのです。少し前から銀市さんを前にすると落ち着かなくなって、動悸《どうき》がしていましたから。瑠璃子さんと狂骨さんも、そういったことはありませんか」

これをずっと相談したかったのだ。

珠が真摯《しんし》に問いかけると、瑠璃子の頰から赤みが消えた。

彼女はそのまま形容しがたい表情で狂骨を見る。珠も不思議に思って狂骨を見るが、狂骨はやんわりと笑むだけだ。

『あたしが答えても良いんだけど、これは瑠璃子の方がいいでしょう？』

「……確かに、そう、かもね。成長したと思ってもまだ部分的なのね」

彼女達の反応は珠にとってはよくわからなかったが、少なくとも珠の状態に心あたりがあるようだ。珠は人より感情の機微に疎く、鈍い自覚がある。だからわかるのであれば知りたい。

珠が期待を込めて見つめると、瑠璃子は頭を抱えて難しげに顔をしかめる。

答え方に迷っているようだった。

「とりあえず、あたくしは銀市さんにそんなこと一切感じたことないわ」

「そうですか……」

「本題はこれからよ。で、その寂しさは、あたくしと銀市さんが一緒に居るとき以外、具体的にはどんなときに感じたの」

消沈する珠を瑠璃子は勢いよく遮り、訊《たず》ねてくる。面食らったが、珠はなんとか記憶を掘り起こした。

「ええと、そうですね。銀市さんが吉原《よしわら》で花魁《おいらん》さんに誘われていた時でしょうか。あの時は、その、女性の扱いに馴《な》れていらっしゃるようなのを見て、狼狽《うろた》えて……でも銀市さんに見つかった時には収まりました。あとは舞踏会で美香さんと踊っていた時も、どこかひとりぼっちになったような気がして。とても綺麗《きれい》なのに、不思議で。銀市さんが知らない人のように感じたんです」

今でも銀市と美香が踊る姿が目に焼き付いている。幻想的でまぶしくて、夢のような美しさだった。珠は銀市とは、立つ位置が違うのだと感じさせるようだった。

「ふうん、つまりあんた自分が知らない銀市さんを見ると、寂しいって感じるのね?」

瑠璃子に指摘されて、珠は小さく息を呑《の》む。もやもやが急に形を取った衝撃で瞬いている間にも、瑠璃子は続ける。

「あんた自分で言ったのよ。今言ったのは、全部あんたが知らない銀市さんを知った時ばかりだし。あたくしと銀市さんが一緒に居た時だって、あんたがいなかった頃の話をしていた時なんじゃないの」

「あ、そう、かもしれません……？」

肯定した珠だったが、自分の無意識の思考と感情をどう受け止めて良いかわからず途方に暮れる。

珠の迷子のような顔を見た瑠璃子は、思案するそぶりを見せながら聞いてきた。

「銀市さんといて、動悸がして落ち着かなくなるのは例えばどんな時？」

珠は狼狽えるが、片膝に肘をついた瑠璃子の目は逃がしてくれそうにない。

とても言いづらかったが、話さなければ始まらない。

「その、助けていただいたのが銀市さんで、良かったと思ったり、胸が騒いでいたり……。洋装を似合うと言っていただいた時も、無性に嬉しかったのです。あとは……澄さんの家でコスモスの君に納得していただくために西洋式の、ご挨拶を、した、時とか」

「挨拶って？」

「その……はぐ、というものです」

顔から火が出てしまうのでは思うほど、頬が熱くなるのがわかる。

瑠璃子の反応が恐ろしくて、珠が両手を握りしめてうつむいてしまったため、瑠璃子と狂骨が顔を見合わせていたことには気付なかった。

自分の羞恥などあとだ。珠はなんとか気を落ち着けると、改めて顔を上げた。

「やはり私に経験が少ないから、一つ一つの知らないことに動揺しやすいのでしょうか」

珠がすがるように問いかけると、瑠璃子は難しい顔をして黙り込む。

困らせてしまっている気配を感じて、珠は申し訳なさを憶《おぼ》える。

じっと待っていると、ひょいと狂骨が近づいてきた。

『確かはぐって、抱きしめることだったよね。珠ちゃん、こっち向いて』

「え、あの?」

珠は戸惑っている間に、そのまま狂骨に抱きしめられる。

少しひんやりとした感触に包まれる。珠がほっと息をつくと、すぐ離れた。

なんなのだろうと思っていると、瑠璃子も仕方なさそうな顔で、腕を広げてくる。

「あたくしともよ。来なさい」

「あ、え、はい?」

戸惑いながらも自分も腕を広げ、瑠璃子の背中に腕を回す。珠が瑠璃子の女性らしい華《き》奢《しゃ》さと、どこか甘い香りを感じていると、ぽんぽんと背中を撫でられた。

「銀市さんの時みたいに、胸は騒ぐ?」

「いえ、むしろ落ち着いて、嬉しいです」

それぞれ違う感触で、気恥ずかしさはあるがとても安心する。

珠の返事に瑠璃子は少々顔を赤らめるが、負けじと続けた。

「じゃあ、渚としてみると想像したら？　あんた仲良かったでしょう？　準備中も二人きりで話すことも多かったみたいだし」

「私と渚さんははぐをするほど親しくはありませんし、渚さんは否定的だったので、しないかと思いますが……」

どうして渚が出てくるのかと思いつつも珠が答えると、瑠璃子はもどかしげな表情を浮かべたが、ぐっと押さえ込んだようだ。

「なら！　渚に手を握られて、身体《からだ》を引き寄せられて、美香みたいに踊ろうと言われたらどう？　ああもちろん渚もあんたも踊れると仮定して！」

珠は瑠璃子の気迫に怯《ひる》んだが、そこまで念押しされてしまった以上、一生懸命想像して考えてみる。

「必要があれば、もちろんこなして見せます。ただ、美香さんのように美しく踊るためには、練習期間をいただきたいとは思います」

西洋の舞踊はしたことがないが、舞の経験なら多少はある。感じるだろう気まずさと気恥ずかしさを克服するために慣れる必要はあるだろうが、必ず見られるものに仕上げて見せよう。

「なら銀市さんとなら？　渚と同じ男性なんだから同じ？」

きりりと表情を引き締めた珠だが、平坦《へいたん》な声でさらに問いかけられて硬直する。

なにも答えられず瑠璃子を見返すと、彼女の瑠璃色の瞳に射貫《いぬ》かれた。

「そもそもあんたは一番頼りにしてる銀市さんに、相談しなかったでしょう。なんで？」

「それは、銀市さんを、困らせてしまうだろうと思って……」

「まあ、あんたならそう考えるでしょう。でもねえ、同性であるあたくしや狂骨にも、同年代の異性である渚にも、同じことは思わないんでしょ。なら、答えはあんたが銀市さんに何を感じているかよ」

「私が……？」

「そう、あんたが。あたくしが言えるのはここまで。どうしてもわからないんなら、銀市さんに聞いてみなさい」

ぱちん、とたき火の火が爆《は》ぜた。

珠が硬直していると、後ろから足音がした。

現れたのはいつものシャツを中に着込んだ着物姿に、癖のある髪をくくった銀市だ。彼は並んで座る珠達を見つけると、こちらに歩いてくる。

「燃える匂いがすると思えば、たき火をしていたのか」

「そうよ。これから焼き芋が焼き上がるまで、あたくしはオフだから」

堂々と休憩を宣言する瑠璃子に、銀市は苦笑しながらも頷いた。

「休憩時間までは奪わないさ。ただその休憩時間が終わったら、使いに行ってくれ」

「とうとう外出解禁ってこと？　あたくしもそろそろ身体が鈍りそうだったからかまわないけど……って」

ご機嫌で銀市の差し出す封筒を受け取った瑠璃子だったが、宛先を見るなり三角耳と二股尻尾が飛び出した。

「これって陰険狐《ぎつね》の所じゃない！　嫌がらせなの!?」

「きちんとした仕事だし、灯佳《とうか》殿たっての願いだ。ハロウィーンの一夜をたいそう気に入られて上機嫌だったから、下手なことにはならんとは思うぞ」

「あいつが上機嫌だったときでも、ろくなことがないのを知ってて言ってるでしょ。やっぱり嫌がらせじゃない！」

瑠璃子が二股の尻尾を膨らませながら言うのに、銀市は涼しい顔だ。

「一ヶ月こちらの指示に従うという約定だろう。焼き芋を食べてからで良《い》いからつべこべ言わずに行ってこい」

「んもう！　銀市さんの意地悪！」

銀市と瑠璃子の軽いやりとりは、見ていて気持ちが良い。

狂骨もころころと笑っているし、焼き芋を待つ家鳴り達は楽しげで、天井下りもいつの間にか出てきてぷらりぷらりと揺れている。

珠も今は胸は騒がない。だが、頭の中では瑠璃子の言葉がぐるぐると回っていた。

結局瑠璃子は、さつまいもをきっちり完食してから出立していった。

あれほど嫌がっていたのに、大丈夫だろうか。珠は不安になりながら見送ったのだが、銀市が語った。

「灯佳殿は、瑠璃子の傷の治療をしてくれるのだそうだ。向こうで饗応《きょうおう》を受けて帰ってくるから、夕飯は必要ない」

「そういうことだったのですね、かしこまりました。では二人分を準備しますね」

言いつつも、珠はずっと、瑠璃子の問いについて考えていた。

違うわけがない。だって渚は仕事先の客で、銀市は雇い主だ。

だから、同じように仕事であれば、きちんとこなしてみせると答えられる、はずだ。

なのにとくとくと鼓動が早まる。

考えているうちに夕食は終わり、後片付けまで済ませてしまっていた。

外はもうとっぷりと日が暮れているから、マッチを擦って洋灯の明かりをつける。

「瓶長《かめおさ》さん、もう一杯お水をください」

今日はいっそう難しげな顔をしているように思える瓶長だったが、珠がたらいを差し出すと、柄杓《ひしゃく》できっかりと必要分を移してくれた。

そもそもだ、わからないことは聞いてもいい。銀市は許してくれると知っている。にもかかわらず、珠はなんとなく。本当になんとなくだが、この気持ちについて聞くことをためらったのだ。

綺麗な水でいつもより丁寧に手を洗い気を落ち着け、洋灯を持って台所を出ると、銀市に遭遇した。夜目が利く銀市が、明かりを持たないのはいつものことだ。ただ、今は手に見慣れない艶やかな木製の箱を持っている。

「そちらは……？」

「ちょうど良かった。百貨店で会った瀬戸《せと》を覚えているか。彼がオルゴールを送ってよこしたのだよ」

珠はそのまま導かれて居間に来ると、銀市はオルゴールを隅に寄せてあったちゃぶ台に置き、ふたを開いた。

優しく軽やかな音楽が流れ出す。美しい音色に思わず聴き入る珠だったが、その曲調をどこかで聞いたことがあるような気がした。

珠は記憶を探ろうとしたが、銀市のどこか照れてためらう様子に気付いた。

「どうかしましたか？」

「あーその、だな。瑠璃子から聞いたんだが、ダンスが気になっていたらしいな」

「！」

珠が思わず硬直してしまうと、銀市は若干安堵《あんど》したようだ。

「計画だったとはいえ、本来ならパーティは楽しむものにもかかわらず、裏方に回って貰《もら》ったからな。気になるのなら、少し踊ってみないか」

「あの、ええと……」

気になっていたと言えば、そうなのだろうか。だが、確かに美香と踊っている銀市を見たときも、寂しいと感じていた。ならば自分も、知ってみれば何かわかるだろうか。

そわりと心がうずく。

「うまく、できるかわかりませんが、良いのでしょうか」

「ああ、いいとも」

銀市は当然のように頷《うなず》いてくれて、珠は緊張と未知への期待に胸を膨らませた。


一旦オルゴールを止めると、居間にある座布団を脇に寄せて空間を確保する。珠は電灯をつけようとしたのだが、銀市に止められた。

「せっかくだから、雰囲気を作ろうじゃないか」

銀市は言いつつ、珠が持ってきた洋灯のほかにもう一つ洋灯を天井からつり下げる。

いつもより暗いが、普段の居間と違う場所のように感じられて気持ちがわくわくした。

銀市は、簡単なステップから教えてくれた。

「いきなり組み合うのは難しいから、まずは両手を繋《つな》いで始めてみよう」

「は、はい」

珠は向かい合った銀市に差し出された両手に手を重ねる。

「俺の足を追いかけるように足を出してくれればいい。拍は三拍子。これは馴染《なじ》むまで難しいだろうが、ゆっくりと慣れていこう。いいか、いち、に……」

銀市の数える拍子に合わせて彼の足を追いかけるようにステップを踏む。

はじめこそ規則的な拍子に戸惑いはあったが、銀市は珠が迷えばすぐに教えてくれたため、だんだんなめらかに進むようになる。

「うまいものじゃないか。俺より覚えが早いぞ」

「そう、なのでしょうか」

「ああ、もう曲を流しても大丈夫そうだな」

「えっ」

褒められてはにかんだ珠は、銀市がオルゴールのねじを回し始めるのに呆然《ぼうぜん》とした。

ちゃぶ台に置き直されたオルゴールのふたが開き、三拍子のワルツが流れ始める。

そして、銀市に手を差し出された。

心臓が、小さく跳ねる。

恐る恐る自分の手を重ねると、たちまち大きな手に包まれ引き寄せられる。

珠の右腕は伸ばすようにされ、銀市の手が珠の肩に乗る。

同じように銀市の肩に手を乗せようとして、背伸びをすると、銀市に苦笑された。

「無理はせず、背中に添えてくれれば良いよ」

「わかりました」

珠は銀市の背中に手を添えるが、その距離の近さと、彼の身体の大きさをまざまざと感じた。心臓が早鐘を打ち始める。

「珠」

「はいっ」

声が裏返りかけながらも返事をして見上げると、銀市は小さく笑いながら語った。

「では数えるぞ、いち、に、さん。いちっ……」

「……ッ」

心の準備もなく珠は一歩踏み出したけれど、存外なめらかに動き出せた。

ゆったりと優しい音色にゆだねるようにステップは進み、珠は驚いたがすぐに気付く。

銀市がさりげなく腕を引いて誘導してくれているからだ。

だが、銀市は感心したように眉を上げた。

「うまいぞ、その調子だ。君は筋がいい」

「銀市さんが、導いてくださるから……」

珠が言うと、銀市は意外に真剣な顔になる。

「いいや、君は一度も足を踏んでいないだろう？　初めてでは希有《けう》なことだよ」

「銀市さんの足を踏むなんて……ひぁっ」

動揺した珠は、ステップを間違えて、銀市の右足を踏みかけた。

寸前のところでとどまれたものの、とても申し訳ない気持ちで珠は顔を上げる。銀市は気にした様子はなく愉快そうだった。

あまりに楽しげな姿に、珠の心も徐々にほぐれていく。銀市の、知らなかった部分を知っている。なら、もっと知れば、珠の不調の原因もわかるだろうか。

一旦止まったところで、思い切って聞いてみた。

「銀市さんは、どうしてダンスを覚えられたのですか」

珠の問いに、銀市は眉を上げつつも話してくれた。

「俺が覚えたのは、特異事案対策部隊にいた頃だな。あの頃は西洋に追いつくためにあらゆることを模倣していた。専用の会場もつくられたし、私的に異国の人間を招いて舞踏会が開催されることもままあった。だが、急ごしらえなものだから、不格好になりがちだ」

銀市は、記憶に思いをはせるように目を細める。口元は愉快げに笑んでいた。

「相手が生まれた頃から馴染んでいる文化や作法を、そう簡単に馴染ませることはできないと重々承知していた。それでも異国の人間達のあっと驚く姿が見たいと、友人に懇願されたんだ。舞踏会で華麗に踊ってみせてくれ、背が高いから燕尾服《えんびふく》も似合うだろう、とな」

「それは、とても大胆な方、ですね？」

珠はそのあけすけな懇願に、思わず正直な感想を口にしてしまう。

銀市はとても楽しげに表情を緩ませた。

「俺もそう思う。そういうわけで、俺は猛特訓して一通りステップは覚えたのさ。言った本人が舞踏会に来ていたんだが、わかるだろうか……七十代くらいの男だったんだが」

「鼻の下にひげを整えられていた方でしょうか」

「そうだ。あのハロウィーンにも『絶対に見てみないふりをしてやるから、招待状を送れ』と言われてな。本来ならあのようなパーティにくる身分ではないんだが、遊びに来てしまったのだよ」

笑みこぼす銀市に、珠もおかしくなって小さく笑う。

「拍子が合うとなかなか楽しいものだろう」

「楽しい、です」

銀市の問いに珠は頷く。だが、そっと目を伏せた。

楽しい。楽しいが、握られた手も、肩に回された腕も、ひどく熱い。

ここは居間で、いつもの和装で、はたから見ればちぐはぐだろう。

銀市との距離がとても近くて、恥ずかしさで心臓が破裂してしまいそうだ。

なのに珠は嫌ではない。むしろもっと長く続いて欲しいような心地すらある。

幸せによく似ていて、でも少し違うような。

心の奥底の柔らかい所に、ほろほろと何かが積もっていく。

温かくて、沁《し》みるようで、苦しくてでもそのままでいたい。

頬が熱い。今の自分は、このひとにどう映っているのだろう。

確かなのは、……渚に、こんな風には感じないことだ。

珠は潤んだ視界で、銀市を見上げる。視線が絡むと、艶麗な美貌から笑みが消えた。

その瞳が金に染まっている。

なぜ、と思う前に、珠の心臓が今までになく強く跳ねる。肩に回された腕が腰に下りてきて、ぐっと引き寄せられた。近づいてくる美貌から、魅入られたように目が離せない。

リン、とささやかな余韻を残し、オルゴールが止まった。

吐息が触れそうな距離で、珠を覗《のぞ》き込んだ銀市の瞳は、もう黒い。

柔《やわ》く目元を緩めた彼は珠から腕を離すと、穏やかに語った。

「ずいぶん付き合わせてしまったな。すまない、ついはしゃいだ」

「い、いえっ」

珠がとっさに答えると、銀市は珠の肩をぽんぽんと叩《たた》く。

「オルゴールは好きにしなさい。死蔵するよりは君に聴いてもらったほうが良《い》いだろう。では、先に風呂に入る」

「はい、行ってらっしゃいませ！」

銀市が居間の襖《ふすま》を閉めたところで、珠は緊張の糸が途切れてその場にへたり込む。

震えのような高揚が収まらなくて、珠は自分自身を抱きしめる。

心が熱くて、くらくらとして、ひたすら嬉《うれ》しさがこみ上げてきて、ぐずぐずと崩れてしまいそうだ。

珠は、今の自分の感情を名付ける言葉を知らない。

けれど、これだけは理解が及んだ。

「銀市さんへの、想《おも》いだけ、違う……？」

こぼれた言葉は、洋灯の柔らかな明かりの中に消えていった。

＊

自室に戻った銀市は、明かりもつけないまま、どかりと文机《ふづくえ》の前に座る。

窓からは月明かりがかすかに差し込み、文机に置きっぱなしになっていた洋紙が照らされる。

オルゴールと一緒に同封されていた、瀬戸からの手紙だ。表面には几帳面《きちょうめん》な筆致で、銀市が珠に伝えたことと同じ内容が書かれている。

深くため息を吐き、唯一伝えなかった文章を視線でなぞる。

『大切な方と、お楽しみください』

「我ながら、心が狭いな」

自嘲の声は自分の物とは思えないほど、苦く甘い。

この文面は、親しい人と憩いの時間を過ごして欲しいという意味だろう。瀬戸は付喪神《つくもがみ》だ、人の心の機微にはどうしても疎い。だが銀市は自分の心の揺れを自覚していたために、この文面を珠へ渡すことができなかった。

彼女が同年代の青年と共にいる自然さに、いずれ離れていく寂寥《せきりょう》を覚えた。

一人で対処をするすべを身につけていく彼女の成長に、喜ばしさと同時に、共に過ごせる時間の短さを強く意識した。まだ手元にいて欲しいと、願う自分がいる。

先ほど、顔を赤らめ震える彼女に感じた衝動は――……

そこまで考えたところで、銀市は己の膝に強く拳を下ろす。

鈍い痛みが広がり、頭が冷える。

乱雑に髪を掻《か》き上げ、無理やり意識の隅へ追いやった銀市は、今の懸念を考えた。

「同胞を贈るほど、瀬戸が珠に心を開いた。その前にはコスモスの君を急速に成長させていた。珠は、人に非《あら》ざる者から好かれるだけでなく、居るだけで力をもたらしている」

はじめは、貴姫《きひめ》だ。歯が欠けて瀕死《ひんし》だったのに、ずっと珠を守れていた。いくら貴姫の想いが強くとも、外部の要因がなければ、外に干渉できるほどの力を持つわけがない。

確信に変わったのは、狂骨だ。本来なら、吉原《よしわら》での事件で彼女は眠りについていてもおかしくないほど消耗したはずだ。だが以前と変わらず過ごしている。

そして、自分も。

守屋美香を乗っ取っていた吸血鬼の言葉が蘇《よみがえ》る。

『だから美しい間に、食べてしまいたくなるわよね？』

自分は、美香とは違う。真性の化生ではない。

慈しみ、物を贈り、喜ぶ姿を見た。

表情を変えはにかむ姿は、銀市の心を華やがせた。この立場でも、彼女の鮮やかな成長を味わえている。それで、充分だ。満足できる。しなければ、ならない。

手を取らずとも、側でなくとも、幸福であればそれでいい。

ゆっくりと深く息をする。

彼女へ向けるのは、あくまで庇護《ひご》。それ以外にはなり得ない。

だが、万が一は考えておくべきだ。

この想いが形を取れば、彼女に不幸をもたらす。

「まだ、大丈夫だ。人の子の生は、短いのだから」

つぶやいた言葉に信憑《しんぴょう》性がないことにだけは、目を背けた。

この作品はフィクションです。
実在の人物や団体などとは関係ありません。

あとがき

四度目まして、となります。道草家守《みちくさやもり》です。

こうしてまたお手にとっていただけたことを、とても嬉《うれ》しく思います。

四巻は瑠璃子《るりこ》さんに焦点を当てたお話でした。表紙は一巻ごとに一人ずつ主要キャラクターを描く、という構想を編集さんがお話しされた時から、四巻は彼女と決めていたり。

猫又は、猫から変化する妖怪と言われています。だから瑠璃子さんは、ただの猫だった時期があったということです。自由を愛する彼女が、なぜその精神性を獲得したかは、きちんと語りたいと考えていました。

きっと弱かった頃の自分を知るからこそ、瑠璃子さんは何者にも縛られず、自分に正直に生きて……その努力をするようになったのだろうと思います。

だから珠《たま》は無意識でも、瑠璃子さんの姿に惹《ひ》かれて憧れたのだろうな、と。

今回珠は、単独でのお勤めや、百貨店でのあれこれなど初めてを経験しながら、「憧れる」という感情に気づき、理解していきました。

同時に、確実に珠の中で降り積もっていた想《おも》いも、ゆっくりと芽吹き育ち始めようとしています。彼女なりのペースで人として、女の子としての心を育む珠ですが、彼女が背負った運命も垣間見《かいまみ》えはじめました。珠をずっと見守り続けていた銀市《ぎんいち》もまた、素直に喜ぶことができない何かがあります。

それでも、お互いのことを想い合う二人の関係が、これからどう進んでいくのか、温かく見守っていただけたらと思います。

美しい世界観で描いてくださっている、ゆきじるし先生作画のコミック版『龍に恋う』二巻も同時期に発売しております。あわせてどうぞどうぞ！

ところで四巻では、洋館、洋食、ミシン、カフェー、ジュエリー、そして吸血鬼等など多くの西洋由来のものを登場させました。作中登場する吸血鬼は、吸血鬼カーミラをオマージュしています。それは『龍に恋う』の背景である明治時代が西洋文化が親しまれ始めた時期で、せっかくだから作中で扱いたい！と考えた結果です。日本とは違う華やかさを持つ西洋の品々に、珠のように心を弾ませてくださったでしょうか。

もし、もう少し西洋の華やかな空気を味わいたい、と思われましたら、同月刊行の新作を紹介いたします。

『青薔薇《ブルーローズ》アンティークの小公女』は、ヴィクトリア朝をモチーフにした架空英国が舞台。悲しみと不幸のどん底にいた少女が、妖精のように美しい青年に見出《みいだ》され、花と妖精にまつわる品々だけを取り扱う「青薔薇骨董店《アンティーク》」の従業員になる物語です。

主人公はある事情から人の視線が怖く、うまく話せない女の子。周囲から妖精店主と呼ばれるちょっぴり変な青年に狼狽《うろた》えながらも、持ち込まれる事件を通して、本来の姿へ花開いていきます。ハッピーエンドが好きなので、『龍に恋う』のように、少し切なさはあっても読み終わった後は優しい気持ちになれるお話に仕上げました。

私は着物も和物も大好きなのですが、実はドレスも西洋も好きでして。ヴィクトリア朝モチーフはがっつりやりたかったので、とっても楽しかったです！

ぜひぜひ、こちらもお手にとっていただけましたら嬉しいです。

私の作家人生で初の書籍二冊同時刊行＋コミックス同時期発売となりました。根気強くお付き合いくださった編集さんには、大変お世話になりました。

装画のゆきさめ先生には、生き生きとした自由の空気を纏《まと》う瑠璃子さんを描いていただきました。絶妙にモダンな装いが大変美しく、感謝するばかりです。

なにより作品を続けられるのは、この本に関わってくださった多くの方々、そして『龍に恋う』を愛《め》でてくださった読者さんのおかげです。ありがとうございます。作業中もお手紙等が届くたびに、励みにしておりました。

これからとなる本作。またお会いできることを願っています。

氷が解け出す頃に　　道草家守

お便りはこちらまで

〒一〇二―八一七七
富士見L文庫編集部　気付
道草家守（様）宛
ゆきさめ（様）宛

富士見L文庫

龍《りゅう》に恋《こ》う　四《よん》
贄《にえ》の乙女《おとめ》の幸福《こうふく》な身《み》の上《うえ》

道草家守《みちくさやもり》

2022年5月15日　初版発行
2022年6月5日　再版発行

発行者　青柳昌行
発　行　株式会社 KADOKAWA
〒102-8177　東京都千代田区富士見2-13-3
電話　0570-002-301（ナビダイヤル）

印刷所　株式会社暁印刷
製本所　本間製本株式会社
装丁者　西村弘美

定価はカバーに表示してあります。　◇◇◇

●お問い合わせ
https://www.kadokawa.co.jp/（「お問い合わせ」へお進みください）
※内容によっては、お答えできない場合があります。
※サポートは日本国内のみとさせていただきます。
※Japanese text only

ISBN 978-4-04-074417-9 C0193

わたしの幸せな結婚

著／顎木あくみ　イラスト／月岡月穂

この嫁入りは黄泉への誘いか、
奇跡の幸運か――

美世は幼い頃に母を亡くし、継母と義母妹に虐げられて育った。十九になったある日、父に嫁入りを命じられる。相手は冷酷無慈悲と噂の若き軍人、清霞。美世にとって、幸せになれるはずもない縁談だったが……？

【シリーズ既刊】1～5巻

富士見L文庫